마고의 숲

청소년 소설 _15

마고의 숲

장성유 글

펴낸날 2023년 8월 21일 초판1쇄 | 2023년 12월 1일 초판2쇄
펴낸이 김남호 | 펴낸곳 현북스
출판등록일 2010년 11월 11일 | 제313-2010-333호
주소 07207 서울시 영등포구 양평로 157, 투웨니퍼스트밸리 801호
전화 02) 3141-7277 | 팩스 02) 3141-7278
홈페이지 http://www.hyunbooks.co.kr | 인스타그램 hyunbooks
ISBN 979-11-5741-384-3 43810

편집장 전은남 | 편집 강지예 | 디자인 김영미 | 마케팅 송유근 함지숙

ⓒ 장성유 2023

마고의 숲

장성유

마고의 숲 한 세상 지도

이 세상의 남쪽 변두리 땅 지도. 땅 모양이 어금니 같다고 해서 누런 어금니 땅이라고도 불린다
어떤 이는 물을 담아 놓은 함지박 그릇 같다고 말하기도 했다.

| 차례 |

서장

마고는 그 자리에 조그만 숲을 만드네,
아무에게도 눈에 띄지 않게.
'가만……, 무언가 빠졌어.'
곰곰이 생각하다가 예쁜 이름 붙여 주네.

그 이름 마고의 숲!
아주아주 비밀스러운 숲.
그 누구의 눈에 한 번도 띄지 않은 채
천 년의 세월이 흐르네.

그 숲을 찾아낸 한 소녀가 있었네…….

1장

굉장한 비밀의 숲

그렇다!

소녀는 이 숲에서 길을 잃었다. 언제나 새로운 길을 찾아다니기 좋아하는 아이가 가끔 길을 잃어버리는 것처럼, 소녀 또한 길을 잃고 말았다. 왕느릅나무·들메나무·돌배나무, 그 사이사이 피나무·갈참나무·층층나무가 섞여 자라는, 어느 곳에서나 흔히 보는 그러한 숲! 그러나 아직 그 누구도 와 본 적 없는 비밀스러운 숲에 소녀는 와 있다.

"바로 이 숲이야!"

소녀는 굉장한 숲을 찾았다고 뛸 듯이 좋아했다. 저 혼자 바윗등에 앉아서 노래하고 춤추고, 신이 나서 숲속을 폴짝폴짝 뛰어다녔다. 솔방울을 따다가 나무 관중 앞에서 인형극을 해 보이기도 했다. 길을 잃지 않으려고 원을 둥그스름하게 그린 뒤, 흙을 파헤치고서 무늬 있는 깜장 돌 하나를 묻어 두기도 했다. 그리고 원 안에 쪼그리고 앉아 둘레둘레 쳐다보고는 이 나무 저 나무, 이 꽃 저 꽃을 눈에 익히면서 종알거렸다.

"이곳을 다시 찾게 된다면 난 길을 잃지 않은 거야."

꾸중을 듣거나 미움받고 있다고 생각될 때마다, 소녀는 혼자만 아는 비밀의 숲을 만들어 꼭꼭 숨어 버려야지, 하고 입술을 깨물며 다짐하곤 했다. 그러나 시간이 자꾸 흐를수록……, 마음이 울적해졌다.

"여긴……, 날 찾을 사람이 없는걸! 비밀스러운 숲이 되려면 내가 숨고, 날 찾을 사람이 있어야 해……."

후박나무 큰 잎사귀가 흔들거린다. 방금 앉은 조롱박이 새 한 마리가 깃을 치며 날아갔기 때문이다. 소녀는 누군가 손을 흔들며 잠을 깨우고 있다고 생각한다. 소녀를 훔쳐보던 조그만 빛이 재빨리 숨는다.

'가만있자……. 갑자기 머릿속이 까맣게 돼 버렸나 봐. 아무 것도 생각나지 않아. 이런 멍청이! 까마귀 고기라도 잡수셨나? 내 이름도 생각나지 않잖아. 아니지……, 찬찬히 생각해 봐야지. 아……, 내 이름은……, 음……. 다……. 그래, 다물!'

소녀는 눈을 번쩍 떴다.

어느새 숲은 부드러운 안개에 휩싸였다. 측백나무 숲 위로 잿빛 구름 한 조각이 어슴푸레 걸린다.

어디선가 물 흐르는 소리가 들려왔다. 다물은 왜 이때까지 물소리를 듣지 못했지, 하고는 뛰기 시작했다. 갑자기 힘이 솟구쳐 단숨에 개울가에 이르자 다물은 말할 수 없이 기뻤다.

"내 짐작대로야. 은빛 강이었어."

하얀 꽃 미나리아재비가 수북수북 자라오르던 개울이었다. 강이라고 불러 주기에는 조금 어색해 보이는 1미터 남짓한 개울. 어쨌든 다물에게는 '은빛 강'이었다. 개울은 어림잡아 집에서 1킬로미터도 채 떨어져 있지 않다. 제아무리 멀리 강을 거슬러 올라왔다고 하더라도 다시금 이 물을 따라 내려가면…….

집으로 가는 길을 찾을 수 있다!

'어딜 가서 아직 안 올까?' 하고 궁금해하며 한참 기다리고 계실 엄마 얼굴이 커다랗게 떠올랐다.

얼마 뒤, 퍽 눈에 익은 찔레 덤불이 나타났다. 다물은 걸음을 멈추고 물끄러미 그 아래쪽을 살폈다. '은빛 강'이라면 이 가까이에 창포풀이 자라고 있을 터다. 물론 바라던 대로다. 돌 틈마다 싱그러운 칼날을 자랑하며 뾰족뾰족 자라오른 창포 한 무더기!

샘물처럼 가슴이 벅차오른다.

'난 길을 잃지 않았어!'

다물은 개울가에 쪼그리고 앉았다. 집은 멀지 않으니, 배를 만들어 물에 띄워서 같이 달려가 볼까, 생각한다.

'창포 잎 한 장이면 충분해!'

다물은 윤기 흐르는 연둣빛 잎사귀를 쪼옥 뽑아 이파리를 반으로 접은 뒤, 그 끝을 요리조리 가르고 접어 풀잎 배를 만들었다.

"됐다!"

배를 띄웠다. 배는 기우뚱기우뚱 물살을 따라 매끄럽게 떠간다. 물살이 급해지자 배는 쑤욱ㅡ, 다물을 앞지른다.

"어?"

다물은 따라 뛰었다.

얼마나 뛰었는지 모른다. 물가의 토란밭을 지나 세 갈래 길이 있는 고갯마루만 넘으면 집이 보인다!

'집에 가면 눈을 감고 오늘 일을 찬찬히 생각해 봐야지…….'

그런데 가도 가도 똑같은 나무와 똑같은 덤불이 계속 이어질 뿐이다. 물가의 토란밭도, 세 갈래 길도 나타나지 않는다. 오히려 물줄기는 더욱 깊숙한 숲속으로 소녀를 이끌 뿐이다!

다물은 혼자 읊조렸다.

"이 숲길은 아무래도 이상야릇해……. 가도 가도 똑같은 길이야. 길 없는 숲일지도 몰라……."

오르막이던 길이 어느새 내리막이다. 멈칫해진다. 이러다가 한 발짝도 더 움직일 수 없는 골짜기로 빠져 버리는 건 아닐까? 그물에 갇혀 버린 것 같다. 그물에서 도망쳐 빠져나가려고 발버둥 칠수록 그물은 더욱 꼬일 뿐.

'차라리 가만히 서 있는 게 낫겠어!'

다물은 멈춰 섰다. 그때 팻말 하나가 보였다.

마고의 숲

"마고의 숲? 만세!"

다물은 소리쳤다. 누구인지 몰라도 이곳에 '마고'라는 숲의 주인이 살고 있다는 것, 그래서 그 주인에게 찾아가 길을 물어볼 수 있게 되었다는 것!

그런데 마고……, 마고……. 이상했다. 어디선가 한 번쯤 들어 본 듯한 낯익은 이름. 누구일까, 누구일까…….

바로 이때였다.

"비밀 이야기 하나 들려줄까?"

"어머나!"

움푹 팬 나무옹이 속에서 나무 할머니가 목을 쑥 내밀고 있었다.

"놀라지 마라! 굉장한 비밀이 있단다, 얘야."

"네?"

나무 할머니가 나뭇잎 담배를 뻐끔 태우며 다물의 신발 쪽을 슬쩍 내려다본다. 숲속을 헤매고 다닌 탓에 다물의 신발은 흙투성이였다. 다물은 한쪽 구두코를 빼딱 세워 보이며 말했다.

"제 신발을 드릴까요? 그러면 그 이야기를 들려주실 거예요?"

"아, 아니다! 난 구두 따윈 필요 없어. 걸을 필요가 없으니. 그냥 그런 걸 발에다 골무처럼 끼우고 걸어 다니는 게 내 눈엔 희한하게 보일 뿐이야."

"구두를 안 드려도 비밀 이야기를 들려주시는 거예요?"

다물은 곧 듣게 될 이야기를 기다리며 눈을 반짝거렸다.

"굉장한 비밀이 있단다, 얘야!"

"어머, 할머니! 또 똑같은 말씀을 하시네요."

"그럼! 온갖 귀중한 보물이 모두 여기서 나오고, 온 세상천지를 뒤바꿀 힘도 여기서 솟아 나오지. 날 속일 생각은 마라. 넌 그 비밀을 알아내려고 이 숲에 들어온 게 틀림없어. 그렇지?"

"하하하……. 할머니, 말도 안 돼요."

"네가 마고를 만나고 싶어 하는 것과 마찬가지로, 마고 또한 너를 만나 보기 위해 여기서 줄곧 기다리고 있단다. 이 세상 단 한 곳뿐인 여기……, 마고의 숲에서……."

"제가 마고를 만나고 싶어 한다고요? 마고가 저를 만나 보기 위해 줄곧 기다리고 있었다고요? 할머니! 저는 방금 겨우 마고를 알게 된걸요."

"떠들지 마! 내 얘긴 아직 안 끝났어. 맹랑하게도 지금 넌 자신을 속이고 있어."

다물은 입을 꾹 다물었다.

"네 눈초리는 지금도 말하고 있어. 굉장한 비밀을 알고 싶다고……."

"……."

다물은 고개를 숙인 채 마음속으로 대답했다.

'그건 그래요.'

"마고는 거인이야. 굉장한 비밀을 간직한 분이지. 그분은 비밀을 엄청나게 좋아해서, 하루에도 수천수만 개의 비밀을 만들어 낸단다. 이 세상의 모든 비밀 씨앗이 마고한테서 나왔다고 해도 지나친 말은 아닐 거야."

"네……. 비밀을 좋아하시니, 어린아이도 좋아하실 게 틀림없어요."

"물론이지!"

"그런데 그분은 어디 계시죠? 이 숲은 제가 늘 갖고 싶었던 비밀의 숲과 비슷해요. 놀라운 숲이에요! 누구라도 길을 잃어버리는 숲이죠. 이 숲을 만든 그분을 꼭 만나고 싶어요!"

"그게 참말이냐?"

나무 할머니는 놀라서 담배를 떨어뜨렸다.

다물은 담배를 주워 나무 할머니에게 건네며 계속 종알거렸다.

"네. 제가 다음에도 이 숲에 놀러 와도 되는지 묻고 싶어서 말예요. 그러자면 이 숲에서 나갈 수 있는 길을 알아 둬야 할 거예요."

"시끄러! 넌 자신을 속이고 있어."

"속이다니요?"

"넌 지금 줄곧 집으로 돌아갈 궁리에만 빠져 있잖아!"

다물은 또다시 입을 꾹 다물었다.

'굉장한 비밀이란 무엇일까. 하루에도 수천수만 개의 비밀을 만들어 낸다는……, 마고는 누구일까?'

생각에 잠겨 있던 다물은 짐짓 애처로운 목소리로 말했다.

"제발요, 할머니. 길을 가르쳐 주세요. 네? 하루 종일 숲속에서 길을 잃고 헤맸는걸요. 어서 집으로 돌아가야 해요."

나무 할머니는 난처한 낯빛으로 눈썹을 긁으며 말했다.

"이 숲에 들어온 건 네 뜻이지만, 적어도 이 숲에서 나가는 건 네 마음대론 안 될 거야."

"어머나! 할머니는 그렇게 끔찍한 말을 어떻게 어린아이한테 할 수 있어요?"

다물은 소리쳤다.

"이 숲속의 길은 오직 마고만이 알 뿐이야. 그러니 길을 물어보고 싶다면 마고를 찾아가렴."

다물은 잠시 생각에 잠겨 있다가 말했다.

"아! 걱정 마세요, 할머니. 마고가 어디에 있는지 금세 찾을 수 있어요."

"뭐, 뭐? 금세?"

"네! 이 숲에 남아 있는 마고의 발자국을 따라가면 금세 찾을 수 있지요."

"오, 넌 참 맹랑한 아이구나."

"하긴, 할머닌 걷지 못하시니 발자국이 어떻게 생겨나는지 잘 모르실 거예요. 발자국은 말예요, 보세요!"

다물은 신고 있던 구두를 한 번 들어 올렸다가 땅을 꾹꾹 내리찍듯이 하며 주위를 한 바퀴 빙 돌았다.

"물론, 제가 찍어 놓은 발자국이 보이시겠죠? 그래요! 누군가 제 발자국을 보고 이렇게 말할 거예요. 흠, 웬 작은 애가 구두를 신고서 이곳에 왔었군, 하고요."

"옳지! 그러니까 넌 이 숲에서 마고의 발자국을 찾겠단 말이지?"

"네!"

바로 그 순간이었다.

숲속 저 멀리서부터 '쿵— 쿵—' 하는 커다란 발소리가 울려 퍼졌다.

"우와! 굉장한 거인의 발소리예요. 아, 마고일까요?"

"아, 아니다! 이게 마고의 발소리일 리 없지."

"어머나, 그런데 할머니! 갑자기 왜 그렇게 무섭게 떨고 계시는 거예요?"

"글쎄, 글쎄! 저 무시무시한 발소리만 들으면 소름이 쫙쫙 끼친다니까. 얘야, 이건 마고의 발소리가 아니야!"

"할머닌 그걸 어떻게 아세요? 마고 발소리는 어떻게 들리는 거예요?"

"나 참, 마고는 발소리를 내지 않는단다. 그 어디에 자기 발자국을 남기지도 않아……."

갑자기 나무 할머니의 목소리가 점점 꺼져 들어가기 시작했다.

"할머니, 괜찮으세요? 그럼 저 발소리를 내는 거인은 누구예요? 왜 무시무시하다는 거예요? 할머니! 할머니!"

다물은 나무 가까이로 재빨리 다가서며 소리쳤다. 나무 할머니를 붙잡고 마고에 대해, 아니 지금 당장 쿵쿵 소리를 내며 다가오는 저 발소리에 대해 좀 더 캐묻고 싶어서였다.

"오, 무시무시한 놈! 아무도 저놈을 당해 낼 자가 없어. 오직 마고만이, 마고만이……."

"그래서요? 마고만이 어떻게 한다는 거예요?"

"마고만이 저놈을……."

"할머니! 할머니!"

나무 할머니는 소름 끼친다는 듯이 잠시 몸을 떨고는 나무 옹이 속으로 숨어 버렸다. 그리곤 멀뚱히 기다리고 있는 다물을 향해 고개를 빼꼼 내밀며 조그만 목소리로 속삭여 주었다.

"얘야, 마고만이 어떻게 하느냐고 물었냐? 마고만이, 마고만이…… 저 녀석 모가지를 쥐고 콱! 마고가 나타나기만 한다면!"

나무 할머니는 짓궂은 눈빛으로 잠시 장난스럽게 웃어 보였다.

"아, 할머니! 지금은 그렇게 웃으실 때가 아니에요."

"그렇지만 어떡하냐? 어쩔 수 없을 땐 웃기라도 해야지."

"하하! 하긴 그래요."

"지금은 마고가 어디에 숨어 버렸는지 도무지 알 수 없게 되었지. 그렇지만 오오! 얘야, 네 눈빛을 보니, 너야말로 어딘가에 숨어 있을 마고를 찾아낼 아이가 틀림없구나."

"네? 할머니, 전 마고에 대해 전혀 알지도, 들어 보지도 못했는걸요."

"아하, 그것이야말로 '가장 멋진 동기 부여'인 셈이야! 사실은 아무것도 모르면서 마치 자기가 다 알고 있는 양 으스대는 게 사람들 아니더냐? 나도 세상일을 들어서 그 정도는 알고 있다. 쬐끔 알고 있는 것보다는 '처음부터 전혀 몰랐던 상태'가 실은 가장 멋진 선택을 할 수 있는 기회인 셈이지!"

"어머나! 정말 멋진 말이에요. 제 머릿속에 꼭꼭 집어넣어 둘게요."

"암, 그래야지. 나는 오랫동안, 정확히는 수천 년 동안 숲속에서 나무 정령으로 살아왔어. 그런데 너처럼 이곳 마고의 숲에 들어와서 돌아다니는 아이는 처음 보았단 말이지. 저렇게 작은 아이가 앞으로 무시무시한 힘을 견뎌 낼 수 있을까……, 이런 생각이 들지. 하지만 얘야, 부디 어딘가 숨어 있을 마고를 찾아가렴. 암……, 그렇지."

"암, 무엇이 그렇다는 거예요?"

"반짝이는 네 눈은 굉장한 비밀을 꼭 알아내고 말 것 같구나. 암!"

"그럼, 할머니! 우선 마고를 만나러 가려면 어느 쪽으로 가야 할까요? 정말이지 이 숲은 '길 없는 숲'이니까요."

"어느 쪽이냐 하면 말이지……."

나무 할머니는 생각에 잠겼다. 쿵쿵거리는 무시무시한 발소리가 점차 다른 방향으로 멀어지는 것을 기다리는 듯했다.

나무 할머니는 진지한 표정을 짓고는 곧 웃어 보였다. 그리곤 손가락 하나를 세워 들고 이렇게 말했다.

"우선은 말이지, 물소리에 가만히 귀를 기울여야 해. 그리고 물소리가 들리는 쪽으로 가 보는 거야. 마고 거인은 종종 그 커다란 발을 물에 담그고 앉아 있곤 했으니까."

다물의 눈이 다시 한번 빛났다. 햇빛을 받아 눈부시게 일렁거리던 자기의 '은빛 강'이 눈앞의 그림처럼 떠올랐기 때문이다.

"그런데요, 마고 거인을 만났을 때 그분이 마고라는 것은 어떻게 알 수 있나요? 저처럼 쪼그만 아이는 마고 거인을 만나더라도 알아보지 못할 것 같아요. 숲속에서 숲이, 산속에서 산이 안 보이는 것처럼 말예요."

다물은 한숨을 폭 내쉬었다.

"애야, 넌 정말 어마어마하게 큰 마고 거인을 상상했구나. 하지만 그건 걱정할 것 없다. 마고를 만나게 되면 처음에는 희부연 알둥지 같은 것이 먼저 눈앞에 떠오를 거야. 그러면 그 속을 가만히 응시해야 해. 그 속에서 마고 거인은 서서히 자기 모습을 나타내 보일 테니……."

다물의 머릿속은 온갖 상상이 물결치는 듯 마구마구 부풀어 올랐다. 무언지 알지 못할 굉장한 흥분이 솟구쳐 올랐다. 다물은 참을 수 없는 감정을 억지로 감추면서 얼른 소리쳤다.

"그럼, 할머니! 잠시만 여기 계세요. 얼른 다녀올 테니까요!"

다물은 저 언덕 사이로 반짝 빛을 튕기는 냇물 쪽으로 뛰기 시작했다.

설마 나무 할머니를 다시 만나지 못하리라고는 짐작조차 하지 못한 채. 마고 거인을 찾아가는 이 숲속의 길이 자칫 '돌아올 수 없는 길'이 될 수도 있다는 것조차 까맣게 알지 못한 채.

흰 사슴 아후

'이상해. 내가 늘 알아 오던 그 숲이 아니야. 그 숲이긴 하지만, 그 숲이 아니야. 늘 걷던 그 길이지만, 똑같은 그 길은 아니야. 참 이상한 일이야…….'

하지만 다물은 조금씩 조금씩 이 숲의 비밀을 알아 가는 듯했다.

'참 이상한 숲, 길 없는 숲이야! 길인가 하고 가 보면 갑자기 길이 안 보이고, 곧은 길인가 하고 가 보면 어느새 거꾸로 휘어져 있고……. 길이란 게 제멋대로인 그런 숲인걸! 그렇지, 아무리 제멋대로인 길이라고 해도 길이 없다고는 말할 수 없어. 좋아, 그렇다면! 더욱 재미있겠는걸?'

다물은 점차 이 숲속 길의 매력에 빠져들었다.

'그냥 길이 없음을 인정하고 걸어가 볼까?'

다물은 씩씩하게 팔을 휘저으며 걷기 시작했다.

'길이라고 생각하고 걸어가면 길이 되는 그런 숲인걸! 그러고 보면 길 없는 숲도 아니지 뭐야. 모든 곳이 길인 숲이지, 뭐!'

멀리서 빛을 튕기던 '은빛 강'이 자취 없이 사라진 지는 이미 오래였다. 나무 할머니를 다시 만난다면 다시금 길의 방향을 물어볼 수도 있을 터인데 아쉬웠다. 벌써 한나절이 지난 듯했다. 이제 물소리 따윈 들리지도 않았다.

그래도 어디론가 걸어가야 한다면 조금이라도 더 밝은 쪽으로, 조금이라도 더 편편한 곳을 택해 다물은 걸었다.

싸아─, 하고 숲이 휘청일 정도로 센 바람이 불었다. 아까 낮에 나무 할머니가 이야기했던 무시무시한 거인이 숲을 휘젓고 쿵쿵 걸어 다니기 때문은 아닐까 싶어, 다물은 은근히 겁이 났다. 그러나 고집스럽게 입을 다물고 눈만큼은 크게 뜬 채로 조금씩 앞으로 나아갔다. 서걱거리는 자신의 치맛자락에 이상하게 마음이 쓰였다.

숲이 조금씩 어두워지고 있다는 것은, 마음 놓고 걸을 수 있는 눈앞 길이 좁아지고 있음을 말한다. 어느 순간에는 조금씩 걷는 이 걸음조차 멈춰야 할 것이다.

'힘을 내야지. 걸을 수 있는 데까지는 걸어가 볼 거야! 길이 저절로 생길 리는 없을 테니."

그때였다.

'저게 뭘까…….'

희미한 달빛을 받으며, 오르막 언덕에 덩치가 커다란 흰 짐승이 쓰러져 있는 게 보였다. 머리에는 관을 쓴 듯 푸르스름한 뿔이 바위의 반사광을 받아 빛났다.

다물은 힘겹게 걸음을 뗐다. 거센 바람을 안고 나아가듯이 힘겨웠다. 그 흰 짐승에게 가까이 갈수록 심장은 두방망이질을 치며 뛰었다.

'아!'

다물은 숨이 멎을 듯했다. 흰 사슴 한 마리가 기다란 목을 발 쪽으로 접어 누운 채로 가만히 있었다. 다물은 한동안 조금 떨어져 서서 사슴을 지켜보았다.

'이렇게 쓰러진 지 오래되었나 봐.'

불길한 생각이 스쳤다.

'사슴도 나처럼 길을 잃은 걸까? 사슴은 길을 잘 아는 동물인데 어떻게 길을 잃었을까? 이 사슴이 여기서 죽게 된다면, 나도 같은 처지가 되고 말 거야.'

다물은 어떻게 해야 할지 잠시 생각을 가다듬었다.

'아, 이럴 땐 어떡하면 좋을까? 내가 할 수 있는 일이란 무엇

일까?'

그때였다.

작고 동그란 빛 하나가 사슴뿔에 내려앉으며 다물에게 이렇
게 속삭여 주었다.

'네 숨을 불어 넣어. 어서! 더 늦기 전에!'

'목숨! 그래, 목숨!'

엄마는 그러셨다. 목숨이란 실낱같은 숨만 붙어 있어도 살
아날 수 있는 힘이 있다고.

무슨 용기가 어떻게 났던지, 다물은 사슴의 주둥이를 안고
코에다 숨을 불어 넣어 주었다. 한 번, 두 번, 세 번……. 사슴
의 코가 한 번 씰룩했다. 시간이 흘렀다. 사슴의 몸이 파르르
떨리는가 싶더니, 닫혀 있던 두 눈이 환하게 벌어졌다.

'아!'

비취옥이 박힌 듯이 크고 푸른 눈.

아후-.

사슴은 길게 숨을 내쉬며 가뿐하게 일어섰다.

"아후?"

다물은 사슴이 숨 쉬는 소리를 흉내 내며 쨍긋 웃어 보였다.

"흰 사슴 아후! 그래, 이제부터 널 '아후'라고 부를게."

흰 사슴 아후!

다물은 가슴이 벅찼다. 마주 선 채로 흰 사슴을 사랑스럽게 쳐다보았다.

'눈을 깜박이는 건 무슨 뜻일까? 입을 달싹이는 것은 물을 달라는 뜻일까?'

다물은 조금 더 가까이 다가갔다.

"널 해치지 않을 거야. 이리 와 봐."

작고도 민감해 보이는 뾰족한 귀, 목화솜같이 보송한 꼬리, 아름답게 펼쳐진 초록빛 뿔……. 다물은 신비로운 흰 사슴을 요모조모 뜯어보았다. 그사이 사슴은 멀찍이 물러났다.

'……'

사슴의 파란 눈이 이쪽을 빤히 건너다본다. 사슴은 긴 목을 바로 세웠다가 갸웃이 기울이기도 한다. 다물은 꼼짝하지 않고 서 있었다. 사슴이란 잘 놀라는 버릇을 가진 데다, 사람과는 그다지 친한 동물이 아니니 말이다.

다물은 자기의 마음을 가늠해 보이듯이 구두코를 까딱거려 보았다. 사슴은 다가올 듯 달아날 듯 주의 깊게 앞발을 내밀고 있었다.

꾸루루 꾸루-, 꾸루루 꾸루-.

흰 사슴 울음소리가 고요히 울려 퍼졌다. 그 울음소리는 다물의 가슴에 깊이 파고드는 듯했다.

"아후야, 난 마고 거인을 찾아가고 있어."

다물이 조용히 속삭였다. 다물은 사슴에게 더 하고 싶은 말을 하지 못하고 조용히 입을 다물었다. 이제 사슴은 달아날 기미를 보이지 않았다.

꾸루루 꾸우-.

사슴은 다시 한번 턱을 들어 울음을 토했다. 이상하게 다물에게는 퍽 슬프게 느껴지는 울음소리였다. 어떤 이유 때문인지는 몰라도, 이 숲에서 자기와 마찬가지로 길을 잃어버린 한 마리 흰 사슴을 다물은 놓치고 싶지 않았다.

구름 사이로 달이 얼굴을 내밀었다. 다물은 놀라서 두리번거렸다. 허리 굽은 소나무 세 그루가 달빛을 받으며 눈앞에 드러난 것이다. 가끔 집에 안 계신 엄마를 찾아서 와 보면 늘 앉아 계시던 그 황새목 언덕배기였다.

엄마가 계시던 자리에는 이상한 바위 하나가 오뚝하니 앉아 있었다.

'다물, 내 딸아……. 여기란다.'

엄마 목소리는 그 바위 속에서 웅웅- 울려 나오고 있었다. 엄마는 언제부터 여기에 있던 건지, 얼굴에서부터 손, 어깨, 허리, 이제는 발목까지 차가운 돌로 변해 있었다.

"엄마! 엄마! 도대체 어떻게 된 거예요?"

다물은 아직 부드러움이 남아 있는 엄마의 입술을 매만지며 울먹였다.

'다물, 엄마가 완전히 돌이 되기 전에 이렇게 너를 만나서 참 다행이야. 엄마도 이곳 마고의 숲에 들어오게 되었지. 다물, 내 딸아……. 이제 엄마는 말을 못 하게 된단다. 마고를 찾아가거라. 마고를 만나게 되면 모든 일을 알게 될 거야.'

"엄마! 엄마! 어서 깨어나요. 도무지 무슨 말인지 알 수 없어요. 어서 우리 집에 가요."

그러나 보고 또 보아도 엄마는 이제 싸늘한 돌일 뿐이었다. 다물은 갓 태어난 짐승처럼 몸을 옹크리고 바들바들 떨었다.

다물은 돌이 된 엄마 무릎에 엎드려 한참을 울었다. 그러다 잠시, 번쩍 고개를 들고 생각했다.

'이로써 난 집으로 돌아갈 이유가 없어진 셈이야.'

다물은 정신을 차리고 사방을 둘레둘레 살폈다. 바사삭, 하고 조심스럽게 다가오는 발소리가 들린 듯했다. 흰 사슴은 어디론가 사라진 뒤였다. 다물은 글썽이는 눈물을 얼른 주먹으로 훔쳤다.

저 멀리 나무숲 속에서 희미한 등불이 나타난 것은 바로 그때였다.

이상한 비밀 실험실

"괜찮으냐?"

낡은 삿갓을 쓰고 나타난 이상한 노인이었다.

"사슴이 달아나서 그러느냐?"

노인은 짓궂게 되물었다.

"괜찮아요!"

다물은 고집스럽게 입술을 깨물었다. 그러나 노인이 줄곧 숨어서 자신을 훔쳐보고 있었으리라는 것에 생각이 미치자 머리털이 쭈뼛 섰다.

노인은 등불을 들고 이리저리 다물의 얼굴을 살피며 말했다.

"배가 많이 고프겠구나. 마 뿌리를 좀 캤는데, 마죽이라도 같이 끓여 먹자꾸나."

노인의 한쪽 어깨에 걸쳐진 망태 자루는 꽤 묵직해 보였다.

"……."

"난 네 이름을 알고 있단다."

다물은 놀라서 눈을 동그랗게 떴다.

"다물! 그렇지?"

노인은 더 물어볼 것도 없다는 듯이 어깨를 으쓱하며 가만히 고개를 끄덕여 보였다.

"그러니 날 믿고 따라오너라. 비밀스러운 연구 실험이 거의 다 끝나 가고 있단다."

노인은 다물의 대답 따윈 기다릴 것 없다는 듯이 앞서 걸었다. 다물은 튕기듯 일어나 따라 걸었다.

삿갓을 쓴 이상한 노인은 가끔 지팡이로 땅을 탕, 탕, 치면서 몸을 날렵하게 날리며 걸었다. 옷자락은 바람에 휘휘- 날렸다. 신기하게도 노인의 발은 땅에 닿지 않는 듯이 느껴졌다.

'이렇게 캄캄한데 어떻게 길을 알아볼까…….'

"할아버진 이 숲에 대해 좀 알고 계세요? 이곳은 마고의 숲이라는데요."

"그렇지. 조금은 알고 있다."

"이 숲은 참 길이 요상하게 꼬이는 이상한 숲이에요. 안 그래요? 있다가도 없어지고, 없다가도 갑자기 나타나는 그런 이상한 길……. 이 숲에서는 누구나 길을 잃어버릴 거예요."

다물은 말을 멈추고 피식 웃었다.

"왜, 또 길을 잃을까 봐 걱정되니?"

"걱정이죠. 그런데 할아버진 어떻게 지금 길을 찾아가고 계신 거예요?"

"애야."

"네?"

"또 다른 눈을 떠야 해."

"네?"

"어둠 속에서 오히려 더 밝게 보는 눈이 있지. 보이지 않는 눈은 새로운 길을 볼 수 있어."

멀리서 조그만 빛이 하나둘 모습을 드러내며 깜박이기 시작했다.

"낮에는 보이지 않던 숲속 정령들이 눈을 뜨는 거란다."

다물은 눈앞의 광경이 믿어지지 않았다. 지금까지 만나 보지 못한, 아름다운 숲속의 불빛 잔치였다.

"두려워하지 말거라."

"네?"

다물은 계속 '네?'라고만 반문하는 자신이 마음에 들지 않았지만 어찌해 볼 도리가 없었다.

"네 마음이 두려움에 휩싸이는 그때, 넌 길을 잃어버리게 될 거야. 알겠지?"

"그런데 할아버지, 마고 거인은 어떤 분이죠? 이렇게 길을 잃어버리는 이상한 숲을 만들어 놓고 왜 숨어 버린 거예요?"

"흐음, 네가 길을 잃어버린 걸 마고 탓으로 돌리는 게냐?"

"아, 아니에요. 오해는 마세요. 이렇게 굉장히 멋진 숲을 만들어 놓고는 마음껏 놀지도 않고 어딘가 숨어 있다는 건 마고에게 좀 억울한 일일 거예요. 하긴, 마고 거인이 숨바꼭질 놀이를 좋아하는지 어떤지는 모르지만 말예요."

"거참, 숨바꼭질을 좋아하는 마고 거인이라니 재미있는 생각이야. 네 말대로 마고가 억울하지 않게 이 숲에서 마음껏 놀 수 있는 그런 때가 어서 왔으면 싶구나."

노인은 그저 우습다는 듯이 반쯤은 장난스럽게 말했다.

"……"

"그리고 마고는 비겁해서 숨었다기보다는 이 숲을 온전히 지켜 내기 위해 어딘가에 숨었다고 보아야 할 것 같구나."

"네? 이 숲을 지켜 내려고요? 어머, 그건 더 알지 못할 일이네요. 밤이나 낮이나 이 숲을 지키려면 누가 이 숲을 해치진 않을까, 단단히 눈알을 부라리면서 보초를 서고 있어야죠. 아무도 찾지 못할 어딘가에 숨어 있으면 정말 곤란하죠!"

다물은 또박또박 말했다.

"그렇기도 하군!"

다물은 장단을 맞춰 주는 듯한 노인의 대꾸에 한술 더 떠서 무언가를 계속 종알거렸다. 한참을 듣던 노인이 삿갓을 살짝 비껴 돌리며 다물을 나직나직 타일렀다.

"그건 아직 네가 몰라서 그렇지. 나타나서 할 일이 있고 숨어서 해야 할 일이 있단다. 대부분 큰일은 숨어서 해야 하지. 아참, 아까 마고 거인이 어떤 분이냐고 물었지?"

다물은 잠시 숨을 멈추고 귀를 쫑긋 기울였다.

"마고 거인은 아무도 한눈에 만날 수는 없어. 고작 그 손등이나 팔뚝, 발뒤꿈치 같은 것을 간신히 조금씩 알아볼 뿐이지. 하지만 누구나 평생에 한 번, 마고 거인을 만나게 된다면 그 아름다운 모습을 잊지 못하고 가슴에 품고 살아가게 된단다."

다물은 노인의 말에 갑자기 한숨을 쉬었다.

"왜 그러느냐?"

"아무도 한눈에 만날 수 없다는 그런 마고 거인을 어떻게 찾아서 만날 수 있을지, 정말 걱정이 태산이에요!"

"그렇겠구나. 걱정이 태산 같겠구나!"

노인은 짐짓 웃고는 등불을 입 가까이로 들어 올려 훅, 하고 불어 꺼 버렸다.

온 세상이 갑자기 칠흑같이 느껴졌다.

"쉿, 저길 봐라!"

노인은 다물의 머리를 돌려 한 곳으로 고정시켰다.

아후가 푸른 눈으로 이쪽을 건너다보고 있었다.

"아! 흰 사슴 아후예요! 저랑 마찬가지로 이 숲에서 길을 잃었어요. 우린 금세 동무가 되었는걸요."

다물은 자랑스럽게 떠들었다. 흰 사슴 아후가 들어 주길 은근히 바라면서.

"저 사슴은 줄곧 너를 따라오고 있었단다. 등불의 밝은 불빛 때문에 네가 보지 못했던 거야. 밝으면 오히려 볼 수 없는 게 있다는 걸 알겠니? 어두울수록 더욱 먼 곳을 보게 될 때가 있단다. 바로 지금이 그때일 거야."

"네?"

이해하기 어려운 말에 다물은 입술을 뾰로통하게 내밀었다.

"다 왔다. 이곳이 내가 사는 움막이지."

다물은 깜짝 놀랐다. 툭 튀어나온 바위 처마 밑으로 좁다란 문짝이 하나 걸려 있었다. 다물은 노인의 옆모습을 힐끔 쳐다보았다.

'정말 이상한 할아버지야. 계속 계속 날 놀라게 하시네!'

잠시 뒤였다. 멀리서 쿵, 쿵, 소리가 울렸다. 다물은 멈칫했다. 무엇보다 숲에 남아 있어야 할 흰 사슴 아후가 걱정되었다.

움막 입구는 너무도 낮고 작아 보였다.

"쿵쿵 발소리 거인이에요. 아까 숲에서 만난 나무 할머니께
선 무시무시한 놈이라고 그러셨어요."

"아무래도 그놈 눈에 우리가 들킨 듯하구나. 서둘러야겠는
걸……."

노인은 급히 삿갓을 벗어들고 치렁치렁 문짝을 가린 넝쿨을
살짝 걷어 내며 안으로 들어갔다.

"우와! 여기가 아까 말씀하신 실험실이에요?"

다물은 움막 안으로 들어서자마자 휘황하게 펼쳐진 각종 실
험도구를 둘러보며 감탄했다.

"비밀, 거 무슨 실험실인가……."

"그렇단다. 비밀스러운 연구 실험실."

나무뿌리가 용처럼 구불구불하게 바닥 위로 드러나 있고,
그 사이로는 납작납작한 나무 그루터기 탁자가 몇 개 놓여 있
었다. 반반한 돌덩이 몇 개는 돌의자로 사용되고 있는 형편이
었다. 아름드리나무 둥치에는 선반을 만들어 걸어 놓고 낡은
책들을 잔뜩 쌓아 놓았다. 보아하니 이 움막은 큰 고목을 버팀
대 삼아 만들어 놓은 공간이었다.

각종 실험에 사용되었던 도구들은 바닥에 어질어져 있었다.

바퀴에서 떨어져 나온 굴대통, 멈춰 버린 괘종시계, 철사 묶음과 나사 같은 부속품 따위…….

"그런데 여기서 무슨 실험을 하시는 거예요? 아까…… 비밀스러운 연구……."

다물은 잠시 우습다는 듯 눈을 찡긋했다.

"왜, 이 할애비는 그런 비밀스러운 연구 실험 따윈 못 한다는 게냐? 우선 배고픔부터 달래자꾸나. 마를 갈아 쪄 먹으면 부드러운 보양식이 된단다. 잠시 여기에 들어가서 쉬렴. 목화솜을 따다가 만들어 놓은 폭신이 둥우리란다."

노인은 등불이 놓인 그루터기 탁자 위에다 망태자루에 담긴 마를 쏟아 놓았다. 꽤 푸짐한 저녁거리를 상상하며 다물은 폭신이 둥우리 속에서 잠시 노곤해진 몸을 쉬었다.

"노릇노릇한 게 아주 먹음직하게 되어 간다."

어느새 구수한 냄새가 움막 안에 가득 찼다. 다물은 저도 모르게 침을 꼴깍 삼켰다. 비로소 배가 고프다는 느낌이 들었다.

다물은 처음으로 노인과 마주 보고 앉았다. 서로 눈이 마주쳤다. 노인의 눈동자 속에서 등불이 빨갛게 타올랐다.

"천천히 들어라."

그러나 첫 숟가락을 들자마자 다물은 목이 콱 메었다. 이렇게 따뜻하고 부드러운 걸 엄마와 함께 먹을 수 있다면!

"때가 되면 다 회복될 터이니, 그만 잊도록 해라."

이상하게도 다물은 번번이 노인에게 속을 들키는 기분이다.

얌전히 수저를 내려놓고 물었다.

"그런데, 어떻게 제 이름을 아셨어요? 혹시 누가 제 이름을 가르쳐 준 거예요?"

"죽을 다 먹으면 얘기해 주마."

"정말이죠?"

다물은 뜨거운 죽을 후후- 불어 식히며 뚝딱 그릇을 비웠다.

"아마 네가 태어나기도 전 일이지. 네 아빠가 알려 줘서 알았단다."

"제가 태어나기도 전인데 어떻게요?"

"네 아빠가 곧 태어날 아기의 이름을 지어 놓았다고 하면서 살짝 알려 줬단다. 다물이라고 지었다고 하더구나."

다물은 저도 모르게 자리에서 벌떡 일어섰다.

"엄만 늘 아빠를 기다리곤 하셨어요. 아빠를 마중해야 한다면서 황새목 언덕배기로 올라가곤 하셨어요."

"아직 네게 다 말해 줄 수는 없지만, 사실은 이 비밀스러운 연구 실험도 네 아빠가 머리를 짜내어 설계한 거란다. 먼저 네 아빠는 천 년 전 사람인 나를 불러냈지."

"천 년 전이라고요?"

"안 믿어지겠지만 말이다. 난 너덜너덜 다 해진 옷을 백 번도 더 기워 입고 다닌다고 해서 그 옛날에 '백결'이라고 불렸단다. 네 아빠와 나는 궤짝이 쌓여 있던 좁은 다락방에 마주 앉아 밤새도록 마고에 대한 이야기를 나누었지."

다물은 침을 꼴깍 삼켰다.

"천년만년 긴 세월이 흐르는 동안 점점 사람들로부터 잊힌 마고 이야기를 말이야. 우리는 단박에 마음이 통했어. 지금이야말로 마고를 불러내어 다시 찾아야 할 때라는 걸 말이야. 더럽혀지고 핏물로 얼룩진 땅을 새롭게 회복해 줄 힘. 큰 어머니의 힘······."

"저······, 그런데 아빠는 어떻게 되신 거예요?"

"네 아빠는 실험실에서 어느 날 갑자기 사라지고 말았어. 벌써 15년 전 일이구나. 그때부터 지금까지 난 이 숲속에서 네 아빠를 언제 다시 만날 수 있을까, 하고 늘 기다리고 있단다. 우리의 실험은 무시무시한 놈의 방해를 종종 받았어. 번개를 내리칠 때마다 그놈의 쌍날 도끼 그림자가 땅바닥에 떨어지곤 했지. 그런 순간에도 우린 숨죽이며 실험에 몰두했어."

"아까 처음 뵈었을 때 비밀스러운 연구 실험이 거의 끝나가고 있다고······."

다물은 말끝을 흐렸다.

"거의 끝나가고 있긴 하지만……."

백결 할아버지는 곤란한 낯으로 이마를 슬슬 긁었다.

"그런데 저……, 그게 무슨 실험인 거예요?"

"그건 말이다. 마고 거인을 찾을 수 있는 기계장치란다."

다물은 숨이 멎는 듯했다. 그 기계장치는 바로 다물 자신을 위한 것이 아닌가 말이다. 비밀스러운 일이 이렇게 오랜 세월 동안 준비되어 왔다는 것, 그럼에도 자신은 그 오랜 세월 동안 아무런 준비가 없었다는 것이 이상스럽게 여겨졌다.

움막 안쪽 가려진 벽 틈으로 푸르스름한 빛이 새었다. 다물은 힐끗 백결 할아버지를 쳐다보았다. 가 보아도 좋다는 할아버지의 눈신호였다. 다물은 저도 모르게 이끌려 갔다. 실험실 앞에 서자 바윗돌이 스르르 열렸다. 좁다란 길이 실험실 안쪽까지 이어졌다.

다물은 얼빠진 듯 우뚝 섰다. 비밀스러운 연구 실험은 저절로 움직여지는 실험이었던 것이다.

'별별 희한한 실험도 다 있네. 어쨌든, 이런 실험으로 마고를 만날 수 있게 되다니 참 신기한 일이야!'

머릿속에 그려 본 적도 없는 엉뚱하고도 놀랄 만한 기계장치는 착착 작동하고 있었다.

장치의 원리는 간단했다. 큰 막대 기둥 두 개가 키 높이로 세워진 사이로 오색 띠가 각각의 기둥에 걸린 바퀴와 맞물려 빙글빙글 돌아갔다. 오른쪽과 왼쪽 바퀴들은 각기 서로 마주 보는 방향으로 돌아가면서 하나의 띠를 돌리고 있었다. 한 개의 바퀴에 맞물려 돌던 띠가 건너편 바퀴로 넘어갈 즈음해서는 띠의 안과 밖이 어느새 바뀌어 접어 들어가는 것이다. 꼬인 듯 펼쳐지는 듯, 실험인 듯 예술인 듯. 그것을 지켜보는 다물의 몸은 점점 가벼워져 떠오르는 듯했다.

한참을 돌아가던 오색 띠 속에 서서히 청잣빛 푸른 연기가 공처럼 돌돌 망울져 피어났다. 푸른 연기공은 춤을 추듯이 천천히 돌면서 자꾸자꾸 커져 가더니 나중에는 기계장치 전체를 휘감았다.

다물은 세상이 빙그르르 도는 듯 잠시 어질어질했다.

"참 간단하고도 신비롭고……, 이상한 실험이에요."

"이 세상의 축소판 같은 거지."

"어머나! 이렇게 단순하고 우스꽝스러운 게 이 세상인 거예요?"

"푸른 연기공을 가만히 들여다보렴. 거기엔 아홉 구멍이 있단다."

"네?"

다물은 다시금 놀라며 푸른 연기공을 뚫어질 듯 들여다보았다.

"아홉 구멍 안으로는 길이 나 있지. 보아도 보이지 않고, 만져도 만져지지 않는 것들이 저 안에 가득 차 있어. 자세히 보렴. 솟아 있는 것, 휘돌고 있는 것, 패여 있는 것. 이 모든 것은 저 안에 있는 '무(無)'라는 세계이지. '무'라는 것은⋯⋯. '가득 참'의 세계, 그것이 바로 아홉 구멍의 모습이란다. 저 각각의 구멍에서 빛이 나오고 소리가 나오고 비밀 목숨이 살아서 나오지. 흙, 나무, 풀, 새⋯⋯."

"할아버지, 그럼 저 아홉 구멍은 자기들끼리 서로 통하는 거예요?"

"그렇지! 서로서로 통하면서 바꾸기도 하고 하나가 되려고도 하지."

다물은 귀를 곤두세웠다. 도무지 이해되지 않는 이야기들뿐이지만, 조금씩 알 것도 같은 신비로운 세계였다.

"이제 푸른 연기공은 파란 구슬을 만들어 내게 된단다. 그리고 그 구슬은 네 것이 될 거야."

"네?"

"이 기계장치는 네 아빠가 마고를 찾아가기 위해 만든 것이니까. 이제 마고 거인을 만나러 가는 다물에게 전해 줘야 하는 게지."

다물은 놀라움으로 입이 벌어졌다.

'어제까지만 해도 아무런 징조가 없던 나의 세계 속으로 어떻게 마고 거인이 들어온 걸까? 마고를 만나게 되면 엄마는 돌에서 풀려날 수 있을까……. 아빠도 집으로 돌아오실까……. 마고는 어떤 분일까. 굉장한 비밀을 간직한 분이라고 하셨지. 마고……. 나도 모르게 마고 거인의 힘에 이끌리고 있어.'

다물은 선 채로 시간이 얼마나 흘러 버렸는지도 깨닫지 못했다. 백결 할아버지의 두 손이 다물의 어깨를 쥐고 흔들고서야 퍼뜩 정신을 차렸다.

"애야, 무슨 생각에 잠겨 있는 게냐?"

"아, 아니에요. 할아버지! 저……, 마고 거인은 이 숲을 만든 분이니, 마고를 만나면 집으로 돌아가는 길도 가르쳐 주시겠죠?"

"흐음, 당연히 그리해야지……."

무언가 말머리를 떼려던 백결 할아버지가 말을 멈추고 바깥을 향해 고개를 돌렸다.

"네 동무 사슴이 와서 기다리고 있구나."

"흰 사슴 아후라고 불러 주세요. 아까 '아후'라고 이름을 붙여 줬거든요."

"더없이 훌륭한 이름이구나. 좋은 벗이 되겠어."

두 사람은 처음으로 함께 웃었다.

다물은 바깥에서 기다릴 아후를 생각하자 이상하게도 마음이 조급해졌다. 곧 떠나야 할 때가 오리라는 것을 다물은 느끼고 있었다. 그래서 마음을 열고 조용히 속생각을 꺼냈다.

"할아버지, 마고를 찾아가려면 뭔가를 좀 더 알아야 할 텐데 저는 아무것도 아는 게 없어서 좀 걱정이에요."

"좋아! 드디어 때가 된 모양이구나."

"무슨 때인가요?"

"오, 마고에 대한 이야기를 들려줄 때이지."

백결 할아버지는 지팡이를 탕 치는가 싶더니 날아오를 듯 훌쩍 뛰어서 선반에 놓인 책 한 권을 내렸다. 표지에 적힌 글자가 다물의 눈에 들어왔다.

마고의 숲

"마고의 숲에 대한 이야기군요?"

다물은 두 눈을 반짝였다.

"그럼, 그럼! 마고의 숲이 이 세상에 생겨나게 된 오래된 이야기가 기록된 책이란다. 난 오래된 비밀을 전해 줄 수 있을 따름이야."

"아, 어서 알고 싶어요. 당장 읽어 볼래요."

"그러자꾸나!"

다물은 책을 펼쳐 들었다.

마고의 숲이 생겨난 이야기

내 노래하리니,

옛날 옛날, 아득히 먼 옛날의……, 아름다운 마고를!

먹보다 검고 밤하늘처럼 푸르른 공중에서 긴 울림소리가 울려 퍼지네.

깊은 잠 속에서 깨어 일어나 마고는 성을 쌓기 시작했네.

부지런히 돌을 나르고, 둥그런 단을 높이 세우고,

하얗고 긴 손톱으로 물길을 내어 성 가운데로 흐르게 하였네.

*

처음 세상의 시대에 마고 거인은 이 땅 가장 높은 곳에 성을 만들었다. 마고가 겨드랑이를 열자 그 속에서 사람들이 걸어

나왔다. 그때 성안 사람들은 땅에서 솟아나는 우윳빛 샘물을 먹고 맑은 마음으로 살았다. 성에선 모든 곳이 길이었다.

그러나 사람들이 늘어나자 성에서 솟아나던 우윳빛 샘물이 부족해졌다. 줄을 서서 기다리다가 배고픔을 이기지 못한 무리의 몇 사람이 샘을 차지하려고 성 밑을 파헤쳤다. 그러자 성이 부서지며 솟아나던 샘물도 말라 버렸다. 사람들은 살길을 찾아 성문을 나가서는 동쪽으로, 서쪽으로, 남쪽으로, 북쪽으로 멀리 흩어져 갔다.

그때 마고에게는 쓱쓱 쓸기만 하면 길이 생기는 신기한 싸리비 한 자루가 있었다.

마고는 되도록 길을 만들지 않으려고 했다.

'길은 이쪽저쪽 땅을 나누고 마을을 나누는걸. 땅을 나누면 사람들 마음까지 나뉠 수 있어. 게다가……, 길을 닦게 되면 그 나머지 땅은 길 아닌 곳이 되지 않겠어?'

그러나 마침내 마고는 길을 찾아 헤매고 다니는 사람들을 돕기 위해 길을 닦기 시작했다.

신기한 싸리비 한 자루로 쓱쓱, 쓱쓱. 산길, 들길, 샛길, 오솔길, 꽃길, 호랑가시나무 길…….

마고는 온종일 길을 닦느라 잠잘 겨를조차 없었다. 어떤 사람은 새벽같이 깨었고, 어떤 사람은 달이 기울 때까지 돌아다넜다.

후-!

마고는 그만 지쳐 쓰러져, 숲에서 잠이 들었다. 아르랑……, 가르랑…….

그때 마고 거인이 잠자던 성벽 밑으로 한 사나이가 나타났다. 그는 걸음을 멈추고 얼씬얼씬 기웃거렸다.

'나도 길을 만들어 봐야지…….'

그는 마고의 싸리비 이삭 하나를 훔쳤다.

사나이가 획- 획- 비질을 해 보니, 과연 눈앞에 길이 생겼다.

싸리비 이삭을 훔쳐 낸 그 사람은 자꾸자꾸 자기의 길을 만들어 갔다. 그는 싸리비 이삭을 흥정하여 건넛마을 사람들에게 팔아넘기기도 했다.

마고가 쓰러져 잠이 든 지 7일 하고도 아홉 시간이 지났다. 마고가 눈을 뜨고 깨어나자 우뭇가사리 같은 수천수만 갈래 길이 저 멀리 세상 끝까지 뻗어 나가 있었다.

성을 떠나 멀리 간 사람들에게는 이제 마고가 보이지 않게 되었다. 점차 사람들은 성에서 마고와 함께 살던 옛날 일을 까마득히 잊어 갔다.

마고는 가끔 슬픔에 잠겼다.

'저렇게 멀리 가 버렸으니 여기에 앉아 있는 내가 보일 리 없

겠어…….'

마고는 밤낮으로 궁리했다.

'저렇게 멀리 떠난 사람들을 어떻게 하면 다시 성으로 돌아오게 할 수 있을까.'

먼동이 터 오는 어느 새벽, 마고는 무릎을 쳤다.

'그래! 길의 처음과 끝을 이어 붙이는 거야!'

길의 시작과 끝을 이어 붙이면, 지금은 사람들이 자기대로 열심히 길을 가고 있지만 언젠가는 다시 이 성으로 돌아올 수밖에 없게 된다!

참 멋지고도 재미있는 길이었다.

그렇지만 마고는 잠시 엉뚱한 생각에 잠겼다.

'옳지! 길을 꼬아서 붙여야겠어.'

그러면 어디로든 통하는 그런 길이 된다. 시작도 끝도 없는 길, 안인가 하면 바깥이 되고 바깥인가 하면 안이 되는 길, 위도 아래도 없는 길……. 어느 곳에서든 성으로 오게 해야지!

마고는 길의 처음과 끝을 끌어당겼다. 그리고 하늘을 한 겹 벗겨 내어 침 발라 길의 윗면과 아랫면을 살짝 꼬듯 이어 붙였다.

그런데 길을 꼬아서 붙인 그 자리에서는 가끔 엉뚱하고도 수상한 일들이 일어났다. 산이 거꾸로 뒤집혀 보이고, 날던 새들이 사라지고, 골짜기 물이 골짜기 안으로 흘러갔으니까!

마고는 그 자리에 조그만 숲을 만들어 감춰 두기로 했다. 그리고 그 숲에 '마고의 숲'이라는 예쁜 이름을 붙여 주었다.

마고는 꽤 흡족했다. 폭포 줄기처럼 시원하게 웃었다. 콧노래를 부르며 갈대밭을 걸었다.

'어느 누가 이 숲에 찾아올까?'

마고는 알지 못할 그때를 기다려 보기로 했다. 비밀 상자 하나를 꼬옥 품어 안은 채.

'이 비밀을 꼭 전해 주리라!'

그 후 마고는 연기처럼……, 바람처럼……, 사라졌다.

작고도 파란 구슬

다물은 책을 덮었다.

이것은 먼 옛날이야기임에도 어딘가 뼈에 사무치는 이야기였다. 한 편의 길고 긴 서사시와도 같았다.

움막 저 바깥에서는 가끔 천둥이 울렸다.

백결 할아버지는 움막 바깥으로 귀를 기울이며 가끔 말을 끊었다가 이었다.

"마고는 굉장한 비밀을 전해 주기 위해 아무도 찾지 못할 깊은 곳에 숨어서 때를 기다리고 있는 거란다."

다물은 생각했다.

'비밀을 한 가지 안다는 것은, 이제부터 그것을 지켜 주고 그것을 위해 참아 주고 견뎌야 한다는 것이다. 비밀이란 그런 것

이다!'

"할아버지! 오늘은 어쩐지 온 세상의 비밀을 한꺼번에 알아 버린 날 같아요. 어서 마고를 만나러 가야겠어요."

"흐음, 마고 거인이 서서히 나타날 그때가 다가오고 있나 보다. 다물……, 넌 마고의 숲을 찾아낸 첫 번째 아이란다."

다물은 그 말을 믿을 수 없어서 되물었다.

"제가 말예요?"

"그렇단다."

다물은 손끝이 아프도록 힘주어 주먹을 쥐었다. 가슴이 벅차올랐다. 우물에 비친 자기 얼굴을 들여다보듯, 나 같기도 하고 남 같기도 한 그런 마고였다.

"다물, 넌 꼭 마고 거인을 만나게 될 거야. 그리고 마고가 깊이 감춰 둔 굉장한 비밀을 얻어서 이윽고 돌아올 거야!"

"……."

"그러기 위해선 그 무엇보다 넌 네 힘을 믿어야 해."

"전 작은 아이일 뿐인걸요."

"아니, 아니. 네 안에는 두 개의 힘이 함께 있어. 하려고 하는 힘과 그만두려는 힘이 팽팽하게 맞서 싸우지. 네가 그만두려는 그 찰나에, 모든 일은 멈추고 마는 게야. 곧 완성될 파란 구슬이 널 마고 거인으로 이끌어 줄 안내자가 되어 줄 게다."

그사이에 연구 실험실의 푸른 연기공은 점차 빛살에 휩싸여
갔다.

"이크! 비밀스러운 연구 실험이 마침 완성되려는 모양이구나."

와그르르.

움막 바깥에서 거대한 물건이 굴러떨어지는 듯한 소리가 들
려왔다. 갑자기 지진을 만난 듯 움막이 뒤흔들렸다.

"빌어먹을! 15년 전과 똑같은 일이 벌어지고 있어. 실험이 꼭
완성되어야 하는데. 무시무시한 그놈이 지금 이 움막 근처를
얼쩡거리나 보다."

"도대체 누, 누구예요?"

다물은 무서움에 떨며 기어들어 가는 목소리로 물었다.

"이 숲을 몽땅 차지하려는 자……. 마고 거인을 숲에서 쫓아
내려고 야금야금 숲을 차지하고는 이 숲의 무시무시한 지배자
가 되려고 하는 악당이지."

"할아버지, 마고 거인은 힘이 없어요? 왜 숨어 있기만 하고
나타나서 악당을 혼내 주지 않아요?"

다물은 슬며시 화가 나서 말했다.

"마고는 고이 간직한 비밀을 지키기 위해 녀석과 부딪치려 하
지 않을 뿐이란다. 굉장한 비밀을 다치지 않게 하려고, 녀석에
게 그것을 도둑 맞히지 않게 하려고, 비밀이 고스란히 네 손에

전해지게 하려고……."

다물은 부끄러워 고개를 숙였다.

백결 할아버지는 시간을 재듯 손가락을 꼽으면서 기계장치 앞을 왔다 갔다 하며 서성거렸다.

그때였다.

'쉭, 쉭, 쉬-익!'

푸른 연기공을 만든 기계장치에서 수증기와 불꽃이 한꺼번에 치솟기 시작했다.

백결 할아버지는 마침내 기다려 온 때가 왔다며 힘주어 고개를 끄덕였다.

"됐어……."

천천히 돌아가던 푸른 연기공은 점점 속도를 더하며 돌기 시작했다. 다물은 갑자기 속이 메스껍고 머리가 어지러웠다. 연기공이 움직일 때마다 머릿속이 빙글빙글 도는 듯했다. 헛구역질이 나면서 쓰러질 것 같았다.

다물은 가까스로 눈을 떴다. 놀라움에 찬 백결 할아버지의 눈동자에 푸른 연기공이 불꽃처럼 맺혀 있던 것 같았다.

무언가를 번쩍 쳐든 백결 할아버지의 두 손이 파랗게 물들었다. 마침내 파란 구슬은 완성되었다.

"이제 됐어. 마고를 찾아가는 작고도 파란 구슬……. 녀석이 두려워할 구슬······."

이제 구슬은 스스로 빛을 내고 있었다.

다물은 눈을 질끈 감았다 떴다. 눈이 따끔거렸다. 다물은 아까부터 이상하게 눈길을 끄는 움막 한쪽 벽면의 시계를 뚫어질 듯이 보았다. 기우뚱하게 걸린 벽시계 한복판에 뚫려 있는 커다란 구멍. 이상한 시계다. 한가운데 구멍이 뚫려 있는 시계라니!

멈춰 있던 시곗바늘이 움직이기 시작했다.

'무슨 일이 일어나려는 걸까.'

다물은 어딘가로 걸어가며 늪에 발이 빠지듯 쑥쑥 발이 빠져드는 느낌을 받았다. 두려웠다. 귀가 윙윙거렸다. 어떤 목소리가 귓전을 속살거렸다. 까마득한 시간이 흐른 듯했다. 다물은 우악스럽게 자기의 목덜미를 쥐고 흔드는 손아귀에서 벗어나려고 발버둥 쳤다.

그 순간이었다.

백결 할아버지의 흰 옷자락이 휙 스치는가 싶더니, 갑자기 연구 실험실에 불이 붙었다. 다물은 삽시간에 이글거리는 불길에 휩싸였다. 다물은 소리치며 달아났다. 그러나 불길은 굶주린 짐승처럼 붉은 혓바닥을 날름거리며 다물을 뒤쫓아 왔다.

"어서 이리로!"

백결 할아버지는 한 팔로 다물을 품에 안고, 다른 팔로는 지팡이를 휘둘러 불길을 사로잡았다.

"백결 할아버지……."

다물은 백결 할아버지의 옷자락을 꽉 움켜쥐었다. 다음 순간, 다물은 소스라치게 놀랐다. 할아버지의 옷자락으로 불길이 옮겨붙는가 싶었다.

"걱정 마라, 다물. 이 불길은 내가 계획한 일이야."

"네?"

불길은 조금도 뜨겁지 않았다. 조금 전까지 타 죽을 것처럼 뜨겁던 그 열기는 아예 느껴지지 않았다.

"다물……. 자, 이걸 받아라."

"이건……."

파란 구슬이었다. 한 주먹 안에 꼭 쥐어 볼 만큼 작고도 파란 구슬. 백결 할아버지가 구슬을 들키지 않도록 불길로 장막을 만들어 지키고 있음을 다물은 알아챘다.

"15년 전에는 뜻을 이루지 못했지만, 15년이 지난 오늘 이 움막의 비밀 실험은 드디어 완성되었어. 애야! 이 구슬은 어떤 일이 있어도 네 몸에서 떼지 말거라."

백결 할아버지는 다시금 신신당부를 했다.

"이 구슬은 마고가 있는 곳을 제 몸으로 느끼면서 너를 안내해 갈 게다. 마치 물이 낮은 데로 흘러 바다를 찾아가듯이. 그렇게 물소리에 귀를 기울이면서 길을 찾아가렴."

다물은 내 것이 아닌 마치 남의 것을 만져 보듯 조심스럽게 구슬을 쥐었다. 구슬의 둥글고 매끄러운 느낌이 심장 한가운데까지 전해졌다.

다물은 가끔 혼자 상상하곤 했다. 깊은 숲속 어딘가에 커다란 거인이 살고, 그 거인은 틀림없이 놀라운 보물을 감춰 놓고 있을 거라고!

다물은 아무 말도 입 밖으로 낼 수 없었다. 자꾸만 서글펐다. 그랬다. 작고 가냘픈 소녀는 한눈에 알아챘다.

'할아버지는 지금 떠나려 하시는 거야.'

뜻밖에 일어날 어떤 일로…… 아니, 어쩌면 처음부터 그렇게 계산되어 있었는지도 모르지만, 이제 더는 함께일 수 없게 되리라! 그러면 또다시 우두커니 혼자 서 있게 되겠지. 또 한숨을 쉬겠지…….

다물은 눈물을 뚝 떨어뜨렸다. 그러나 입술을 깨물고 환하게 웃어 보였다.

"다물, 마고를 만나려면 비밀의 문 세 개를 지나야 한다. 이 파란 구슬은 네가 마고를 만나러 가는 비밀의 문 세 개를 무사히 지날 수 있도록 도와줄 게다. 구슬을 놓치거나 잃어버려선 안 된다……."

다물은 말없이 고개를 끄덕였다.

"그리고……, 우린 잠시 스치듯 다시 만나게 될 게다."

이 말을 마치고 백결 할아버지는 슬며시 다물의 손을 놓았다.

다물은 구슬을 꽉 쥔 채 까무러치듯 잠이 들었다.

백양나무 숲을 지나다

다물은 깜짝 놀라 잠에서 깨어났다. 차갑게 느껴지는 뭔가가 얼굴을 탁 덮치더니, '쓰윽' 소리를 내며 얼굴을 훑는 거였다.

"배, 뱀이야!"

벌떡 일어나 앉았다.

"어?"

파삭, 하고 바닥에 떨어지는 가랑잎. 떡갈잎이다.

"이제 일어나!"

굴뚝새가 나뭇가지를 차고 날아갔다.

"깜짝 놀랐잖아!"

다물은 가랑잎이 돌멩이라도 되는 양, 날아가는 굴뚝새를 향해 힘껏 내던진다. 싱겁다. 우스꽝스러운 제 모습에 얼굴이 새빨개진다.

하늘은 맑갛다.

어느덧 오디같이 까맣던 어둠이 다 걷히고 파르스름한 빛이
비추며 아침이 왔다.

폭신한 땅 위에 내린 햇빛이 알랑알랑 움직인다. 잠든 숲을
깨우려 빛방망이를 두드리는 걸까!

후우-. 찌이-. 삐이쫑-.

새들이 고운 노래로 지저귀며 답한다.

어디선가 아름다운 노랫가락이 들려왔다.

내게 길을 가르쳐 줄 수 있나요?

숲에서 길을 잃었답니다.

이곳은

마고의 숲.

누구든지 길을 잃게 되지요.

그러나 길을 잃지 않고

어떻게 새로운 길을 찾을까요?

마고의 숲에선 언제나 길을 잃나요?

원하는 길을 찾을 때까지,
그때까지만 길을 잃는답니다.
한 걸음 한 걸음
살금살금 걸어 보세요.
숲의 노래를 따라서!

누군가 오랫동안 당신을 기다렸답니다.

꾸– 떼데뽀뽀
호도애가 아우 부르는 소리를 들어 보았나요?
삐쫑, 삐–쫑, 찌이–찌,
종달새가 토라지면 부리에 쪼일 수 있어요!

삑삑, 삐–여, 삐,
직박구리가 높은 소리로 바가지를 긁으면
직지지, 직지지직,
검정등할미새가 엄포를 놓고 갑니다.

히익, 히이익, 딱새
누가 보고 싶어 휘파람을 부나요?

꽥꽥, 끼-끼, 개똥지빠귀
밭둑에 숨겨 둔 콩 요리 걱정하나요?

그것은
아무도 모르는 비밀.

이곳은 마고의 숲.
누구든지 길을 잃게 되지요.
그러나 길을 잃지 않고
어떻게 새로운 길을 찾을까요?

마고의 숲에선 언제나 길을 잃나요?
원하는 길을 찾을 때까지,
그때까지만 길을 잃는답니다.
한 걸음 한 걸음
살금살금 걸어 보세요.
숲의 노래를 따라서!

누군가 오랫동안 당신을 기다렸답니다.

'아! 누가 부르는 노래일까…….'

다물은 이끌리듯 자리에서 일어나 노랫소리가 들려오는 쪽을 향해 걷기 시작했다. 이윽고 다물은 눈을 휘둥그렇게 떴다.

"눈부신 숲이야! 어제와는 아주 달라졌어! 내 눈이 달라진 걸까, 이 숲이 바뀐 걸까."

다물은 놀라움이 가득한 눈을 하고 숲을 이리저리 걸어 다녔다. 그러다가 문득, 이마를 '탁' 치며 그 자리에 멈춰 섰다.

"그래! 난 길을 잃지 않았어. 내가 이때껏 못 본 길을 만난 거야!"

다물은 은행나무 가지처럼 번쩍 손을 쳐들었다. 그리곤 솔이끼, 괭이밥, 비비추가 섞여 자란 풀밭 위를 사뿐사뿐 걸었다.

'똑' 하고 나뭇가지 부러지는 소리가 들렸다.

한 번은 뒤에서, 한 번은 오른쪽에서, 또 한 번은 왼쪽에서.

다물은 폴짝 뛰어 뒤돌아섰다.

"아후?"

흰 사슴은 안 보였다.

번쩍, 백결 할아버지의 엄한 목소리가 스치듯 떠올랐다.

'이 구슬은 어떤 일이 있어도 네 몸에서 떼지 말거라…….'

"걱정 마세요. 제게 좋은 수가 있으니까요!"

사실, 다물에게는 조그만 비밀 주머니가 있었다. 치마 안쪽에, 아무에게도 들키지 않을 만큼 작고 동그란 주머니를 만들어 달아놓은 거였다. 다물은 새침하게 눈을 내리깔았다. 치마 끝단에 검불이 붙어 대롱거린다. 다물은 장난기 어린 눈을 빛내며 치마를 탁탁 터는 척, 그러면서 재빠른 손놀림으로 비밀 주머니 안에 슬쩍 구슬을 숨겼다.

"됐어!"

다물은 장대처럼 불끈 힘이 솟았다. 짐짓 팔짱을 껴 본다. 비밀 주머니 속에 들어가 있는 구슬의 촉감. 팔꿈치로 건드려 보고, 손끝으로 만져 보기도 한다.

다물은 물가에 앉아 도톰하니 솟은 모래흙 위에 다정히 글씨를 써 보았다.

아. 후. 다. 물.

한 번만이라도 다시 만날 수 있다면!

"아후……."

다물은 두 손으로 냇물을 떴다.

"냇물아, 파란 눈에 목화송이처럼 흰 사슴이 여기 와서 물 마시고 갔니?"

"사슴은 오지 않았어요."

냇물은 손가락 사이로 빠져나갔다.

"그렇구나."

손에 고인 물이 햇빛을 튕겨 낸다.

다물은 털고 일어났다. 팔을 씩씩하게 흔들며 다시 걸었다.

다물은 또래 아이들 가운데서도 퍽 작았다. 볼품없이 대꼬챙이처럼 빼빼 말랐다. 개미같이 잘록한 허리, 야윈 목, 앙상한 어깻죽지, 여치같이 빼쪽하게 마른 팔다리. 뼈마디가 툭툭 보일 정도였다. 거울에 비춰 볼 때마다 다물은 풀이 죽었다.

그러나 지금은 그렇지 않다. 나뭇가지 위로 멀리 보랏빛 산이 보인다. 산은 소녀의 마음 가까이 다가와 이렇게 일깨웠다.

'넌 산만큼 클 수는 없어도 마음속에 큰 산을 담을 수는 있어!'

다물은 곰곰이 생각에 잠겼다.

'내 마음이 식으면 빛도 사라지고 말 거야. 어서 마고 거인을 만나 보았으면! 마고……, 마고……. 들을수록 부를수록 더욱 가까워지고 싶은 이름이야. 마고 거인은 어떤 비밀을 숨겨 놓고 날 기다리고 있는 것일까.'

이제는 쇠뜨기풀이 뒤덮인 언덕을 내려가 굴참나무 숲길로 들어섰다.

'아후……'

이렇게 그 사슴에 이끌리는 건 무슨 까닭일까? 까만 어둠 저쪽에서 소녀를 지켜보며 서 있던 아후의 파란 눈.

다물은 크게 외쳐 본다.

"아– 후–."

얼마쯤 가자 아름드리나무가 빽빽이 자라난 사이로 좁다란 숲길이 났다. 그 길을 보자 다물은 달리고 싶었다. 가슴이 콩닥콩닥 뛰었다.

'저 길 너머엔 무엇이 기다리고 있을까.'

으– 으으응– 으응– 어응.

다물은 귀를 기울였다. 나무둥치에 스민 소리, 뿌리에서 솟아난 소리, 땅속 깊숙이 잠겨 있다가 터져 나오는 소리, 낮고도 깊은 울림소리가 숲을 에워싸며 퍼지고 있었다.

이 깊은 숲에는 커다란 코가 있어서, 그 코가 콧바람을 켜며 부르는 콧노래일 것이라고 다물은 생각했다.

그 어디쯤이었다.

어수선하게 엉클어진 덤불숲 한 귀퉁이에서 밝은 초록빛 뿔 하나가 왔다 갔다 하고 있었다.

"아후야!"

다물은 숨이 벅차도록 뛰었다. 산딸나무 흰 꽃이 나뭇가지 사이사이로 층층이 피어 있는 비탈 아래쯤이었다.

아후는 풀숲에 걸린 뿔을 빼내려고 긴 목을 휘휘 내젓고 있었다. 뜻대로 되지 않는지 가끔 거친 숨을 뿍- 뿍- 내쉬면서. 그 모습이 어찌나 우스웠던지, 다물은 웃음을 터뜨렸다.

"아후! 기다려. 뿔이 다친단 말이야!"

다물은 살금살금 덤불 속으로 기어 들어가 아후를 빼내 주었다.

'난 네가 혼자 가 버리는 줄 알았어…….'

"나한테 말한 거야?"

다물은 눈을 크게 뜨며 한 발짝 뒤로 물러났다.

'응.'

다물은 또 물었다.

"지금 내 말을 알아듣는 거야?"

'응. 네가 물가에 엎드려 있는 걸 아침에 보았어. 네게 뛰어가려고 숲을 가로지르다가 덤불에 걸렸어.'

사슴은 촉촉한 콧잔등을 열심히 움직였다.

다물은 아후의 긴 목을 끌어안으며 속삭였다.

"나도 널 찾았어……."

'……'

"참 이상하지, 아후? 왜 어제는 너의 목소리가 내 귀에 들리지 않았을까? 어제와 오늘은 무엇이 달라진 걸까?"

'그건……'

"어머!"

다물은 아후를 가볍게 밀치며 물러났다. 아후의 코가 비밀 주머니가 있는 허리께로 다가왔기 때문이다. 마치 몸이 투명한 유리알이라도 된 듯 부끄러웠다.

'다물, 네 몸에 파란빛이 어려 있는 걸 넌 알지 못하지? 네가 깨닫지 못해도 숲에 사는 목숨들은 그 파란빛을 알아보고 있단다……. 네가 숲속 목숨들과 말하는 능력을 갖게 된 건 그 때문이지.'

"아! 그랬구나!"

다물은 눈을 크게 떴다. 자꾸자꾸 눈이 벌어지는 느낌이다.

'그들은 또한 네가 이 숲속의 거인, 마고를 만나러 간다는 것도 알고 있어.'

아후는 잠시 코끝을 씰룩이고는 조용히 말했다.

'땅이 울리고 있어……. 다물, 우리는 어서 이곳을 떠나 새로운 길을 찾아가야 해.'

쿠웅―! ……쿵! ……쿵, 쿠웅!

먼 데서 울리는 북소리처럼, 가슴 안에서 쿵쾅거리는 심장 소리처럼, 거대한 발소리는 멀게도 가깝게도 느껴졌다. 새 떼가 날아오르더니 하늘을 새까맣게 뒤덮었다.

"아후, 마고를 숲에서 몰아내고 자기 혼자 숲의 지배자가 되려는 그 무시무시한 악당일 거야."

'응. 지난밤에 난 그를 이 숲에서 따돌리려고 먼 북쪽 숲까지 뛰어갔다 왔어. 그 악당이 오늘 다시 이곳 남쪽 숲으로 온 것 같아.'

간밤의 일을 말해 주듯, 아후의 다리와 배 언저리에는 마른 흙덩이가 달라붙어 있었다.

'내가 두 눈으로 똑바로 보았어. 악당이 지나간 풀숲은 악취 나는 시궁창이 되어 버려. 난 숨어서 그 악당을 지켜보았는데 마치 형체도 없이 어른거리는 시커먼 덩어리 같았어.'

아후는 다물을 향해 등을 낮추고 다소곳이 앉았다.

"아후!"

다물은 언제나 그래 왔다는 듯 능숙하게 사슴에 올랐다. 아후는 다물을 태우고 찔레꽃 향기가 훅 끼치는 덤불숲 앞으로 걸어갔다 돌아왔다.

"저길 봐, 아후! 언덕이 보여! 언덕을 넘어가면 무엇이 기다리고 있을까? 우리가 가야 할 길은 그곳에서 새롭게 나타날 거야."

'응.'

"아후! 길이 보여. 네 눈에도 보이니?"

'응.'

찔레꽃 덤불숲을 돌아 나가자 백양나무 숲이 이어졌다. 그렇다. 숲속에선 나무들이 서로서로 길을 만들어 보여 준다. 쭉 뻗어 있는 나무들 사이로 자꾸자꾸 새로운 길이 생겨나니까 말이다. 그 길의 끝은 곧 뒤따라오는 숲에 묻혀 버리고, 좀 더 달려가면 보이지 않던 길이 새로운 길과 이어지며 눈앞에 나타나리라!

다물은 아후 등에 올라앉은 채 날개인 듯 신이 나서 두 팔을 벌렸다. 아후는 활처럼 둥글게 높이 뛰어올랐다.

어느덧 백양나무 숲은 끝났다. 길 끝에 희고 둥그스름한 너럭바위가 놓여 있다. 아후는 그 바위 위로 올라섰다. 다물은 눈을 질끈 감았다. 아찔하다. 그곳은 숲의 끝이다. 발아래로는 깎아지른 낭떠러지. 갈라진 바위틈 사이로 드러난 나무뿌리가 보였다.

아후는 익숙한 발놀림으로 벼랑 끝으로 갔다. 먼 데를 보며 가만히 섰다. 이상야릇한 산봉우리와 초록빛 바위, 융단 같은 들판…….

"아후! 저게 뭐지?"

저만치 마주 서 있는 절벽 사이로 구름다리가 걸려 있다. '쩌어엉-' 하고 절벽 끝 모퉁이에서 바위 하나가 떨어지며 골짜기를 울렸다. 긴 울림은 다물의 마음에 깊은 회오리를 끌고 왔다.

'이쪽저쪽 떨어져 만나지 못할 두 바위벽처럼, 나는 또 다른 나와 함께 서 있는 게 아닐까……'

방금 떨어진 바윗돌은 내 눈물일 거야. 이 바위 벼랑을 건너고 나면 다시 이 숲으로 돌아올 수 있을까?

다물은 아쉬운 마음으로 고개를 돌려 주위를 살폈다. 작은 덤불과 숲 그늘 안쪽에 소복소복 핀 함박꽃이 보였다.

"아후, 멈춰 봐. 저기 함박꽃이 피었어!"

다물은 울먹거리며 말했다.

아후는 코를 발름거리며 향기를 쫓았다.

'아! 향기롭다. 그런데 함박꽃이 핀 게 그렇게 슬픈 이유니?'

"응. 해마다 6월이 되면 엄마하고 뒷산에 올라 함박꽃 구경을 했거든."

'다물……. 그렇다면 향기를 맡으러 가 볼까?'

아후는 금세 방긋거리는 소녀의 얼굴에 장난스럽게 코를 갖다 댔다.

함박꽃나무 아래로 갔다. 골짜기에 여러 그루가 한데 모여 있어 향긋한 꽃 냄새가 코를 찔렀다. 톱니 없이 가지런한 잎들. 가지마다 크고 흰 꽃송이가 엄마의 웃는 얼굴처럼 환하게 피어 있었다.

'이제 떠날까?'

"응, 그래!"

구름다리를 건널 때였다. 아후 등에 손을 올린 채 걷던 다물은 이상한 발소리에 고개를 뒤로 돌렸다.

'저게 뭐지?'

사람 형상도 아니고 짐승 형상도 아닌 이상한 괴물이 숲 가운데에 서 있었다. 나무뿌리를 거꾸로 세운 듯 엉클어진 머리카락, 쇠붙이가 서로 녹아 붙어 있는 얼굴, 삐죽 솟은 양쪽 어깨. 쇠붙이 얼굴은 그늘이 져서 눈, 코, 입이 보이지 않았다. 그러나 웬일인지 다물은 그것과 눈이 마주쳤다는 생각이 들었다.

다음 순간, 그것은 어른어른 형체 없는 덩어리로 모습이 바뀌었다. 눈 깜짝할 사이에 다물은 '무시무시한 놈'을 두 눈으로 본 것이다.

쿵! 쿠-웅-, 쿵!

벼랑 한쪽 끝이 와르르 무너지는 소리가 났다. 구름다리가 흔들리기 시작했다. 구름다리가 출렁거리며 뒤집히려고 했다. 어른거리는 큰 덩어리가 저쪽에서 구름다리를 흔들고 있었다.

"아후! 조금만 더 가면 돼!"

이제 구름다리를 거의 건넜다.

'내 등에 올라오는 게 낫겠어.'

아후는 다물을 향해 등을 낮췄다.

"그래, 아후!"

다물은 기분 좋게 아후의 등에 올랐다. 그러자 바로 다음 순간이었다.

쿵!

구름다리가 휘청 내려앉았다. 그 바람에 다물은 번쩍 몸이 들리는 느낌을 받았다.

반면 아후는 아랑곳하지 않고 훌쩍 구름다리를 박차고 뛰어올라서는 건너편 벼랑으로 가뿐히 내려앉았다.

구름다리는 꼭 쥔 두 손을 놓아 버리듯이 그 절반에서부터 아스라이 끊어져 버렸다. 끊어진 구름다리는 각각 이쪽 벼랑과 저쪽 벼랑으로 가서 부딪치며 부서졌다.

다물은 아후의 목덜미를 꽉 껴안았다. 그것은 좀 더 힘차게 뛰어가 보자는 다물의 주문이었다. 아후는 멀리 희한하게 생긴 봉우리가 에둘러 싸고 있는 드넓은 들판을 향해 달려갔다.

파파 할머니의 안개숲

아후가 멈춰 서며 코를 킁킁거렸다.

'어디선가 강물 냄새가 나는걸.'

"아후, 안개가 피어오르고 있어. 천천히 걷자."

건너편 산, 눈앞의 나무, 길섶의 노란 꽃들이 차례로 점차 희미해지고 있었다. 사뭇 짙은 안개다.

바로 이때였다. 솜처럼 부드러운 손이 다물의 두 어깨를 감싸 안은 것은.

"난 안개예요."

"아, 안개님! 여긴 어딘가요?"

"이곳은 파파 할머니의 안개숲이에요."

안개님은 빙글빙글 돌면서, 소라고둥처럼 둥글고 깊은 품 안으로 다물 일행을 이끌었다. 다물은 안개 속에서 두리번거리며 말했다.

"우린 마고를 만나러 가는 길이에요."

"마고?"

"왜 그렇게 놀라세요?"

"언젠가 파파 할머니한테서 마고 이야기를 들었어요. 뭐라고 하셨더라? 마고는 오래된 옛날 책처럼 낡았는데도 시냇물처럼 빛나고 늘 새로운 거인이라고 하셨지요. 그분을 만나려고 할머니는 젊은 날에 용을 타고서 여행을 다녀 보았지만 끝내 못 만나고 돌아오셨다고 했어요. 너나없이 모두 한 번쯤 만나 보길 바라지만, 마고 거인은 아직도 깊숙한 곳에 숨어 있다고 하시면서 한숨을 푹 내쉬더군요."

"아! 그분은 마고에 대해 잘 아시겠군요."

다물은 사슴뿔에 보풀보풀 감겨 있는 안개 자락을 풀어 주면서 말했다.

"할머닌 뭐든지 알고 계실 거예요. 젊은 시절엔 멀리 여행도 많이 다니셨고, 높은 선반에 올려놓은 광주리에는 신기한 여행 보물들이 잔뜩 쌓여 있답니다. 언젠가 그 어디쯤 두루마리 지도가 있는 것도 보았어요."

'지도'라는 말에 다물은 번쩍 귀가 뜨였다.

"안개님, 어서 파파 할머니께 인사드리러 가야겠어요."

"글쎄요. 여러분의 인사를 받아 주실지……."

"어머, 그게 무슨 말씀이세요?"

"할머닌 워낙 무뚝뚝하셔서 별일도 아닌 걸 가지고 투덜거리신답니다. 굴참나무 껍질보다 더 딱딱하셔서……."

"괜찮아요, 안개님! 저는 상냥하니까요."

'맞아요!'

아후도 전에 없이 목을 가누고 꼬리를 흔들면서, 파란 두 눈을 깜박거렸다.

"아! 할머니가 강가 차밭에 내려가셨다가 이제 막 돌아오신 모양이에요. 신발을 털고 집 안으로 들어가셨어요. 자, 이리로……."

안개가 서서히 걷히자 언덕 아래에 풀을 엮어 만든 나지막한 풀막집이 보였다. 벌써 날이 저물어 어둑어둑했다. 안개님은 희고 긴 목도리를 휘휘 감으며 굴참나무 꼭대기로 스르르 올라갔다.

"누구야!"

풀막집이 들썩거릴 만큼 우렁찬 목소리였다.

"어머나!"

다물은 깜짝 놀라 소리치며 두 손으로 입을 틀어막았다.

머리끝에서 발끝까지 온통 하얀 할머니였다. 짚고 있는 지팡이마저 하얬다. 다만 신고 있는 고무신과 코 옆에 난 사마귀, 두 눈만큼은 까맸다. 우습게도, 까만 고무신 코에 대롱대롱 달린 건 솔방울이었다!

"안녕하세요? 파파 할머니."

다물은 상냥하게 웃으며 깍듯이 인사했다.

"이 늦은 시간에 왜 날 찾아왔지?"

파파 할머니는 퉁명스럽게 쏘아붙였다.

"저는 다물이고요, 여기 있는 사슴은……."

"다물인지 거머린지……."

다물은 더욱 달라붙는 '거머리'가 된 기분으로 상냥하게 말하며 히쭉 웃었다.

"어느 쪽이든 괜찮아요! 다물이든 거머리든."

"맹랑한 애송이구나. 짧은 더벅머리에, 버릇없이 짧은 치마는 또 뭐냐? 여자애가 차분히 다니지 않고."

파파 할머니는 눈을 위아래로 뜨며 슬쩍슬쩍 다물을 살피는 눈치다. 눈이 침침한지 중간중간 눈을 찡그려 뜬다. 무엇에 쓰려는 건지 모를 커다란 대바늘을 들고 있다.

"할머니, 하룻밤만 재워 주세요."

"쫓겨 다니는 신세로군?"

"아니에요. 저희는 마고를 만나러 가는 길이에요."

"마고? 흥! 마고가 너 같은 말라깽이를 호락호락 만나 준다더냐? 마고가 어디에 있는 줄 알고 겁도 없이……. 일찌감치 그만두는 게 나을걸."

파파 할머니는 콧방귀를 한 방 뀌고는 문고리를 잡고 홱 돌아섰다. 다물은 아후의 눈을 들여다보며 싱긋 웃었다.

'아후, 좋은 꾀가 없을까……. 그렇지!'

"할머니! 제가 할머니 고무신 코에 솔방울이 대롱거리지 않게 잘 달아 드릴게요. 이래 봬도 바느질을 잘하거든요."

파파 할머니는 힐끗 곁눈을 주면서 겨우 허락했다.

"그렇다면 좋아!"

파파 할머니는 전쟁을 벌이는 온갖 족속들로부터 몸을 피해, 깊은 골짜기에 안개숲을 만들어 놓고는 아무도 찾지 못하게 숨어 버렸다. 안개숲의 주인이 되기 전에는 먼 나라로 여행을 다니며 아주 쾌활하고 멋진 삶을 즐겼지만, 지금은 그저 강이 보이는 언덕 아래의 낮은 풀막집에서 차밭을 일구며 살아가고 있다.

안개숲 골짜기에는 파파 할머니와 알고 지내는 이웃도 더러 있기는 하다. 은빛 골짜기에 사는 은빛 왕자와 장독 속에 살면서 요술을 부리는 우렁 아가씨가 그들이다. 하지만 그들은 무뚝뚝하고 욕 잘하는 파파 할머니와 어지간하면 부딪치지 않는 편이 낫겠다는 생각이어서 이 차밭골을 넘어오는 일이 거의 없었다.

파파 할머니는 다짜고짜 소리 질렀다.

"모험이란 딱 질색이야! 위험하고 더러운 것을 일부러 몸에 붙이는 짓이지."

"파파 할머니, 저희가 모험을 좋아하는 걸 어떻게 아셨어요?"

다물은 상냥하게 웃으며, 파파 할머니를 빤히 올려다보았다.

때때로 어른들은 속마음과 전혀 딴판으로 이야기할 때가 있다. 파파 할머니가 '모험이란 딱 질색이야.'라고 말할 때는, 이미 모험 세계에 대해 잘 알고 있다는 것을 말한다. 그렇기 때문에 어린아이가 조금이라도 조심성을 갖게 하려고 거꾸로 소리를 질러 엄포를 놓는 것이다.

파파 할머니는 코 옆에 난 까만 사마귀가 귀찮은 듯 툭툭 치고는 한참 뜸을 들인 뒤 말했다.

"어떻게 알아챘느냐고? 네 눈에 쓰여 있지. 난 딱 보면 안다."

"할머니도 예전에 모험을 많이 하셨어요?"

"한술 더 뜨는군. 어쨌든 내가 하고 싶은 말은 이거야. 모험 같은 건 쓸데없는 짓이야. 어차피 돌아오고 말 테니까!"

"할머니! 제 생각에는, 돌아올 곳이 있으니까 떠날 수 있는 것 같아요."

다물은 여문 씨앗처럼 딱 부러지게 종알거렸다.

"나 참! 모험을 좋아하는 얼간이들은 제 입으로 한 약속도 깡그리 잊어버리지!"

"제가 무슨……."

다물은 눈을 크게 떴다.

"저런, 얼간이! 아까 어쩌구 솔방울을 달아 주기로 했잖아!"

파파 할머니는 꽥 소리를 질렀다. 다물은 그제야 이마를 탁 쳤다. 바느질은 그다지 어렵지 않았다. 양말이나 옷 밑단을 스스로 기워 입곤 했으니까.

'저것일까…….'

다물은 솔방울을 잘 여미 달면서 시렁 위 광주리 속에 담겨 있는 두루마리 여러 묶음을 보았다.

'무슨 두루마리가 저렇게나 많지?'

너덜너덜 닳고 싯누렇게 색 바랜 두루마리 묶음.

다물은 눈을 크게 떴다. 갑자기 둘둘 감긴 두루마리 하나가 파르스름하게 밝아지는 것이었다. 다물은 침을 꿀꺽 삼켰다. 저게 무엇일까? 알고 싶은 호기심 아궁이에 불이 활활 타오른다.

"바느질은 안 하고 어디에 넋이 빠져 있어!"

"아얏!"

쩌렁 울리는 파파 할머니 고함에 손이 꾹, 바늘 끝에 찔리고 만다.

"그것 봐라! 모험 같은 걸 생각하다간 바느질 하나 제대로 못 한다니까!"

다물은 별안간 용기를 내어 소리쳤다.

"파파 할머니, 저 두루마리 지도를 꼭 한 번만 보게 해 주세요!"

"······."

파파 할머니는 못 들은 척 창가로 가서 섰다. 안개 속에 노르스름하니 달이 떠 있다. 금방이라도 산마루를 타고 굴러 내려갈 듯 달걀처럼 조금 이지러진 달이다. 죄다 엿듣고 있다가 '하하하!' 웃음을 터뜨리는 듯, 히쭈름 눈을 쨍긋하는 달. 다물의 눈에는 그렇게 비친다.

"알았어요. 할 수 없지요······. 나라고 해서 저 애의 앞날을 다 알 수는 없지요······. 난 그저 저 애가 걱정되어 모험심을 없애고 싶었다고요······. 그렇다면 할 수 없지요······."

파파 할머니가 갑자기 돌아섰다.

"애야, 저 지도를 보여 주는 것뿐만 아니라 너에게 줄 수도 있어."

"예?"

"난 이미 세상을 등졌고, 지도 같은 걸 들여다보면서 내 마음을 충동질하고 싶지는 않으니까."

"……."

다물은 눈을 말똥말똥 뜬 채 파파 할머니의 눈치를 살피다가 이내 물었다.

"할머닌 용을 타고 마고가 있는 곳으로 가 보았다면서요? 할머니, 그곳은 어디예요?"

"그곳은 머나먼 서쪽나라지."

파파 할머니는 하얀 눈썹을 치뜨면서 옛날 생각에 젖어 들었다.

"마고는 검은 머리카락을 깊은 샘물에 담가 놓고 노래를 부르곤 했어……."

"할머니, 저희도 마고를 만날 수 있을까요?"

"그건 모험가의 말이 아니야!"

"아! 저희도 마고를 만날 거예요!"

다물은 얼른 고쳐 말했다.

"좋아! 모험가는 그래야지. 잘될 거란 생각만 가지고는 모험이 잘되어 갈 리 없지. 굳센 믿음만이 모험을 성공케 하는 특효약이야. 믿음이 곧 힘이라는 걸 모험가는 잊어선 안 돼……."

다물은 가슴이 뭉클했다.

두루마리 지도는 놀라웠다. 지금까지 보아 온 어떤 지도와도 다른 야릇한 지도였다. 아기를 품고 잠이 든 새 둥지 같기도 하고, 등을 세워 낮잠 자는 할머니 모습 같기도 한 땅. 수수께끼나 그림 맞추기 놀이판일까? 쭉 기지개를 켜고 기어가는 달팽이인가? 떡메로 떵- 떵- 내려쳐서 늘어진 길쭉한 떡 덩어리 같기도 하다. 참 우스운 지도이기도 했다. 그러나 곳곳을 자세히 들여다보면 안 보이던 산등성이, 바위, 강, 논, 개울이 보이기 시작한다.

가만히 지도를 들여다보던 다물은 끝내 웃음을 터뜨렸다.

"할머니, 참 우스워요. 길이 없는 지도예요!"

'다물……. 그건 모험가가 할 말이 아니잖아!'

아후가 주둥이로 어깨를 살짝 치며 속삭였다.

"아직 아무도 마고를 만나지 못했으니 길이 생겼을 리 없지.

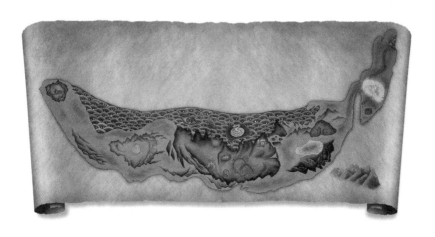

여길 봐라."

파파 할머니는 주름이 많은 흰 검지로 지도의 한쪽 귀퉁이를 가리켰다. 다물은 깜짝 놀랐다. 지도의 서쪽 방향, 산이 둘러싸고 있는 성 안쪽에 파르스름한 빛이 어렸다.

"이 깊은 서쪽나라의 성 밑에 마고가 몸을 숨기고 있어. 가장 메마르고 거친 땅이지. 알지 못할 깜깜한 굴속에서 마고는 깊이 몸을 감추고 있는 거야."

"할머니, 그뿐이에요? 마고는 숨어 있기만 하는 거예요?"

다물은 저도 모르게 말이 튀어나왔다.

"꼭 그렇지는 않아. 마고는 언제 그랬냐는 듯이 굴에서 나와 강물에 발을 담그고 앉아 있기도 하고, 혼자 걸어 다니며 산을 옮기기도 하고, 구름 방석에 앉아 새털 춤을 추기도 하지……."

파파 할머니는 낯빛을 냉정하게 고치며 또 말했다.

"만일 너에게 스스로 빛을 내는 보물이 있다면, 틀림없이 이 지도에 숨어 있는 길을 찾을 수 있을 게야."

다물은 비밀 주머니에서 파란 구슬을 꺼내 보였다. 그러자 믿을 수 없는 일이 일어났다. 마치 '보이지 않는 손'이 붓질하듯 지도 위에 파르스름한 길이 어리비치는 것이었다.

"이 길이 바로 네가 가야 할 길이 될 거다."

길은 서쪽으로 조금 이어지는가 싶더니, 구불구불한 바위 골짜기 앞에서 멈췄다.

"길이 사라졌어요!"

다물은 지도에 바짝 눈을 갖다 대며 소리쳤다.

"흠, 여긴 용의 골짜기야. 우선 여기까지 가서, 너희는 다시 새로 이어지는 길을 찾아야 할 거야. 이런! 서둘러야겠는걸. 길이 흔들리고 있잖아. 이건 좋지 않은 징조야. 무언가가 무너져서 길을 덮어 버릴 수도 있으니……."

파파 할머니는 갑자기 말을 끊었다가 다시 이었다.

"날이 밝으면 곧 떠나도록 해라……. 숨겨 주는 것은 하루로 충분하니까."

그날 밤, 다물은 밤새도록 쫓기는 꿈을 꾸었다.

날이 밝았다.

밤사이 아후의 털빛은 더욱 윤기가 흐르는 듯했다. 미끈한 두 다리는 힘차 보였다. 파파 할머니는 문을 꽝 닫으며 풀막집 안으로 들어가 버렸다. 그리고 문에 대고 큰소리쳤다.

"뭘 꾸물대고 있는 게야! 어서 꺼져! 골치 아픈 세상일일랑 이제 떠올리고 싶지 않으니."

"알겠어요, 파파 할머니."

다물은 상냥히 웃으며 굳게 닫힌 문 앞에 한참을 서 있다.

또 파파 할머니의 고함 소리가 들려왔다.

"강굽이 언덕 아래 차밭을 가로질러 곧장 가! 강물이 흐르는 쪽으로 말이지. 그러면 서쪽 계곡으로 빠지는 길목이 나타날 거야. 곧장 가, 곧장! 알겠냐!"

"예."

다물은 아후를 쓰다듬어 주고는 등에 올랐다.

'언덕 너머에는 어떤 세상이 있을까. 서쪽나라에는 어떤 사람들이 살고 있을까⋯⋯.'

어느덧 차밭을 지난다. 차나무 잎에 맺힌 싱그러운 아침 이슬이 톡톡 떨어진다.

"아후, 모험이란 무엇일까? 모험이란, 이루어졌으면 하는 저마다의 꿈일 거야!"

'⋯⋯.'

"아후! 차밭 노래를 불러 줘."

'응.'

파파 할머니가 숨었네.

안개숲 깊숙이 숨었네.

강물이 흐르는 차밭골

하얀 꽃 까만 열매.

파파 할머니와 안개님 손길
모험을 떠나는 아이들.

노래는 강물을 따라 안개를 타고 멀리멀리 퍼져 나갔다. 파
파 할머니는 이때 안개님을 불러 타고 굴참나무 꼭대기에 올라
앉아서, 골짜기에 울려 퍼지는 이 노랫소리를 기분 좋게 듣고
있었다.

2장

용의 골짜기

'비밀의 문은 어디에 있을까.'

다물은 아후의 등에 손을 올려놓은 채 천천히 걸으면서 줄 곧 생각했다. 백결 할아버지의 말이 떠올랐다.

'마고를 만나려면 비밀의 문 세 개를 지나야 한다······.'

소녀가 걸음을 멈출 때마다 사슴도 멈칫멈칫 선다.

'나무 틈에 있을까?'

'달팽이 눈'이 되어 갈라지고 터진 나무 틈새. 거기에는 까막 까막한 벌레 구멍이 숭숭 나 있고, 그 안에는 좁쌀처럼 동글 동글 뭉친 흙 알갱이들이 모여 있다. 개미 떼가 줄을 지어 오르

내린다.

이끼 낀 자갈, 갈라진 바위틈, 드러난 나무뿌리, 새까맣게 썩은 밤나무 가시, 말라붙은 허물……. 그 어디에 있을까?

'아! 바위 속에 감춰져 있을까?'

이번에는 덤불을 헤치고 바위 밑뿌리를 살펴본다. 풀숲을 뒤적여 본다. 휙, 도마뱀 한 마리가 지나간다. 도마뱀은 목을 쳐들고 바짝 얼어붙어 꼼짝하지 않고 있다가, 바위 밑으로 꼬리를 감추며 재빨리 사라진다.

놀라운 것을 찾아내기 좋아하는 다물의 눈에 반짝 빛이 돌았다.

"아후, 여길 봐!"

다물은 놀란 눈으로 커다란 바위벽을 가리켰다. 바위벽에는 사뭇 깊이 팬 홈이 두세 줄 나 있었다.

"이건 용이 발톱으로 할퀴고 지나간 자국일 거야! 바위를 자세히 봐, 아후. 용 비늘 같은 무늬가 보이지? 아마도 이 바위에서 용은 쉬었다가 갔을 거야. 그러니까, 용의 골짜기는 여기서부터 시작되는 거야!"

다물은 지도를 펴서 이리저리 길을 살폈다.

큰 용이 드러누운 듯, 거대한 바위는 금방이라도 꿈틀거릴 것 같다. 과연 다물 일행은 용의 골짜기로 들어선 셈이었다.

그런데 바위 골짜기 몇 굽이쯤 지났을 무렵이었다. 장난스럽기만 하던 아후가 뿔을 흔들어 위험 신호를 알렸다. 사뭇 초록빛이던 아후의 뿔은 일렁일렁 불그스름해졌다.

'어디선가 좋지 않은 일이 일어나고 있어……'

다물은 아후의 말에 귀를 기울이며 두루마리 지도를 바닥에 놓고 폈다. 기다랗게 이어진 산릉선을 가리키며 다물은 걱정스럽게 한숨을 내쉬었다.

"아후, 여길 봐. 산봉우리가 아홉이나 되는걸. 이 골짜기에 한 번 들어갔다간 도저히 빠져나오지 못하겠어……"

파파 할머니가 전해 준 두루마리는 남쪽 변두리 땅을 그린 지도였다. 땅 모양이 어금니 같다고 해서 '누런 어금니 땅'이라고도 불리는 곳. 아마도 어떤 거인이 있어 이 남쪽 변두리 땅을 내려다본다면 이렇게 말할 것 같다.

"이곳은 마치 물을 담아 놓은 함지박 그릇 같구나."

땅! 물을 담은 함지박 그릇! 그렇다. 물이 거기 담겨 있기에 땅은 비로소 땅이라 이름 불릴 수 있을는지!

그러나 어느 날부터인가, 땅 그릇의 물은 점차 잦아들기 시작했다. 처음 모래바람이 도시로 불어오기 시작할 때, 사람들은 대수롭지 않게 중얼거렸다.

"허! 오늘은 모래바람이 좀 부는군."

사람들은 모래바람이 왜 부는지, 어디서 불어오는지 따윈 별 관심이 없었다. 어떤 사람은 모래로 따끔거린다며 팔짱을 낀 채 눈을 감고 걸었다.

씻어 말린 옷 빨래 속에서 모래 알갱이가 뭉쳐 나왔다. 사람들은 정부의 정책이 잘못되었다고 비판했다. 그 나라 정부는 큰 빗자루를 만들라고 공장마다 주문해서는 거리에 쌓여 있는 모래를 쓸어 담아 버렸다. 그러나 하룻밤 사이에 모래는 또 쌓였다.

어느 날, 작은 마을 하나가 모래 더미에 파묻혀 사라졌다. 어떤 청소부는 모래 속에 묻힌 채 마른 송장이 되어 갔다. 서쪽 나라로부터 물건을 팔러 온 어떤 상인은 모래 폭풍 속에서 길을 잃고 헤매다가 쓰러졌다.

모래바람으로 창문조차 열 수 없게 되었을 때, 비로소 사람들은 해가 사라진 하늘을 올려다보며 한탄했다.

"이미 늦었어. 뭔가 잘못되어 가고 있어."

"큰일이 닥칠 거야."

모래바람이 점차 자기의 땅을 넓혀 가는 사이, 숲은 눈에 띄게 줄어들고 있었다.

하루 종일 걸어온 탓에 다물도 흰 사슴도 어지간히 지쳤다. 겨우 걸음을 떼고 있을 무렵, 저기 새의 부리처럼 톡 튀어나온 바위가 다물의 눈에 띄었다.

"아후! 저 바위가 새가 된다면 얼마나 좋을까? 우리가 타고 갈 수 있게 말이야. 다리가 무척 아픈걸……."

'그러면 저기 올라가서 좀 쉬어 가자.'

아후는 '새부리 바위'가 보이는 산언덕으로 훌쩍 뛰어올랐다.

그곳은 딱 둘이 앉아 쉴 만큼 오목하게 패인 자리였다. 안쪽으로 조그만 바위굴도 있어서 위험하지만 않다면 이곳에서 하루 묵어가기로 했다. 피곤에 지친 다물은 아후 곁에 쓰러지듯이 누웠다.

그때였다.

두서너 남자가 키득키득 웃고 떠들어 대는 소리가 올라왔다. 그들의 모습이 바위굴 너머로 언뜻언뜻 보였다.

"자네는 무슨 비밀을 팔 건가?"

"난 흰 털 여우 가죽을 팔려고 하네."

"아, 그런가! 굉장한 비밀을 가져왔군!"

굵은 목소리가 갑자기 목소리를 죽였다.

"쉿! 방금 무슨 소리 안 들렸어? 무슨 조그만 아이 소리 같았는데……."

한참 조용하더니, 이번에는 쉰 목소리가 말한다.

"난 '짐새'라는 걸 팔려고 하네."

"그게 참말인가! 새가 천 년을 묵으면 짐새가 된다던데 그렇게 귀한 것을."

"그렇다네. 이건 아무도 못 찾아낼 귀중한 비밀이야. 흐흐……."

"자네, 그 귀한 비밀을 기어이 팔 건가? 참 아깝네."

"아무튼 난 값이 잘 나오길 바랄 뿐이야. 비밀 장사꾼은 아무리 비싼 값이라도 흥정을 해서 기어코 비밀을 사들인다고 소문이 났던걸."

다물은 점점 소리를 죽이는 그들의 대화를 엿듣기 위해 더 바짝 귀를 곤두세웠다. 비밀을 판다니! 알아들을 수 없는 말뿐이었다.

"이보게! 아까 내가 무슨 소릴 들었다고 했지? 누가 숨어서 우리 얘길 엿듣는 것 같아."

굵은 목소리다.

다물은 조마조마하다. 잘못을 저지른 것이 없는데도 자꾸 몸이 움츠려진다. 들킬 것 같다.

이번에는 쉰 목소리다.

"앗, 누군가 이쪽으로 오고 있어. 비밀 장사꾼이 틀림없어!"

다물은 가슴이 철렁 내려앉았다. 비밀을 어떻게 사고팔 수 있는지 제대로 봐 둘 참이다. 도대체 왜 비밀을 팔려는 것일까? 비밀 장사꾼은 왜 비밀을 사들이고 있는 것일까?

다물은 바위가 서로 잇대어져서 생겨난 틈바구니 밑으로 잽싸게 몸을 옮겼다. 비밀 장사꾼이 기다리고 있던 사람들 앞으로 막 다가서는 중이었다.

비밀 장사꾼은 검정 장갑을 끼고 있었다. 손놀림은 둔해 보였다. 황금빛 챙 모자를 어깨에 닿을 만큼 깊이 눌러쓰고 무릎까지 내려오는 검정 외투를 걸쳤다. 그는 뭘 넣고 다니는지 터져 나갈 듯이 불룩한 회갈색 가방을 들고 있었다. 사람들 앞에 서 있는 비밀 장사꾼의 모습은 어깨가 쩍 벌어지고 체구가 우람한 편이었다. 거기 모인 사나이들이 왜소하게 느껴졌다. 사나이들은 고개를 들고 경이로운 눈빛으로 비밀 장사꾼을 올려다보았다.

"이겁니다."

사람들은 제각각 가져온 비밀을 꺼내어 비밀 장사꾼에게 펼쳐 보였다.

"어디 봅시다."

챙 모자 아래로 비밀 장사꾼의 입이 흐뭇하게 내걸린다. 그는 마치 짐승이 그렇게 하듯, 킁킁 냄새를 맡고 때로는 혀를 날름거리기까지 하면서 비밀을 탐색한다. 장갑을 낀 채 손끝으로 물건을 조심스럽게 만져 보기도 하고, 딱딱한 것이면 주먹손으로 두드려 보기도 한다.

비밀 장사꾼은 높낮이가 없는 목소리로 속삭인다.

"아! 이 귀한 비밀을 어떻게 얻었습니까?"

비밀 장사꾼은 대답하려는 사내들을 손을 들어 가로막고는 비밀 값을 비싸게 쳐주었다. 그러자 기분이 좋아진 쉰 목소리가 흥분해서 떠들기 시작했다.

"우린 다만 숲에 가서 이것저것 캐 왔을 뿐인데, 이렇게 어마어마한 값을 쳐주다니! 꿈만 같소."

"숲에 가면 비밀이 가득합니다. 중요한 것은, 비밀을 알아보는 여러분의 눈이지요."

"맞소. 당신은 우리가 비밀 알아보는 눈을 뜨게 해 주었소. 우린 바로 옆에 숲이 있어도 그런 비밀을 캐다가 팔 생각은 전혀 못 했소. 조금만 기다리시오! 우린 밤낮을 잊을 만큼 열심히 비밀을 캐고 있습니다."

"여러분이 숲에 있는 비밀의 가치를 알아 가는 것을 보니, 나또한 그지없이 기쁩니다. 부자가 되려면 비밀을 제대로 이용할줄 알아야 합니다. 비밀을 지키고만 있으면 그것은 한갓 비밀창고에 지나지 않습니다. 비밀을 잘 이용하기만 하면 여러분은 원하는 것을 만들어 낼 수 있습니다. 우리가 꿈꾸는 멋진 꿈의 도시를 만들어 봅시다! 무슨 비밀이든 캐 오십시오."

비밀 장사꾼은 내내 흐뭇한 눈웃음을 지으며 말했다. 한참을 떠들다가 입술이 마르는지 새빨간 혀로 침을 바르고는 이렇게 말을 끝맺었다.

"비밀스러운 것일수록 더욱 값이 나갑니다. 그럼······."

사람들이 비밀을 팔아 챙긴 돈을 세면서 시시덕거리는 동안, 비밀 장사꾼은 새부리 바위 뒤쪽으로 몸을 옮겼다.

다물은 깜짝 놀랐다. 비밀 장사꾼이 외투 자락을 살짝살짝 흔들면서 모래 회오리와 함께 사라진 것이다.

'어디로 사라진 것일까?'

그는 발자국조차 남기지 않았다.

그랬다. 바로 이즈음이었다. 이 도시의 골목골목에 모래바람이 거세어졌다. 비밀 장사꾼은 회갈색 가방을 들고 다니며 비밀을 팔려는 사람들을 어떻게든 알아내고 쫓아다녔다. 비밀이 있는 곳이면 그는 굶주린 짐승이 피 냄새를 맡은 것처럼 나타났다. 해가 질 무렵, 그는 언덕에 홀로 서서 붉은 광채가 도는 눈빛으로 도시를 내려다보며 서 있곤 했다.

이 도시에는 점점 비밀을 팔려는 사람들이 늘어 갔다. 비싼 값에 비밀을 사들인다는 소문에 비밀 장사꾼은 가는 곳마다

환영을 받았다. 특히 그가 들려주는 '황금빛 서쪽나라' 이야기
는 사람들 눈과 귀를 사로잡았다.

"놀라지 마십시오. 그 나라의 도시는 해가 땅에서 솟아오를
때 드넓은 들판이 황금땅으로 변합니다. 밟고 다니던 모래 알
갱이들이 황금 알갱이가 된다고 상상해 보십시오! 놀라운 일
이지요. 그 나라 사람들은 황금 흙으로 벽돌을 만들고 금으로
칠한 지붕을 올립니다. 동네 꼬마들은 고사리손으로 금 알갱
이를 뭉쳐 목걸이를 만들어요. 얼마나 멋질까요?

여러분, 그 나라로 오세요. 그 도시에서 황금땅을 얻으려면
비밀을 많이 갖고 와서 팔아야 합니다. 값나가는 비밀을 많이
캐 오십시오. 지금 그 나라 도시에서는 높은 성을 쌓고 있습니
다. 그 성에는 사시사철 열매가 달리는 나무들이 줄지어 서 있
고, 꽃들은 한 번 피면 지는 법이 없습니다. 그곳은 여러분이
꿈꾸는 신세계, 멋진 도시가 될 것입니다.

자, 여러분이 가져온 비밀만큼 서쪽나라의 황금땅을 얻게
될 것입니다."

이런 이야기는 점차 사람들 사이에 입소문으로 퍼져 나갔다.

"들어 봤어? 숲에 들어가 비밀을 캐 와서 팔기만 하면 그 비
밀 값으로 서쪽나라의 황금땅을 얻을 수 있대! 그 나라 시민이
되면 황금 방석에 그저 앉는 셈이야."

사람들은 서쪽나라 시민이 되려고 열심히 비밀을 캐다가 팔기 시작했다. 아직 비밀을 팔지 않으려는 사람들이 있으면 비밀 장사꾼은 어김없이 다가와 속삭였다.

"그 숲에는 따로 주인이 없습니다! 그냥 캐서 가져오기만 하면 됩니다."

그는 이렇게도 말하고 다녔다.

"숲은 굉장한 곳입니다. 온갖 비밀이 그 속에서 샘물처럼 넘쳐나니 말입니다. 여러분이 숲에서 캐 온 비밀이라면 나는 가리지 않고 모두 사겠소."

"좋아요! 그렇게 하겠소!"

이렇게 외친 사람들은 우르르 숲으로 몰려갔다. 그들은 비밀이 될 만한 것들이면 모조리 캐냈다. 보랏빛 나는 돌, 우윳빛 물, 새까만 열매, 노랑턱멧새……. 값나갈 만한 놀라운 비밀이 없는지, 이리저리 눈알을 굴리면서 사람들은 아침부터 저녁까지 숲속을 뒤지고 돌아다녔다. 숲에 들어갈 때 빈손이었던 사람들은 자기 몸체보다 큰 자루를 짊어지고 나왔다.

사람들이 비밀을 캐서 비밀 장사꾼에게 팔아넘길수록 숲은 눈에 띄게 쪼그라들었다.

어슴푸레한 밤중.

다물 일행은 새부리 바위 속에서 밤을 보냈다.

"저길 봐, 아후!"

달빛에 비친 잿빛 구름 떼가 '아홉머리산' 꼭대기에 머물렀다. 가끔 구름 속에서 번갯불 덩어리가 번쩍거렸다. 그럴 때마다 날카로운 쌍날 도끼 그림자가 너른 들판에 내리비쳤다가 사라지곤 했다.

"아후, 무슨 안 좋은 일이 저 구름 떼 속에서 이루어지고 있는 걸까?"

번갯불이 번쩍거릴 때마다 다물은 옆구리가 찔리는 듯 아팠다. 파란 구슬을 몰래 숨겨 둔 비밀 주머니 자리이기도 했다.

다물은 이끌리는 힘에 저절로 엉금엉금 기었다. 훅-, 끼치는 센바람에 정신을 차리고 보니까 바위 끝이었다.

'다물! 정신 차려!'

아후는 다물의 옷자락을 입으로 물어 안쪽으로 끌어당겼다. 그리고 굴 안쪽에 소녀를 반듯하게 눕혀 놓았다.

"누구의 목소리였을까. 아주 다정한 목소리였어. 이리 와서 내 손을 잡으라고 그랬어. 아후……, 내 눈앞에 길이 보였어. 난 그 길을 걸었어. 그런데 내가 바위 끝으로 기어가고 있었다니……. 고마워."

'응.'

"아후, 난 두려워. 나도 언젠가는 비밀을 팔게 될까? 내게 있는 이 작고도 파란 구슬 말이야……. 이것 또한 굉장한 비밀이 잖아. 아, 안 돼!"

다물은 고개를 사정없이 내흔들었다. 아후의 파란 두 눈이 뒤따라 흔들린다.

'다물, 그럴 땐 땅속 깊은 데 숨어서 더 굉장한 비밀을 지키고 있을 마고 거인을 생각해.'

"응!"

다물은 아후 앞에서 새끼손가락을 걸며 굳게 약속했다.

바로 이때였다.

"나에게 새부리 바위라고 이름 붙여 준 여러분! 내 이마 위로 올라와 앉으세요……. 이제 날개를 활짝 펴고 날아가려고 해요."

"어머나!"

갑자기 들려오는 목소리에 놀라 다물은 자리에서 벌떡 일어났다.

"난 여러분이 정답게 앉아 서로 나누는 이야기를 다 듣고 있었어요. 난 이곳 용의 골짜기를 지키는 바위새랍니다. 처음에는 나도 여러분이 비밀이나 캐러 다니는 못된 떠돌이 패인 줄 알았어요. 그런 치들은 슬금슬금 몸을 낮춘 채 걸어 다니고,

으레 굴속에 몸을 숨기고 눈을 흘끔거리면서 이리저리 살펴보곤 하니까 말이죠. 그렇지만 이제 보니, 여러분은 비밀을 지키는 고마운 분들이군요. 이제, 여러분을 데려다줄 곳이 있어요."

"거기가 어디죠?"

"구석나라랍니다."

"아! 구석? 정말 재미난 나라일 것 같아요!"

"그곳에도 여러분같이 비밀을 지키려는 사람들이 살고 있어요."

"와! 가 보고 싶어요, 당장! 구석이란 뭔가를 감춰 두고 싶은 그런 곳이잖아요. 그곳에 가서 비밀 이야기들을 나눠 보면 재미있을 거예요."

이렇게 해서 새부리 바위님은 다물 일행을 태우고 밤하늘을 향해 날개를 펼쳤다.

"와!"

다물은 탄성을 터뜨렸다. 서늘한 산바람이 덮쳐 왔다. 구름은 갈라지고 달이 커다랗게 나타났다.

"새부리 바위님! 우리가 가는 구석나라는 어떤 나라예요?"

다물은 목을 쭈욱 빼고 저 아래를 내려다보면서 물었다.

"웅크린 바위 속에 구멍을 뚫고 숨어 사는 부족 사람들이 사는 곳이죠."

"어머! 신기한 나라네요."

다물은 어깨를 으쓱하며 아후와 눈을 마주쳤다. 바늘에 실이 당겨지듯 몹시 이끌리며 새부리 바위님의 다음 말에 귀를 기울였다.

"그들은 비밀 장사꾼이 아무리 꿀맛 같은 조건을 내밀어도 절대 자기 부족에 전해져 오는 비밀을 팔지 않는답니다. 그들은 자기네 비밀을 지키기 위해 아예 바위 구멍에 집을 짓고 살아요. 그렇지만 걱정이에요. 비밀 장사꾼이 매서운 눈초리로 비밀을 샅샅이 찾아다니고 있으니 말예요. 구석나라 비밀도 곧 그의 눈에 띄게 되지나 않을지 걱정이랍니다. 그런데……."

"그런데요?"

새부리 바위님은 부리를 따각, 한 번 부딪치고 다시 말을 이었다.

"그런데 여러분은 아주 용감해 보이는군요. 어째서 겁쟁이가 되지 않았나요? 구석나라 부족 사람들은 자기네 비밀을 지키기 위해 숨어 사는 겁쟁이가 되고 말았거든요."

다물은 그만 깔깔 웃음을 터뜨렸다.

"새부리 바위님, 비밀을 지키려면 아주 힘이 세져야 한다고 생각해요. 비밀을 지키려다가 겁쟁이가 된다는 새부리 바위님 말이 얼마나 웃긴지 모르겠어요."

"구석나라 부족 사람들은 이중으로 바위집을 설계하고 살아요. 바위집 안에서는 바깥을 볼 수 있지만, 밖에서는 바위집 안쪽이 안 보이도록 말이지요."

"새부리 바위님, 구석나라 사람들은 무슨 비밀을 지키고 있는 거예요?"

"오! 그걸 우리가 알고 있다면 이미 그건 비밀이 아닐걸요? 그곳에 어떤 굉장한 비밀이 있는지는 아무도 몰라요. 그 나라 부족 사람들 외에는 아무도! 비밀 장사꾼이 몇 번이나 방문했지만, 그들은 어떤 비밀도 팔지 않고 있어요. 그러니까 비밀 장사꾼은 더욱 애가 닳아서 그곳 부족 사람들이 비밀을 팔게 하려고 안달이랍니다. 그러고 보니까 벌써 구석나라에 도착했군요."

새부리 바위님은 몸을 낮춰 다물 일행을 내려주었다.

"어? 여기가 구석나라라고요? 아무것도 없는 이곳이 말예요? 덩그러니 보이는 저 커다란 바윗덩이 하나밖에 없는걸요. 설마 저 바윗덩이가 구석나라라는 말씀은 아니시겠죠?"

"바로 그 나라랍니다."

새부리 바위님은 올 때와 마찬가지로, 조용히 날개를 펼쳐 용의 골짜기를 향해 날아갔다.

구석나라에 가다

"세상에! 저 바윗덩이가 길을 가로막고 있었구나. 두루마리 지도에서 길이 사라져 안 보였던 건 저 바위 때문이었어. 어쨌든 가 보자!"

참 야릇한 바위였다. 처음에는 커다랗던 바윗덩이가 어떻게 된 셈인지 가까이 다가갈수록 자꾸자꾸 작아지는 것이었다. 어느새 바윗덩이는 두 손으로 들 수 있을 만큼 작아지고 말았다. 자세히 보니, 그것은 잔뜩 웅크려 엎드린 모양을 한 돌덩이 하나일 뿐이었다!

다물은 갑자기 배를 잡고 웃기 시작했다.

"아후, 난 이 돌멩이가 구석나라가 틀림없다고 생각해."

'왜 그렇게 생각해?'

"왜냐하면……. 구석으로 들어갈 때는 꼭 이렇게 잔뜩 몸을 웅크리지 않으면 안 되기 때문이지. 그렇지?"

아후는 목을 살짝 젖히고 소녀를 재미있게 바라보았다. 다물은 잔뜩 몸을 웅크린 채 엎드려 돌덩이 이쪽저쪽을 살피는 중이었다.

바로 이때였다. 웅크린 돌덩이 아래쪽에서 반딧불이 크기만 한 동그란 불빛이 나타났다. 자세히 보니, 쪼그만 문이 있고 문 앞에 단추만큼 작은 소년이 좁쌀만 한 등불을 들고 서 있었다. 뭐라고 뭐라고 이야기를 하고 있지만 모깃소리처럼 앵앵거려서 다물은 알아들을 수 없었다. 그래서 먼저 이쪽에서 알고 싶은 것을 물어보기로 했다.

"얘, 여기가 구석나라니? 그렇다면 등불을 흔들어 봐."

이 소리는 작은 소년에게 천둥소리만큼이나 크게 들렸다. 소년은 털썩 주저앉았다가 일어나며 등불을 흔들어 보였다. 다물은 소년 가까이에 자기의 커다란 눈을 가져갔다. 그리곤 검지 하나를 살짝 소년의 발치 앞에 놓아 보았다. 소년의 크기를 재어 보려는 것이다. 소년은 얼른 문 안쪽으로 몸을 숨겼다. 지문이 물결치는 소녀의 손가락은 커다란 나무둥치만큼이나 컸던 것이다.

"얘, 어떻게 하면 내가 너희 나라에 들어갈 수 있니?"

이 말에 소년은 휘청하며 등불을 떨어뜨렸다.

"앗, 미안해. 너희 나라에는 내 엄지손가락 하나도 못 들어가겠구나…… 무슨 좋은 방법이 없겠니?"

다물은 한 손으로 입을 가로막은 채 한숨을 폭 내쉬었다. 혹시라도 소년이 자기가 내쉬는 한숨에 날아갈까 봐. 다물은 마침 근처에 떨어져 있는 솔잎으로 등불을 걸어 소년에게 건넸다. 소년은 소녀의 널찍한 손톱이며, 구불구불한 손등의 핏줄 같은 것을 흥미롭게 뜯어보고는 수줍은 얼굴로 말했다.

"걱정 마. 너도 곧 나처럼 작아지게 될 거야……"

"뭐?"

"잔뜩 겁을 먹게 되면 작아지거든……"

"난 겁쟁이가 아냐!"

다물은 고집스러운 말투로 내뱉었다.

"아홉머리산 아래엔 '어두운 달빛호수'가 있어. 그 호수 위로는 쌍날 도끼 그림자가 늘 어른어른거려. 게다가 아홉머리산 위 구름 속에서 천둥 번개가 치면 그 괴물 그림자가 곧 땅에 떨어져서 아마 그때는……, 모르긴 몰라도 네 몸도 무서워서 쪼그라들고 말걸."

아니나 다를까, 소년의 말이 떨어지기가 무섭게 난데없이 마른번개가 치더니 하늘을 쩌억- 두 쪽으로 갈랐다. 뒤이어 천둥소리가 우르르 쾅쾅! 하고 울렸다. 쌍날 도끼를 든 아홉머리 괴물의 그림자가 밤길 위로 스멀스멀 움직이는 것이 보였다.

다물은 흘낏 건너 숲 쪽으로 고개를 돌렸다. 누구 것인지 모를 빨간 두 눈이 깜박 나타났다 사라졌다. 다물과 눈이 마주친 검은 형체는 급히 숲속으로 달아났다.

"아홉머리 괴물 그림자를 보고도 작아지지 않다니 정말 강심장이구나! 아무래도 넌 우리나라에 못 들어올 것 같아. 너무 커서 말이야."

아홉머리 괴물 그림자가 점점 웅크린 바위 쪽으로 옮겨 오기 시작했다. 작은 불빛이 괴물의 눈길을 끌었던 것이다. 소년은 파들파들 떨면서 얼른 문을 닫으려고 했다.

"안 돼!"

다물은 소년이 닫으려는 문틈에 긴 손톱을 끼워 넣어서 문이 닫히는 것만큼은 겨우 막을 수 있었다. 그때, 다물은 갑자기 온몸이 얼음처럼 싸늘해지면서 쪼그라들었다. 소년이 문을 쾅 닫고 들어가 버린 뒤 이 바깥에서 캄캄한 밤을 보내야 한다고 생각하니 너무나도 끔찍하고 무서웠던 것이다.

다물은 가슴을 쓸어내렸다. 돌멩이만큼 작았던 돌은 쑥쑥 자라 커다란 바윗덩이가 되어 있었다. 문 크기도 아주 컸다. 소년도 자기만큼 커졌다. 아니, 다물 자신이 소년만큼 작아졌다고 해야 하나?

다물은 벌떡 일어나서 상냥하게 말했다.

"얘, 이제 되었어! 난 조금 전에 잔뜩 겁을 집어먹었어. 이제 너희 나라에 갈 수 있게 되었지?"

"그렇구나."

비로소 소년도 환하게 웃었다.

다물은 눈을 커다랗게 뜨며 소년을 향해 생긋 웃어 주었다. 작아져 버린 자기 처지가 좀 한심스럽긴 하지만, 크기 같은 것은 문제 될 게 없다.

"커지든 작아지든 이젠 아무렇지도 않아. 나는 나니까! 이렇게 작아질 수 있다면, 또 언젠가 커질 수도 있을 게 틀림없어. 오, 아후! 너도 나처럼 잔뜩 겁을 집어먹었구나?"

다물은 자기처럼 덩달아 작아진 아후 쪽을 살짝 돌아보며 걸었다.

"우리가 겁쟁이가 된 건……."

소년은 등불을 낮추며 고개를 수그렸다. 소년의 두 눈에는 눈물이 그렁그렁 차 있다. 다물은 못 본 척하며 소년의 다음 말을 기다렸다.

"우리 부족은 굉장한 비밀을 지키느라 겁쟁이가 되었어……. 너도 보았겠지만, 아홉머리 괴물 그림자는 밤마다 우리를 위협

하며 괴롭히고 있어. 아홉머리 괴물은 아홉머리산에 사는 괴물이야. 그런데 우리는 그림자 외에는 그 모습을 한 번도 본 적이 없어."

"얘, 그림자가 있다는 건 틀림없이 실체가 있다는 말이야. 언젠가는 자기 실체를 드러내고 말겠지."

"오! 끔찍하게 무서운 일이야. 그런 일이 제발 일어나지 않길 바랄 뿐이야."

소년은 부르르 몸서리를 쳤다.

다물은 흘낏 곁눈으로 소년을 쳐다보았다. 볼록한 짱구 이마에 흑갈색 반곱슬머리를 귀 뒤로 쓸어 넘겼다. 겁을 먹은 듯한 소년의 커다란 눈은 이따금 흔들렸다. 조그만 소리에도 놀라는 듯 소년의 동그란 귓바퀴는 가끔 움직거렸다.

소년은 급히 안주머니에 손을 쑥 집어넣더니 뭔가를 꺼냈다.

"이걸 깨물면 무서움이 가실 거야. 초록콩이야. 너도 한번 먹어 봐."

소년이 건넨 것은 작고 동그란 초록색 콩이었다. 다물은 초록콩 한 알을 반쯤 깨물어 먹고, 나머지 반쪽은 아후에게 먹였다.

무서움이란, 초록콩만 한 것이다! 다물은 갑자기 이런 생각이 떠올라 조용히 웃었다.

소년을 뒤따라 계단을 올라가자 여섯 개의 굴이 나란히 이어진 벽면이 보였다. 소년은 가장 왼쪽에 있는 첫 번째 굴로 들어갔다. 그 굴 안쪽으로 들어가자 다시 아래쪽으로 이어지는 원형 계단이 나타났다.

어느 쪽에선지, 아이들 여럿이 재재거리며 떠드는 소리가 들려왔다.

"곤잠이 열다섯 살이 되었다지?"

"곤잠이 잘 때 이마에 고추씨 세 개를 붙여 주자."

"무시무시해서 오금이 저릴 땐 고추씨기름도 괜찮다던데?"

"이봐, 이제 곤잠은 고추씨 따윈 필요 없어. 오늘부터 곤잠은 용기 있는 소년이 될 거야!"

"맞아! 용감한 소년 곤잠!"

예닐곱 명이 한데 뭉쳐 낄낄거린다.

"곤잠이 누구야?"

"나야."

소녀의 물음에 곤잠은 앞만 보고 대답한다.

"얘, 도무지 알아들을 수 없는 대화야. 무슨 말들을 하고 있는 거야?"

다물이 겨우 알아들은 말이라고는 소년이 자기처럼 열다섯 살이라는 것 정도였다.

"그런데 얘, 오늘이 무슨 날이니? 아까 '오늘부터'라고 해서."

"아, 그건……."

소년은 얼굴을 붉히고 애써 대답을 피했다. 잠시 후에 소년은 들뜬 목소리로 말했다.

"사실……, 모두가 너희를 기다리고 있어!"

"뭐라고? 왜?"

곤잠이 왜 그런 말을 하는지도 모르겠지만, 그것이 사실이라고 하더라도 왜 하필 지금에야 그 말을 꺼내는지 다물은 이해가 되지 않았다.

아이들의 왁자한 웃음소리가 가까이서 들려왔다. 소년은 둥그런 또 하나의 바위문 앞에 섰다. 그 앞에 놓여 있는 당김줄을 천천히 당기자 '삐그덕 쿵!' 하고 돌문이 열렸다. 문이 열리자 열 명 남짓 되는 아이들의 눈이 화살처럼 일제히 이쪽으로 날아왔다. 그들은 한목소리로 소리쳤다.

"와! 흰 사슴이다! 우리가 기다리던 전설의 주인공들이야!"

다물은 아후 곁으로 바짝 다가섰다. 아후 턱밑을 살살 만지며 속삭였다.

"아후, 어떻게 된 걸까? 제발 우리 둘이 무시무시한 전설의 주인공이 아니길 바랄 뿐이야."

바위집 안에는 다시 편편한 빈터가 있고, 그 가운데에 돌널 식탁이 놓여 있었다. 그 식탁 주변에 스무 명 남짓한 구석나라 아이들이 오밀조밀 붙어서 둘러앉았다. 천장은 머리에 닿을 듯이 낮고, 벽 쪽으로는 또 다른 방으로 이어지는 통로길이 세 군데나 더 있었다.

'개미처럼 바위 속을 꾸불꾸불 뚫고 사는가 보다.'

다물이 이런 생각을 하고 있을 때, 가장 큰 바위 구멍 저쪽에서 뿔테 안경을 쓴 할아버지가 걸어 나왔다.

곤잠이 속삭였다.

"초 할아버지야, 다물. 구석나라의 큰 어른이셔."

이렇게 해서 다물 일행은 구석나라의 대단한 환영 손님이 되어 있었다.

"귀한 손님이 오셨으니, 우리는 새 젖이라도 구해 와야 한답니다."

초 할아버지는 깍듯이 높임말을 썼다.

다물은 아후에게 속삭였다.

"아후. 새는 젖이 없지만, 그만큼 없는 것까지 구해야 할 만큼 우리를 환영한다는 뜻이야."

다물은 모락모락 김이 나는 저녁 반찬들을 둘러보면서 침을 꿀꺽 삼켰다.

"자, 이리 와서 앉아요. 오늘은 우리 곤잠의 생일날이기도 하니까 마음껏 들어요!"

식사가 끝난 뒤 다물은 영문도 모른 채 자신들이 전설의 주인공이 돼 버린 이야기를 들었다.

초 할아버지가 들려주는 이야기는 이랬다.

"내가 새파란 청년이었을 때이지요. 하루는 깊은 숲속을 지나다가 여러 지혜로운 노인을 만나게 되었답니다."

초 할아버지가 만났던 그 지혜로운 노인들은 벌써 이 세상 사람이 아니라고 한다. 그들은 지나가는 젊은 청년, 지금의 초 할아버지를 붙잡고 말했다.

"이보게, 청년. 이 두루마리 문서를 잘 보관해 주시오. 굉장한 비밀이 적혀 있다오⋯⋯. 먼 훗날 한 아이가 눈처럼 흰 사슴과 함께 당신을 찾아올 거요. 그러면 이 문서를 잘 전해 주시오. 비밀을 푸는 암호는 그들이 가르쳐 줄 것이오."

청년은 더 묻고 싶은 것이 많았다. 그러나 그 지혜로운 노인들은 자기들이 할 일을 다 마쳤다는 듯 조용히 낙엽처럼 쓰러져 죽었다.

"우린 비밀 두루마리를 지키기 위해 구석나라에 숨어 살게 되었답니다. 그렇지만 아무래도 온갖 비밀을 캐고 다니는 비밀 장사꾼들이 낌새를 알아차린 것 같아요. 그들은 벌써 몇 번이나 이곳에 와서 꼬치꼬치 캐물으며 얼쩡거렸답니다."

"할아버지, 그 두루마리에는 무엇이 쓰여 있을까요?"

다물이 또랑또랑한 목소리로 물었다. 초 할아버지는 잠시 뜸을 두고 있다가 한껏 목소리를 낮추고 말했다.

"글쎄요, 우리는 잘 모르는 셈이지요. 게다가 그것은 알지 못할 이상한 언어로 적혀 있어서……. 내일 아침에 숲이 보이는 방으로 따로 옮겨 가서 함께 보도록 합시다. 바로 저 아래쪽……."

초 할아버지는 돌널 식탁 아래쪽을 손가락으로 가리켰다.

그날 밤이 어떻게 지나갔는지 모르게 금세 아침이 되었다.

누구보다도 일찍 일어난 다물은 흰 사슴 아후에게 다가가 좋알거렸다.

"아후, 오늘은 정말 멋진 날이야! 우리가 알지 못하는 전설 이야기에 등장하는 주인공이 되는 날이니까. 우후! 그런데 아후? 만일 우리가 만나지 못했고 함께 여행을 떠나오지 못했다면 어떻게 되는 거지? 그렇다면 우리 만남도 이미 예전에 누군가의 문서에 적혀 있던 대로 계획되어 있었던 것일까? 마고의 숲에서 길을 잃어버린 것도? 아! 지금까지와 마찬가지로, 앞으로 일어날 모든 일도 몽땅 그럴까?"

이렇게 좋알거리는 다물의 말을 듣는지 마는지, 아후는 아까부터 내내 이마를 낮추고 뿔로 어딘가를 겨냥하고 있었다.

"아후! 내 말 듣고 있는 거야? 앗!"

다물은 말을 멈췄다. 잠깐 주변이 흔들렸다고 생각했다.

이내 바위집은 마구 뒤흔들리기 시작했다. 벽면에 세워 둔 돌조각들이 와그르르 앞으로 쏟아지고, 눈 깜짝할 사이에 벌어진 바위 천장 틈으로 모래가 주르르 쏟아졌다.

잠시 뒤였다.

조금 전까지만 해도 아우성을 치며 울고불고하던 아이들의 비명 소리가 뚝 끊겨져 더는 들리지 않았다. 다들 어디로 몰려가서 감쪽같이 숨어 버렸는지.

다물은 푸념처럼 투덜거렸다.

"다들 어디로 숨어 버린 거야? 비겁하게 우리만 남겨 놓고……. 전설의 주인공 어쩌고 하더니. 휴, 겁쟁이들!"

"다물, 나 여기 있어!"

"어디?"

"여기, 네 귓속에! 다물, 우린 숨은 게 아니고 더 작아져 버렸어."

"이크! 곤잠이니?"

스멀거리던 귓속을 후벼 파려던 다물은 화들짝 놀라서 손을 멈췄다.

"응. 내 탓이야! 어젯밤 네가 뒤따라 들어올 때, 문 잠그는 걸 깜박 잊었어……. 아홉머리 괴물이 귀를 대고 우리 얘기를 모두 엿들은 것 같아. 비밀이 적혀 있는 두루마리 문서를 차지하려고 이 바위집을 뒤흔들고 있어."

소년은 거의 울먹이고 있었다.

"얘, 조금도 걱정할 것 없어!"

다물은 침착하게 소년을 위로했다.

"걱정할 것 없다니, 그게 무슨 말이야?"

"우린 그 비밀 두루마리가 어디에 있는지는 말하지 않았잖아?"

"아, 그렇구나! 다물, 그 비밀 두루마리가 있는 곳으로 이제 가 보자. 움직이지 마! 발밑을 조심해야 해. 아래를 봐."

"세상에!"

초 할아버지와 구석나라 아이들이 돌널 식탁 밑으로 몰려와 있었다. 조그만 개미들이 움씰움씰 모여 있는 것 같다.

"어떻게 해야 돼?"

"식탁 밑을 잘 봐! 동그란 모양의 뚜껑돌이 있는 게 보이지? 그걸 들면 아래로 이어진 또 다른 굴이 나 있어. 우리가 비밀스럽게 파 놓은 비밀 통로란다. 아무도 알아채지 못하도록 돌널 식탁 밑에 숨겨 놓은 거야. 지금은 구석나라 사람들 모두가 개미처럼 작아져 버렸으니, 수백 명이 있더라도 돌을 들어 올리지 못할 거야."

"알았어! 지금이야말로 내가 필요한 순간이야. 아후, 너도 좀 도와줘."

아후는 어딘가로 가더니 긴 막대를 하나 물어 왔다. 막대로는 들어 올린 뚜껑돌이 도로 닫히지 않게 조금 받쳐 둘 수 있다.

다물은 뚜껑돌을 반쯤 들어 올렸다. 후욱, 서늘한 바람이 끼친다.

'희미하게 비치는 굴 저쪽은 어디로 이어질까?'

다물은 막연히 그곳이 햇빛이 비치는 숲일 거라고 생각했다.

"아후, 너 먼저……. 뛰어!"

아후는 엉거주춤하다가 다물에게 떠밀리듯 굴 밑으로 뛰었다. 사슴이란 위로 뛸 때는 바람처럼 날렵하지만 아래로 뛰는 건 영 서투르다.

다물은 먼저 "모두 올라와요." 하고 손바닥을 바닥에 놓았다. 구석나라 사람들이 모두 올라와도 손바닥에 빈자리가 남을 정도였다.

"여러분이 한 번만 더 작아지면 내 눈에는 보이지 않게 됩니다. 그러니 이제부터는 절대로 겁먹지 마세요."

다물은 살금살금 굴 밑으로 내려가서 구석나라 사람들을 옮겨 주었다. 그들은 다물의 손에서 내려서자마자 원래 크기로 쑥쑥 커졌다.

이제는 다물의 차례였다.

다물은 굴 아래로 몇 걸음 내려간 뒤 적당한 위치에서 뚜껑돌을 조심스럽게 들어 올렸다. 뚜껑돌은 구멍에 맞게 원래대로 잘 맞춰 닫아야 한다. 다물은 아랫배에 잔뜩 힘을 주었다.

그러나 바로 이때였다.

쾅! 쾅!

누군가 사정없이 문을 발로 걷어차면서 후다닥 들어왔다. 어제 새부리 바위께에서 보았던 그 비밀 장사꾼이었다! 바닥에 끌릴 만큼 긴 검은색 외투에 터질 듯이 불룩한 그 회갈색 가방……. 황금빛 챙 모자 밑으로 새빨간 눈알이 이글거리고 있었다.

다물은 재빠르게 뚜껑돌을 닫았다. 그렇지만 혹시라도 비밀 장사꾼한테 들키지 않았을지 걱정되었다. 만일 그렇다면 이 뚜껑돌이 다시 열리는 것은 시간문제일 것이다.

다물은 놀란 새처럼 가슴이 파닥거렸다. 혹시나, 하고 잠시 그 자리에 멈춰 서 있었다. 다행히 비밀 장사꾼이 도로 나가는 듯 발소리가 점점 멀어졌다.

바위굴 저쪽에서 초 할아버지가 등불을 들고 따라오라고 손짓했다. 아후도 함께였다. 다물은 축축한 암벽을 손으로 더듬으며 조심스럽게 걸음을 옮겼다. 겨우 한 사람 지나다닐 만큼

비좁던 굴은 앞으로 나아갈수록 점차 넓어졌다.

'이 냄새는······.'

어디서부터인지, 희미한 빛이 굴속으로 비쳐 들면서 향긋한 냄새가 피어올랐다. 아후는 코를 재미나게 씰룩거렸다.

드르륵!

바위굴 끄트머리로 가자 굳게 닫혀 있던 작은 바위문이 열렸다. 안쪽에서 곤잠이 열어 준 것이다. 놀랍게도 그곳은 뚫려 있는 천장으로부터 환하게 빛이 비쳐 드는 둥근 방이었다.

사다리가 하나 놓여 있어서 바위 천정까지 올라가 볼 수 있었다. 그곳에서는 멀리 숲이 내려다보였다. 비록 바위집에 숨어 살았지만 구석나라 부족 사람들은 그렇게 숲을 사랑했다.

초 할아버지는 벽을 파내어 만든 오목한 비밀 감실에서 두루마리를 꺼내 왔다. 자작나무 껍질을 이어 붙여서 말아 놓은 두루마리였다.

비밀 두루마리를 스르르 펼친 순간 다물은 깜짝 놀랐다. 두루마리에 쓰인 비밀 문자들이란, 언제인가 자기만 읽기 위해 만들어 놓은 비밀 암호였던 것이다!

다물은 눈썹을 치켜세우며 아후를 보았다.

'아후, 이건 암호라고 할 것이 없어. 바로 내 언어니까! 하지만 어떻게 이런 일이 일어날 수 있지? 난 이 모든 일이 내 머릿

속 상상으로 만들어진 일이 아니길 바랄 뿐이야.'

초 할아버지는 확인하듯이 조용히 물었다.

"글쎄, 이 두루마리에 적힌 내용을 읽을 수 있겠습니까?"

"네……, 어떻게 된 일인지는 모르겠지만 읽어 볼게요."

다물은 다정히 웃어 보인 뒤, 그들 가운데 앉아 마치 옛날이
야기를 들려주듯이 두루마리에 쓰인 글을 읽기 시작했다.

*

마고의 비밀 이야기

비밀! 비밀! 비밀! 끝없는 마고의 비밀 이야기가 있다.

이 세상이 신비롭고 아름다운 까닭은 끝없는 비밀이 그 속
에 숨어 있어 그렇다.

어느 날, 마고 거인의 몸에서 뾰조록한 움들이 돋아 올랐다.
움들은 발긋발긋 물들어 곧 터질 듯했다. 그 움들 속에는 비
밀들이 한껏 자라고 있었다.

'터질 것 같아요.'

마고는 비밀들이 외치는 소리를 들었다.

'그래…….'

마고는 움들을 터뜨려 비밀을 몸 밖으로 멀리 내보내기로 마

음먹었다.

비밀은 가끔 그렇게 관리해 주어야 했다. 가령, 비밀 하나를 얻게 되면 한 몇 개월쯤 뒤에는 수십 개의 비밀로 늘어나고, 이 수십 개의 비밀은 다시 수백 개의 비밀로 늘어나게 된다. 고추나무 한 그루를 심어 수만 개의 고추씨를 얻는 것처럼.

그러던 어느 날, 비밀은 저 혼자 몸으로는 감당할 수 없을 만큼 부풀어 오른다. 마고 거인에게도 이때가 온 것이다. 마고 거인의 비밀 주머니가 얼마만큼 커졌는가 하면, 하늘 주머니가 몽땅 마고의 비밀 주머니 속으로 호로록 빠질 만큼이었다.

비밀은 처음에는 염통 밑에 조그만 주머니를 만들어 숨어 살기 시작한다. 그러다가 비밀 주머니가 조금씩 커지면 간에도 가서 붙고 심장에도 가서 붙는데, 결국에는 오장 육부까지 옭아매어 나중에는 먹지도 못하고 숨도 가누지 못하게 된다.

'비밀 주머니를 만들지 말걸…….'

그러나 생각해 보면, 비밀 주머니가 자꾸자꾸 커져 간 것은 비밀을 함께 나눌 벗이 없었기 때문이다.

따뜻한 오후 한나절이 되면, 마고는 산허리에 발을 올려놓고 낮잠을 즐기곤 했다. 새들이 이마에 앉아 한참 떠들고 가더라도 깨는 일은 거의 없었다. 그러나 비밀 주머니 안에서 들려오는 시끌시끌 부딪치는 소리에는 어김없이 단잠이 깼다.

'할 수 없지…… 비밀 때문에 도무지 잠을 잘 수 없으니.'

마고는 이쑤시개로 쓰려고 키우던 울타리 밖 엄나무를 보았다. 어떻게든 비밀 주머니를 터뜨려, 비밀을 주머니 바깥세상으로 자유롭게 내보낼 생각이었다. 마침내 마고는 엄나무 가시로 비밀 주머니를 터뜨리고는 긴 숨을 토했다.

마고는 생각했다.

'휴ㅡ, 비밀 주머니가 터지고 나니까 이렇게 속이 후련한걸.'

마고의 비밀 주머니에서 나온 가지가지 비밀에 대해 쓰자면 종이를 태산처럼 쌓아 놓아야 한다. 그 많은 비밀 가운데는 걱정스러운 것들도 없지는 않았다. 가령, 물고기 옷을 입고 사는 목숨, 머리가 둘 달린 목숨, 눈이 이마 가운데에 하나뿐인 목숨, 가슴으로 아기를 낳는 목숨…….

'비밀들이 세상에 나가서 재미나게 살아야 할 텐데…….'

마고는 콧노래를 흠흠 부르며 걸어 다녔다. 후우ㅡ, 후우ㅡ. 가끔 땅속에 비밀 씨앗을 꼭꼭 다져 심었다. 그리곤 푸르르 입술 피리를 불었다.

어느 날 아침, 땅에 심은 비밀 씨앗에서 싹이 돋았다. 그 옆에, 그 옆에, 또 그 옆에 심었던 비밀 씨앗들도 싹을 틔웠다. 싹은 잎이 되고, 꽃이 되고, 점점 자라면서 나무가 되어 갔다. 나무들은 사방으로 춤을 추면서 자랐다.

마고는 그 나무들 꼭대기 우듬지를 건드리며 말했다.

'나를 찾으려고 그러지?'

마고는 이미 자취를 감춘 뒤였다. 그들에게는 조그맣게 속삭이는 마고의 목소리가 들렸다.

'나는 너희 속에 까뿍 숨어 버렸어!'

비밀 씨앗들은 와르르 한꺼번에 웃음을 터뜨렸다.

어디 있나, 어디 있나.

날 찾아봐요!

나는 숲속에 꼭꼭 숨어서

노래 부른답니다.

마고는 기분이 좋았다.

숲속에서 들려오는 깔깔거리는 웃음소리는 향기로운 노랫소리와 같았다. 하루 종일 들어도 따분하지 않았다.

'잘된 일이야……'

마고는 조용히 잠을 청했다.

두 나무의 수수께끼

다물은 활짝 웃었다.

"여러분! 이것으로, 마고의 비밀 이야기는 끝이에요."

"우와!"

이야기를 마치자마자 여기저기서 폭포수 같은 탄성이 터진다. 아이들은 얕은 냇물의 물고기가 튀듯 조잘거린다.

"이상했어!"

"뭐가?"

"내 몸이 산처럼 커지는 것 같았어!"

"난 땅처럼 자꾸자꾸 넓어졌어!"

"너도?"

아이들은 대번에 눈을 휘둥그레 뜨며,

"나도, 나도!"

"나도 그랬어!"

하고, 손뼉을 치고 까르르 웃는다.

한 아이가 구석에서 수줍게 볼우물을 패고 있다.

"마고 이야기는 아름다워……."

이 말에 덩치 큰 아이가 목청 높여 대꾸한다.

"그뿐이겠어? 틀림없이 비밀스러운 힘이 있을 거야!"

이때였다.

"맞아! 난 힘이 세지는 것 같았어."

구석 자리에서 잠자코 있던 곤잠이 불쑥 말했다.

"그럼……, 곤잠 오빠는 고추씨 세 개를 안 붙이고 자도 되겠다."

볼이 오동포동한 한 아이의 말투에 부러움이 가득하다. 곤 잠은 해쓱한 낯빛으로 몸을 움츠리며 더욱 구석으로 가 붙는 다. '고추씨'라는 말 때문에, 고추씨 세 개를 붙이고 자야 할 만 큼 무서웠던 일이 떠올랐나 보다.

'아! 이 두루마리…….'

돌샘 같은 마고의 비밀 이야기!

다물은 비 온 뒤 가벼워진 구름처럼 가뿐해졌다. 두 팔을 벌 리면 어디라도 휘잉, 날아 볼 수 있겠다. 마고의 비밀 이야기를 구석나라 사람들과 함께 나눠 가져서 그런가 보다.

귀 떨어진 옹배기 같은 천장 위 바위 구멍으로 파란 하늘빛이 찾아들었다. 씻은 얼굴 같다.

구석나라 사람들이 지켜 온 마고의 비밀 이야기! 이 이야기가 전해 주려는 것은 무엇일까? 사람들이 숲속에서 캐고 있는 그 비밀 씨앗이 마고의 비밀 주머니에서 나왔다는 것, 숲속 비밀의 주인이 마고 거인이었다는 것⋯⋯.

비밀을 지킨다는 것, 그것은 무엇을 말하는 것일까? 비밀 장사꾼이 그토록 찾아다닌다는 비밀은 무엇일까? 비밀을 끌어모으고 있는 그 장사꾼의 욕심은 무엇일까? 다물의 생각은 꼬리에 꼬리를 물고 어디까지나 이어지려 했다.

다물은 소년과 '쨍' 하고 눈이 마주쳤다. 소년의 입가에 초승달 같은 웃음이 걸리는 걸 보며, 다물은 더욱 힘을 얻었다.

"여러분! 이제 여러분은 겁쟁이가 아니에요. 마고의 비밀을 지켜 낸 용기 있는 사람들이에요. 힘센 사람들이에요! 만일 여러분이 이 비밀 두루마리를 팔아 버렸다면, 마고의 비밀을 팔아 버렸다면! 아마도 어쩌면⋯⋯, 이 숲은⋯⋯, 몽땅 비밀 장사꾼 손아귀에 넘어갔을지도 모르겠어요. 그러니 여러분은 아름다운 이 숲을 지켜 낸 사람들이에요!"

그런데 아까부터 다물에게는 떠나지 않는 걱정거리가 하나 있었다.

파파 할머니의 두루마리 지도를 펼쳐 보면 이곳 구석나라에서 길이 끝나 있었던 것이다. 이제부터 길은 어디로 이어지는 것일까? 다음 길은 어떻게 찾아가야 할지, 누구에게 그 길을 물어야 할지 다물은 알지 못한 채 점점 생각이 깊어졌다.

백결 할아버지가 마지막까지 당부하던 한 마디가 떠올랐다.

'이 구슬은 어떤 일이 있어도 네 몸에서 떼지 말거라……'

'파란 구슬이 이곳에서 비밀의 문 하나를 열어 주는 것일까?'

다물은 허리께에 감춰 놓은 파란 구슬에 자꾸 마음이 쓰였다. 이상야릇한 힘이 뻗쳐오르며 부드럽고 커다란 손길이 온몸을 휘감는 듯했다.

다물은 두리번거렸다.

'저건 뭐지?'

다물은 부신 눈을 가까스로 떴다.

먼 데서 물결쳐 오는, 수면에 어리는 듯한 희미한 초록빛 거인의 춤! 그 얼굴은 알아볼 수 없었다. 어쩌면 오래전부터 이미 알고 있던 얼굴인지도 모른다. 오히려 다물은 눈을 감았다. 산에 구름이 머무르듯 크나큰 손이 다물의 어깨를 어루만지고 갔다.

바로 이때였다.

세상에! 다물의 몸이 쑥쑥 커졌다.

'어?'

다물은 눈을 마구 비비고 두리번거렸다. 아직도 다물은 쑥쑥 커지고 있다. 잠시 뒤 머리가 천장까지 가서 꽝 부딪치고 나서야 겨우 커지는 일은 멈췄다. 다물은 깍지를 낀 채 무릎을 세우고 잔뜩 웅크려 앉았다. 아후를 찾았다. 걱정 말라는 뜻일까? 아후는 아기 솔뿌리 같은 뿔을 내흔들며 다물의 발등 위로 올라왔다.

"다물! 어쩌다가 그렇게 커져 버린 거야?"

곤잠은 두 손을 나팔처럼 만들어서 소리쳤다.

"글쎄, 크나큰 거인이 내 어깨를 만지고 갔어. 그래서 내 몸이 이렇게 커지게 되었나 봐……."

잠시 후, 갑자기 바위집이 뒤흔들렸다. 바위벽이 무섭게 쩌억 갈라졌다. 돌덩이가 쿵쿵 연이어 떨어졌다.

"어머나! 어서 이 안으로 들어와요."

다물은 본능적으로 와락 엎드려 팔을 둥근 담처럼 에두르면서 소리쳤다. 부스러기 돌이 우두두두 떨어지는 가운데 곤잠이 소리쳤다.

"괜찮아, 다물?"

소년은 무엇인가를 더 말하면서 두 팔을 흔들었다.

갑자기 곤잠의 얼굴이 새파랗게 질렸다. 아홉머리 괴물의 쌍날 도끼 그림자가 땅에 떨어져 비치고 있었던 것이다. 그림자는 먹이를 노리는 사마귀처럼 두 팔을 쳐든 채였다.

곤잠이 외쳤다.

"다물! 어서 달아나! 아홉머리 괴물이 쌍날 도끼로 네 등을 찍으려 하고 있어!"

그러나 다물은 잔뜩 웅크린 채 옴짝달싹할 수 없다. 자기 팔 안쪽으로 구석나라 사람들이 오그르르 모여 있었기 때문이다.

다물은 어떻게든 해 보자는 식으로 고개를 돌려, 자기의 등을 쌍날 도끼로 내리찍으려는 괴물을 노려보았다. 구석나라 바위집은 이미 두 조각으로 갈라진 터였다. 저쪽 멀리 아홉머리산에서 불기둥이 치솟아 오르는 게 보였다.

'어서 내놓아라……'

쌍날 도끼를 쳐든 검은 손아귀가 사뭇 떨고 있다.

'오호!'

다물은 속으로 생각했다.

'날 어쩌지 못하는 모양이야. 나한테는 굉장한 비밀이 있으니까. 어떻게든 그 비밀을 얻어 내려고 말이지.'

'이리 내놓으렴……. 너를 왕좌에 앉혀 줄 테니……. 자, 어서…….'

그 소리가 어디서 들려오는지는 몰라도 다물은 크게 소리쳤다.

"안 돼!"

'네가 가지고 있는 그 비밀은 헛것에 지나지 않아……. 애야, 넌 눈에 보이지 않는 것을 찾으려고 하지? 잘 생각해 보렴……. 눈에 보이지 않는 걸 찾아봐야 어떻게 될까? 결국 그것은 눈에 보이지 않는 것으로 남을 뿐! 그런 헛것을 왜 지키려 하지? 왜 그런 하잘것없는 걸 찾으려고 하지?'

다물은 듣지 않으려고 고개를 내흔들었다. 그의 목소리는 끈질기게 달라붙었다.

'왜 꼭 너여야만 할까? 네가 아니어도 누군가는 해낼 거야. 한 번쯤 마음을 열고, 비밀 하나만 내게 건네주렴. 그러면 내게 있는 모든 것을 너에게 주마. 네가 원하는 것은 뭐든지 갖게 해 줄게. 자, 그래도 버틸 테냐…….'

'으으음…….'

다물은 모질음을 쓰며 견뎠다. 두 어깨가 떨어져 나가는 듯이 아팠다. 몸뚱이 전체가 바윗덩이에 눌려 있는 듯했다. 다물은 두려웠다. 눈을 뜨고 있어도 어둠뿐이었다. 어떻게 된 일일까? 손을 움직일 수조차 없다. 밧줄에 칭칭 묶인 듯, 목이 옥

죄인 듯, 숨조차 쉬기 어렵다. 춥다. 팔도 목도 어깨도 뻣뻣해
져 온다. 이제는 눈꺼풀이 무겁게 내려온다.

아후와 함께 처음 구석나라를 찾아냈을 때의 일이 떠오른다.

'아후! 난 저곳이 구석나라가 틀림없다고 생각해. 그 증거
는…….'

'…….'

'구석으로 들어가거나 또는 그곳을 훔쳐보거나 할 때는 저
렇게 웅크리지 않으면 안 된다는 거야!'

'아후가 곁에 있다면!'

이때였다.

'다물……. 난 너의 숨소리를 듣고 있어……. 숨을 쉬어 봐.
내게 숨을 넣어 줬을 때처럼.'

아후다! 그래. 하나, 둘……, 숨을 내쉬자. 돌이 되든지 쇠가
되든지. 하나, 둘, 셋……. 이제, 길을 걷자! 내가 알지 못하는
또 다른 길이 있어. 우와! 꽃이 피었다……. 꽃향기를 맡아 볼
테야! 천천히 숨을 쉬자!

눈앞으로 나무 두 그루가 나타났다. 똑같은 나무였다. 오색
띠로 장식한 무지개문 너머로 어떤 목소리가 울려 왔다.

'여기 두 그루의 나무가 있다. 한 그루는 언제까지나 살아갈 나무이지만, 나머지 한 그루는 곧 쓰러져 죽을 나무이지. 자, 언제까지나 살아갈 나무는 어떤 것이냐. 그 나무가 너를 살릴 것이다.'

참 어려운 수수께끼다. 눈을 씻고 보아도 똑같은 나무인데, 언제까지나 살아갈 나무와 곧 쓰러져 죽을 나무를 어떻게 알 수 있을까? 이파리 하나부터 가지의 끄트머리 생김까지 똑같다. 이쪽, 저쪽. 아니다, 아니다! 서로 다른 점이 있을 것이다.

그때 다물의 비밀 주머니 안에서 파란 구슬 또한 저 홀로 힘을 발하고 있었다. 저기 두 나무 밑으로 샘물이 스며 들어감을 보여 줌으로써, 이 작은 소녀에게 새로운 생각이 솟아나게 하기를!

다물은 두 그루의 나무를 견주어 보았다.

어디선가 잔잔히 흐르던 샘물 한 줄기가 두 나무 사이를 지나며 물길을 내고 있었다. 샘물은 넘치지도 모자라지도 않을 만큼 조용히 흐르며 두 나무의 밑뿌리를 적시는 듯했다. 그러는 중에 다물은 이상하게도 샘물이 한쪽 나무 쪽으로만 스며들이 잦아드는 걸 유심히 보았다.

'아! 그렇구나.'

한 줄기 생각이 별똥별처럼 날아왔다.

"언제까지나 살 나무는 뿌리가 있는 나무입니다. 뿌리가 없는 나무는 곧 쓰러져 죽을 것입니다."

수수께끼에 대한 다물의 대답이 떨어짐과 함께 나무 한 그루는 픽 쓰러지고 말았다. 과연 뿌리가 없는 쇳덩이 나무였다.

무지개문 저편에 서 있는 건, 엄마였다.

"엄마!"

다물은 두 팔을 벌린 채 무지개문 저편으로 달려갔다. 그러나 어느새 엄마는 보이지 않았다.

"엄마!"

'다물, 뿌리를 알지 못하고서는 마고를 만나지 못해…….'

"엄마! 그럼, 이제 마고를 만나게 되나요?"

'내 딸아……, 이제 비밀의 문 하나를 지났을 뿐이지…….'

"네."

'다물, 네가 나무의 뿌리가 되고 나무를 품어 안아 주는 일. 그것은 마고와 가장 가까운 이웃이 되는 길이란다……. 내 딸이 숲을 만든 큰 어머니가 누구인지 이제 알게 되었구나. 다물…….'

"네, 엄마."

'너를 기다리고 있을 더욱 아름다운 비밀의 문이 더 남아 있단다……. 나머지 두 개의 문을 지났을 때, 너는 마고를 만나게

될 거야.'

엄마! 엄마!

다물은 점차 멀어지는 엄마 목소리를 쫓아 허우적거렸다.

"다물! 다물!"

"얼른 눈을 떠 봐."

이번에는 자기를 한꺼번에 부르는 합창 소리가 들렸다. 다물은 시키는 대로 눈을 떠 보았다.

구석나라 아이들이 와짝 입을 모아 외쳤다.

"깨어났어! 다물이 깨어났어!"

다물은 비로소 정신이 말갛게 개었다.

어떻게 된 일인가 두리번거리는 사이, 곤잠이 웃으며 다가와 모든 이야기를 해 주었다.

그것은 다물 자신이 커다란 거인이 되어 웅크린 채로 구석나라 사람들을 구해 주었을 뿐만 아니라, 쌍날 도끼를 쳐든 아홉머리 괴물 그림자 앞에서도 당당하게 비밀을 지켰다는 것이며, 사실 처음에는 그 괴물 그림자가 협박해서 다물이 비밀을 꺼내 놓지는 않을까 하고 자기들도 퍽 걱정했지만 끝내 다물은 비밀을 지켜 내고 괴물을 물리쳤다는……, 그러한 이야기였다.

'아니, 난 괴물을 물리친 기억이 없는데 어떻게 된 일이지?'

하고 멀뚱멀뚱 눈알을 굴리고 있는 사이, 곤잠이 그럴 줄 알았다는 듯이 빙긋이 웃으며 이야기를 덧붙여 주었다.

"다물! 그러니까 말이야, 아홉머리 괴물 그림자를 어떻게 물리쳤느냐 이 말이지? 무시무시한 쌍날 도끼를 쳐든 그 그림자가 네 대답이 떨어지자마자 스르르 희미하게 흩어져 버리는 거야."

다물은 말없이 싱긋 웃어 주었다. 지금 곤잠이 은근히 자기의 호기심을 부추기려고 하는 작전임을 눈치챈 것이다.

"그러니까 다물! 넌 네가 어떻게 그 괴물을 물리쳤는지 알고 싶지 않니?"

"왜 알고 싶지 않겠어. 빨리 좀 말해 줘."

"초 할아버지가 내신 두 나무의 수수께끼를 괴물은 못 맞혔는데, 다물 넌 당당히 맞힌 거야."

"뭐라고? 그 수수께끼를 초 할아버지가 내신 거였어?"

"그렇다니까. 할아버진 두 그루 나무의 수수께끼를 내시면서, 이 수수께끼를 맞히는 사람은 비밀을 지킬 것이라고 하셨지. 그 괴물 그림자는 어리벙벙하게 말도 못 꺼내 보고 사라져 버렸어."

'언제까지나 살 나무는 뿌리가 있는 나무입니다. 뿌리가 없

는 나무는 곧 쓰러져 죽을 것입니다.'

다물은 그 대답을 자기 자신이 해냈다는 것이 아직도 믿어지
지 않아서 자꾸자꾸 되뇌어 보았다.

이렇게 해서 구석나라 사람들은 다시금 원래 크기대로 돌아
왔다. 예전과 같이 숲속에서 아담한 집과 정원을 꾸미고 살게
되었음은 물론이다. 다물 일행이 떠나게 되었을 때는 구석나
라 아이들이 모두 나와 둘러싸고 아쉬워하며 보내 주려고 하
지 않았다. 그중에서도 곤잠이 가장 아쉬워했다.

그러자 초 할아버지는 놀라운 제안을 했다.

"곤잠은 이제 용감한 소년이 되었지. 어떠냐, 얘들아. 곤잠도
이제는 멀리 여행을 떠날 때가 되었어."

구석나라 아이들은 모두 함성을 지르며 아후와 다물, 그리
고 곤잠을 둘러싸고 빙빙 돌았다. 깜박깜박 잊기를 잘하는 소
녀에게 조심스럽고 유심히 관찰할 줄 아는 소년 곤잠은 여행
동무로 제격이었다.

"다물, 이거!"

곤잠이 내민 것은 파파 할머니의 두루마리 지도였다. 소년은
가져온 두루마리 뭉치를 소녀에게 안겨 주었다. 다물은 모두가
있는 데에서 파파 할머니의 두루마리 지도를 조심스럽게 펼쳐

보았다. 놀랍게도 구석나라에서 사라졌던 길이 다시 이어지고 있었다.

곤잠은 지도를 가리키며 말했다.

"다물, 이 길은 서쪽나라로 가는 방향으로 나 있어. 전에 서쪽나라에서 온 어떤 여행자 이야기를 초 할아버지한테서 들은 적이 있어."

이렇게 해서 다물은 용감한 소년 곤잠과 함께 길을 떠나게 되었다.

모래거인을 물리치다

"저게 뭐지?"

구석나라를 떠나 오후 한나절이 되었을 무렵이었다. 이상한 것이 다물의 눈에 띄었다. 어둑한 저쪽에서 낮게 자란 풀숲이 휙 쓰러지는 거였다. 가서 자세히 살펴보니 툭툭 찢어진 풀이파리가 흩어져 있고, 그 위로 쭈욱―, 미끄러진 듯한 발자국이 있었다. 아후의 뿔이 붉게 일렁거렸다.

"비밀 장사꾼의 발자국이야……"

소년이 말했다.

"어떻게 알아?"

"그는 발자국에 쌍날 도끼 무늬를 남기고 사라진댔어. 앗! 그런데 큰일이야, 다물."

"왜? 왜?"

"아, 어떡하지? 모든 게 내 탓이야."

"얘, 그건 또 무슨 뚱딴지같은 말이야? 모든 게 네 탓이라니?"

"사실은……."

소년은 볼이 부은 채 머뭇거린다.

"어서 말해 봐."

"사실, 네가 깨어나기 전의 일이었어. 비밀 장사꾼이 또다시 염탐하러 숲 근처에서 얼씬거리고 있었지. 그자가 흰 사슴과 같이 다니는 여자애를 못 보았냐고 물어서 그때는 정말 아무 생각 없이 서쪽나라로 가는 길을 가르쳐 주었던 거야. 그리고 난 잊어버렸는데, 여기에서 비밀 장사꾼 발자국을 보니까 아무래도 좀……, 불길한 생각이 들어. 다물, 나는 네가 가야 할 길이 서쪽나라 방향일 거라고는 상상하지도 못했거든……."

"그래서?"

"나는 비밀 장사꾼을 따돌리려고 험한 서쪽나라로 가는 길을 가르쳐 주었던 거야! 미안해. 넌 무시무시한 괴물로부터 우리를 지켜 주었는데 오히려 널 곤란하게 만든 건 아닌지……."

"그러니까 비밀 장사꾼과 우린 같은 길을 가게 되었다는 거지. 그런데 그게 걱정이란 말이지?"

다물은 소년의 말을 끝까지 듣고 쾌활하게 웃어넘겼다.

"넌 걱정이 안 되니?"

"그게 무슨 걱정이야?"

"무슨 방법이 있어?"

"응. 우리가 비밀 장사꾼보다 먼저 가면 되지!"

"아, 그렇구나. 하지만 다물! 그렇게 웃어넘길 문제가 아냐. 우리가 비밀 장사꾼 발자국을 발견했다는 것은 이미 우리가 늦었다는 거잖아."

"곤잠, 우리에겐 지도가 있어. 지도가 우리에게 빠른 길을 가르쳐 줄 거야."

"그렇구나! 다물, 어서 지도를 펼쳐 보자."

"그래. 이 지도는 마고 거인이 있는 곳을 길로 알려 주는 신기한 지도야. 지금은 안 보이지만 곧 이 지도가 우리에게 길을 보여 줄 거야."

다물과 곤잠이 지도를 들여다보며 길을 찾는 동안, 흰 사슴 아후는 멀리 강가 풀숲 있는 데를 응시하며 고개를 갸웃거리고 있었다. 바로 이때 갈대숲 속에 숨어서 다물의 이야기를 엿듣는 비밀 장사꾼이 있었던 것이다. 그는 마고 거인이 있는 곳을 알려 주는 굉장한 비밀 지도를 언젠가는 소녀로부터 사들이고 말리라는 그런 생각을 품고 있는 듯했다.

휘잉- 씽. 무엇을 할퀴는 듯이 으르릉 달려드는 바람 소리.
비밀 장사꾼은 거센 모래바람을 일으키며 삽시간에 모습을 감
추고 사라졌다.

"어머나! 얘, 저게 뭐야?"

지도에서 눈을 떼고 해가 저무는 모양을 살피며 서쪽나라
방향을 가늠하던 다물은 갑자기 웃음이 가신 얼굴로 산 중턱
을 손으로 가리켰다. 그곳에는 커다란 모래거인이 바람 소용
돌이를 윙윙 돌리며 바위 끝에 앉아 있었다.

"저, 저건 모……, 모래거인 아니야?"

곤잠의 얼굴이 하얗게 질렸다.

"모래거인이라니?"

"다물, 내가 전에 서쪽나라에서 온 어떤 여행자 이야기를 초
할아버지한테서 들은 적이 있다고 그랬지? 그 여행자가 말하
기를, 황량한 들판에서 모래거인을 만나거든 무조건 피하라고
했어."

그랬다. 누구도 모래거인을 막을 수는 없다. 모래거인은 제
멋대로인 바람을 살살 이어 붙여 소용돌이 모래날개를 만들
고, 그 날개로 온 하늘을 활개 치고 다닌다. 아무개의 집 지붕
을 벗겨 모자로 쓰고, 아무개의 집 마당 장독을 두 눈으로 갖
다 붙이기도 한다. 장독 눈을 부리부리 굴리고 다니면서 산기

늙은 느릅나무를 뿌리째 뽑아 타고 다니기도 한다.

"얘, 저렇게 커다란 거인의 장독 같은 눈알은 어떻게 피할 도리가 없겠는걸?"

모래거인의 덩치에는 다물도 기가 눌려 목소리가 기어들어갈 지경이었다.

"안 돼……. 피하는 길밖에 없어."

곤잠은 고개를 내흔들었다.

"그래, 곤잠. 그러면 우리 아후를 믿어 보자. 사슴은 진짜로 발이 빠르니 말이야."

소년의 얼굴이 비로소 환해졌다.

아후가 몸을 낮추자 둘은 누가 먼저랄 것 없이 등에 올랐다. 곤잠이 앞자리에 앉았다. 아후 목털을 꽉 움켜쥐고 이마를 손등에 붙이고 엎드렸다. 귓등에서 쇳소리가 날 만큼 아후가 빠르게 달렸다. 고추씨! 이 순간에 무서운 꿈을 꾸지 않게 해 주는 고추씨 생각이 났다.

그런데 다물 일행을 발견했는지는 모르지만, 모래거인이 울근불근 어깨 근육을 자랑하며 일어나 터벅터벅 걷기 시작했다. 아후는 좀 더 앞서 달렸다. 그러나 모래거인이 바람을 타고 휭 올랐다가 내려서며 날쌔게 아후 앞을 가로질렀다. 그리곤 다물 일행을 모래 폭풍 속으로 빨아들여서 뱅뱅 돌렸다.

'이럴 땐 어떻게 해야 하지?'

다물은 눈을 감은 채 허리께 비밀 주머니 속에 든 파란 구슬을 꼭 쥐었다. 구슬이 어떤 길을 안내해 줄 것 같았다. 그랬다.

'다물, 이 구슬은 마고가 있는 곳을 제 몸으로 느끼면서 너를 안내해 갈 게다. 마치 물이 낮은 데로 흘러 바다를 찾아 가듯이. 그렇게 물소리에 귀를 기울이면서 길을 찾아 가렴.'

아후는 어찌 다물의 마음을 알아챘는지, 급히 달리던 방향을 바꿔 갈대숲으로 몸을 돌렸다. 폭포수 아래에서 푸른 머리를 빗는 강줄기가 곧 그들 앞에 나타났다.

"우릴 도와줘요!"

다물은 기쁨에 넘쳐 강물을 향해 외쳤다.

그러나 다음 순간, 잽싸게 뛰어오른 것은 모래거인이었다. 다물은 몸이 붕 떠오름을 느꼈다. 갈대숲 앞에서 죽은 듯이 납작 엎드려 있던 모래거인이 소녀를 휘감아 낚아챈 거였다. 그런 한편, 묵직한 것이 또한 다물의 발목을 붙잡고 끌어당기고 있었다.

발밑을 본 순간 다물은 경악했다.

"곤잠!"

곤잠은 한 손으로 다물의 발목을 잡고 매달린 채, 나머지 손으로는 모래거인으로부터 다물을 빼내기 위해 주머니칼을 꺼내 휘두르고 있었다. 그러나 모래거인은 마치 성가신 벌레나 떼어 내듯이 소년을 툭툭 치고 있을 뿐이었다.

"날 놓아 버려!"

"조금만 기다려……."

소년은 끝까지 참으면서 다물의 발목을 놓지 않았다.

곤잠은 모래거인의 눈 쪽을 겨냥하고 주머니칼을 휘둘렀다. 두 번 빗나가던 칼이 세 번째 휘두를 때는 정확하게 모래거인의 눈에 가서 박혔다. 모래거인은 바르르 떨며 두 아이를 쳐들어 패대기치려고 했다.

그때 '후이야' 하고 소리가 날 만큼, 시푸른 물기둥이 치솟아 떨어지면서 모래거인의 손목을 내리쳤다. 모래거인은 팔목이 허물어지면서도 다물을 쥐고 마구 뒤흔들어 댔다. 짐승이 먹이를 먹으려 할 때 그 먹이를 기절시키려는 듯이.

다물은 허리가 끊어질 듯이 아팠다.

"앗."

그만 비명 내지르며 정신을 잃었다.

얼마쯤 지났는지 모른다. 놓여나는 기쁨을 느끼며 다물은 풀 이파리처럼 가벼이 물살을 따라 떠내려갔다. 그러다가 희미하게 눈을 떴을 때, 다물의 눈에 하얗게 물결치는 강물 위에서 반쯤 몸을 담그고 노래를 부르는 강 어머니가 보였다. 푸르고도 기다란 머리카락을 물속에 풀어 헤치고 안이 얼비치는 명주옷을 입은 강 어머니. 강 어머니는 손바닥으로 노를 젓듯이 하여 그 힘으로 작은 소녀가 떠내려가지 않게 물살을 끌어당기고 있었다.

"아후! 저쪽을 봐. 다물이 저기 물가에 있어."

곤잠이 얼른 뛰어오는 사이에, 다물은 벌써 물가로 나와 앉은 채 방금 보았던 강 어머니를 다시 찾으려고 강물 쪽을 이리저리 살폈다.

"다물! 우리가 왔어."

숨이 차게 도착한 곤잠은 기뻐하며 소리쳤다. 그러나 마음 한편에서는 커다란 걱정거리를 안고 있었다. 아까 모래거인이 다물을 쥐고 흔들 때, 파파 할머니의 두루마리 지도가 다물의 몸에서 떨어져 나와 그만 물살에 휩쓸려 가고 말았던 것이다! 그것을 지금 다물에게 어떻게 설명해야 할지, 그리고 이제부터는 지도가 없이 어떻게 길을 떠나야 할지? 이러한 생각들이 머릿속에서 마구 뒤엉킨 채였지만, 그래도 곤잠은 다물을 다시 만난 것이 마냥 기뻐서 울고만 싶었다.

"곤잠! 아후! 이렇게 굉장히 커다란 강 어머니가 물속에 누위 있었고……."

다물은 지금까지의 일을 눈앞에 그려진 그림처럼 이야기하기 시작했다.

아후가 다물 곁으로 가 앉자 곤잠도 뒤따라가 옆에 앉아서 들었다. 그리곤 다물의 말이 끝나기를 기다린 뒤, 사실은 자기도 들려줄 이야기가 있다고 하면서 파파 할머니의 두루마리 지도가 어떻게 어떻게 해서 어떻게 되었다는 이야기까지 들려주고는 심각한 표정으로 고개를 푹 떨구었다.

다물은 턱을 한참 괴고 있더니 조금은 장난스럽게 말을 던졌다.

"길을 보여 주는 지도를 잃어버렸으니 이제는 어떻게 길을 찾아가지?"

"다물! 이건 심각한 상황이야. 네 얼굴은 지금 조금도 걱정이 안 된다는 것 같아."

"얘, 지도를 잃어버렸다고 길이 사라진 건 아니잖아?"

"하긴……, 길은 어딘가에 있을 테니까. 그럼 우린 어디로 가야 하지? 그냥 서쪽으로 가 볼까? 하지만 저 서쪽 방향은 높은 산으로 가로막혀 있는걸. 저리로 가면 과연 길이 나타날지. 어휴!"

다물은 갑자기 말소리를 낮추고 소곤거렸다.

"곤잠, 우리에겐 굉장한 비밀이 있잖아. 걱정 마! 여기 말이야, 마고 거인에게로 이끌어 주는 비밀 구슬이 있어."

다물은 짐짓 손가락으로 자기의 허리께를 가리키고는 버릇처럼 아랫입술을 꼭 물었다. 그런 고집스러운 얼굴을 소년은 즐겁게 쳐다보았다.

곤잠은 가랑거리던 눈물을 쓱 닦고 웃어 보였다.

"다물……."

"왜?"

"사실은 나도 마고 거인을 만나 보고 싶어……. 이곳으로 떠나오기 전날 밤에, 초 할아버지를 찾아가 말씀드렸거든."

"얘, 그런 얘기를 왜 이제야 하는 거야!"

다물은 발끈 성난 체하다가, 정이 넘치도록 소년의 등을 두드리며 쿵쿵 뛰었다. 아후도 앞발을 굴리며 장난스럽게 코를 발름발름 움직거렸다. 소년은 넌지시 소녀의 마음을 알고 싶었다.

"그렇게 기뻐?"

"아무렴!"

"……."

"길동무가 좋으면 먼 길도 가깝다고 하잖아."

길동무라는 말에 곤잠은 저절로 우쭐해졌다.

뜨거운 대낮 햇볕에 다물의 젖은 옷은 벌써 상쾌하게 말랐다.

그때였다.

"여러분, 안녕? 자, 강을 건너게 해 줄게요."

목소리는 강물 쪽에서 들려왔다.

"와! 곤잠, 바로 저분이야. 내가 아까 보았다는 강 어머니가 다시 나타나셨어."

"오! 그렇게 환영해 주니 고마워요. 이 강이 여러분이 가야 할 길을 지워 버렸을 거예요. 길은 가끔 물 밑으로 감춰져 있을 때도 있으니까요. 이제 강을 건너면 다시 길이 나타날 거예요. 자! 어서 올라와요."

강 어머니의 커다랗고 젖어 있는 황톳빛 손!

다물 일행은 물가로 내밀어 준 강 어머니의 손바닥 위로 올라가 마냥 신기한 듯이 이리저리 살피고 돌아다녔다. 강물 속의 길이란, 다름 아닌 강 어머니 손바닥에 꼬불꼬불 새겨져 있는 손금이었다! 깨알 돌멩이, 쫄쫄 냇물, 좁쌀꽃 무리, 뽁뽁 들어간 작고 귀여운 노루 발자국까지…….

가장 신난 건 바로 흰 사슴 아후였다. 아후는 마치 어깻죽지에 날개라도 돋친 듯이 풍풍 뛰어다녔다.

"자, 여러분은 어디로 가는 길인가요?"

"우리는 서쪽나라로 가고 있어요. 그곳에 숨어 있는 마고 거인을 찾아가는 거예요."

곤잠이 똑 부러진 목소리로 대답했다.

"오! 그러면 내가 지름길을 알려 줄게요. 강 건너 언덕으로 올라가면 '곡식이 절로 자라는 나라'가 있어요. 그곳 들판을 가로지르면 사람이 많이 모이는 큰 시장이 나와요. 거기서는 다시 길을 물어봐야 할 거예요. 나는 거기 어디쯤까지는 가 보았지만, 누군가 막아 놓은 큰 둑 때문에 물줄기가 막히고 말았답니다."

"고마워요. 강 어머니!"

다물은 크게 소리쳤다. 왜냐하면 강 어머니 귀가 워낙 저 멀리 있어서 잘 안 들릴 것 같았기 때문이다.

"그렇게 크게 소리치지 않아도 잘 들린답니다. 그런데 마고 거인은 왜 만나러 가는 거죠? 나도 전에 마고 거인을 이 강물 언저리에서 한 번 만나 보고 또 이야기도 나눈 적이 있지요."

"그래요? 아, 반가워요."

곤잠이 눈을 빛내며 말했다.

"사실 우리가 왜 마고 거인을 만나러 가는지 설명하려니 너무너무 할 이야기가 많기도 하고, 무엇부터 어떻게 이야기를 꺼내야 할지 도무지 모르겠어요! 그렇지만 우리는 그사이에 뭔가 굉장한 비밀을 알았어요. 이 숲의 모든 비밀 씨앗들이 마고의 비밀 주머니에서 나왔다는 거예요. 또 굉장히 비밀스러운 숲에 대한 이야기도 들었답니다."

곤잠은 다물 쪽을 한 번 흘낏 쳐다보고 말을 이었다.

"그것은 이상야릇한 '마고의 숲'이지요!"

"오? 신기한 이름의 숲이군요."

강 어머니가 감탄하며 말하자 이번에는 다물이 이어서 대답해 주었다.

"누구라도 들어오면 처음에는 길을 잃어버릴 수 있어요. 길 없는 숲이라서 모든 곳이 길이 되는 그런 숲이고, 굉장한 비밀을 품고 있는 그런 숲이지요! 그런데 마고 거인은 굉장한 비밀의 숲을 지키기 위해 오히려 어딘가에 숨어 계시다고 하는 거예요. 서쪽나라 깊은 곳에. 그래서 우리는 사람들로부터 잊힌 마고 거인을 다시 찾으러 가는 거예요. 가서 이제는 숨어 있지 말고 마고의 숲에 다시 나타나셔서 우리랑 같이 지내자고 할 거예요. 그리고 무엇보다……."

다물은 잠시 숨을 고르고 말을 이었다.

"집으로 돌아가는 길을 물어봐야 해요. 마고의 숲에서 길을 잃은 저는 그곳에서 흰 사슴 아후를 만나, 이곳까지 오게 된 거랍니다."

다물은 더 이상 집으로 돌아갈 필요가 없게 된 자기의 속 깊은 이야기, 엄마와 아빠에 대해서는 말하지 않았다.

"솔직한 이야기를 들려줘서 고마워요. 마고 거인을 만나면 꼭 집으로 돌아가는 길을 가르쳐 줄 거예요. 걱정 마요. 그럼 내가 이곳에서 마고 거인을 만났던 이야기를 해 줄게요."

강 어머니 얼굴은 곧 해야 할 이야기를 떠올리는 듯 환하게 밝아졌다.

"햇빛이 쨍쨍 내리비치던 오후였답니다. 물결이 얼마나 눈부시게 찰랑거리던지. 알고 보니까 저 강물 하구에서 마고 거인이 물살을 가르며 거슬러 올라오는 것이었어요. 마고 거인은 강물을 참 좋아했어요. 하루 종일 강물에 발을 담그고 이 궁리 저 궁리에 잠겨 있곤 했답니다. 내가 짓궂게 철썩철썩 발목을 쳐도 모를 정도였죠. 그런 마고 거인은 큰 바위를 물 가운데로 옮겨 놓기도 하고, 큰 돌을 모아 산꼭대기에 성을 쌓기도 했어요. 그런 뒤로는 사라지고 말았지요……. 아! 어느새 다 왔군요."

'여기쯤이면 되겠어.'

이렇게 생각한 강 어머니는 두 아이를 파릇한 밭둑 가장자리에 잔돌을 치우고 가지런히 눕혀 주었다. 강 어머니 이야기를 듣다 말고 두 아이가 그만 스르르 잠들고 말았던 것이다. 흰 사슴 아후만이 깨어서 언덕에 올라선 채, 강 어머니가 물결을 따라 사라지는 걸 내내 지켜보았다.

다물과 곤잠은 천연스럽게 새근새근 콧숨을 쉬어 가며 잠들어 있었다. 그 밭둑 아래쪽 강가 갈대숲에 파파 할머니의 두루마리 지도가 걸려 있는 것도 까맣게 모른 채.

그사이, 물에 푹 젖어 있던 모래거인은 흐물흐물해진 몸을 겨우 추스르며 갈대숲 속으로 몸을 숨겼다.

잠시 뒤 한 사나이가 갈대숲을 헤치고 무거운 몸을 일으키며 걸어 나왔다. 그는 물이 뚝뚝 떨어지는 검은색 투박한 외투에 널따란 황금빛 챙 모자를 쓰고, 오른손에는 꽤 묵직해 보이는 가방을 들고 있었다. 그랬다. 그는 비밀 장사꾼이었다! 비밀 장사꾼은 조심스럽게 큰 바위 그늘로 숨어 들어가 가방을 조금 열어 보았다. 장갑을 낀 그의 손아귀는 파들파들 떨리고 있었다.

올빼미도, 쏙독새도, 숲속에 숨어서 그 광경을 지켜보고 있다.

설마……, 설마! 그럴 리 없어! 모두 숨죽인 채였다. 그러나 그것은, 그가 가진 것은 분명히 파파 할머니의 두루마리 지도였다! 그것은 모래거인이 소녀의 허리를 쥐고 흔들면서 기절시킨 뒤 훔쳐 낸 것이었다.

바위 그늘 속에서 사나이가 몸을 일으키고 챙 모자를 벗으며 걸어 나왔다. 저녁 햇살 뒤로는 아홉머리 괴물 그림자가 강가 모래 언덕으로 길게 늘어졌다. 숨죽여 지켜보던 숲속 새들은 재재거리며 둥지 속으로 들어갔다.

소녀의 구슬까지 훔쳐 내지 않은 건 숨어서 그 뒤를 쫓아가기 위함이었다. 다물이 구슬을 지니고 있어야 지도에 파란 길이 나타날 것이고, 그 뒤를 따라가야 마고 거인을 만나게 될 것이기 때문이다.

'그 애는 마고 거인을 만나게 될 것이고, 굉장한 비밀을 찾아낼 거야……. 그 애를 쫓아가기만 하면 돼……. 이것만 있으면……. 그 애가 얻어 가질 놀라운 비밀까지 기어코 얻을 수 있어!'

비밀 장사꾼은 이상하게 충혈된 붉은 눈을 번득거리며 가파른 언덕을 오르기 시작했다.

곡식이 절로 자라는 나라

언제 잠이 들었다가 언제 깨어났는지도 모르게 다물과 곤잠은 시간도 잊은 채 놀고 있었다.

곡식이 절로 자라는 나라!

그야말로 이곳은 그 누구의 훼방도 받지 않고 실컷 먹고 뛰놀 수 있는 그런 나라였다. 마르지 않는 강물을 끼고 사계절 기름진 땅에는 이름을 알지 못하는 온갖 곡식이 풍족했으며, 각종 나무의 열매는 가지가 부러질 만큼 탐스럽게 익어 갔다. 아후는 밭둑 이곳저곳을 옮겨 다니며 먹고 싶은 것을 열심히 찾아내는 중이었다.

다물은 아까부터 소년이 손으로 이마를 가리는 것이 마음에 들지 않았다.

"얘, 왜 자꾸 이마를 가리니?"

다물은 억지로 소년의 손을 이마에서 떼어 냈다. 동그란 이마에는 꽃 이파리가 흩어진 듯이 여기저기 빨간 생채기가 나 있었다.

"어머! 다쳤구나."

"응. 아까 모래거인 놈이 널 채어 가려고 해서 네 발목을 붙들고 버티고 있었지. 그러니까 그 못된 놈이 날 엉겅퀴 풀덤불 위로 내팽개쳤거든."

소년은 또 이마를 가리고 씨익 웃었다.

"얘, 우리 저기 아후한테 가 볼까? 뭔가 재미난 게 있는가 봐."

다물은 소년에게 제안하고 먼저 뛰기 시작했다.

둘은 멀찍이 거리를 둔 채로 아후가 하는 양을 키득키득 지켜보았다. 아후가 한 발 한 발 앞서 나가며 정신없이 사각사각 톡톡 부러뜨려 먹고 있는 것은 돌멩이였다! 보랏빛 향기풀도 지천에 널렸는데 하필 돌멩이를 먹다니.

흰 사슴 아후는 두 아이가 가까이 와 있는 줄도 모르고 뾰족한 왼발 굽으로 턱을 탈탈 털고는, 서른 걸음쯤 떨어진 저쪽으로 옮겨 갔다. 거기서 이번에는 바위 밑을 갉아 먹는다.

"세상에!"

다물이 지켜보는 사이, 아후는 벌써 한 바퀴 빙 돌며 바위 밑을 다 갉아 먹었다. 쿵! 흔들거리던 바위가 언덕 밑으로 굴러 간다.

곧 심심해진 다물은 풀밭 한쪽에 앉아 조금 찢어진 치맛자락을 꿰맸다. 그사이 혼자 멀리까지 뛰어갔던 곤잠은 노랑꽃 묶음을 안고 보리밭을 가로질러 왔다.

"다물! 여긴 굉장히 멋진 나라야. 이 나라에선 뭐든지 닥치는 대로 먹을 수 있어!"

"뭐든지? 닥치는 대로?"

"왜 그래?"

"으응. 내가 전에 머릿속에서 꿈꾸며, 꼭 한 번쯤 가고 싶던 나라야!"

낮은 산모퉁이 어디선가 시원한 바람이 불어왔다. 아후의 모습은 점점이 흩어져 있는 덤불숲 사이로 보이다 말다 하더니, 얼마 후엔 찾아온 꽃사슴 무리와 어울려 푸른 언덕 너머로 사라졌다.

다물은 기분이 조금 이상했다. 아후가 이렇게 멀찌감치서 자기만의 시간을 재미있게 보내는 건 처음이었다. 그 대신 다물은 곤잠과 좀 더 걸으며 서로의 생각을 나누는 시간을 가질 수 있었다.

곤잠이 다물에게 걱정거리를 말했다.

"이 나라에도 왕이 있지 않을까?"

"……"

곤잠은 잠시 있다가 또 말했다.

"그렇다면 큰일이야, 다물."

"왜?"

"허락도 받지 않고 이곳 음식을 마음대로 먹었으니……"

"얘, 이곳에 왕이 있을 리 없어!"

다물은 자신만만하게 말했다.

"그럴까? 다물, 넌 정말 그렇게 생각하니?"

반쯤은 믿고 싶은 마음으로 곤잠은 다물을 물끄러미 보았다.

"으응, 이곳은 굳이 다스릴 필요가 없는 나라잖아."

"……"

"곤잠, 잊었어? 여긴 곡식이 절로 자라는 나라니까, 왕이 따로 필요 없을 거야."

그러나 다물의 말이 떨어지기 무섭게, "우리가 이 나라의 부부 왕이란다." 하고 등 뒤에서 불쑥 목소리가 들려왔다.

다물은 까무러칠 뻔했다. 등 뒤에는 바싹 마른 옥수수와 출렁출렁 수수가 우두커니 서 있는 것 외에는 아무도 보이지 않았다.

"바로 우리라니까!"

이렇게 해서 수수 대왕과 옥수수 여왕이 이야기를 시작했다.

과연, 그들은 곡식이 절로 자라는 나라의 부부 왕이었다. 옥수수 여왕은 길고 하얀 얼굴, 금빛 머리카락, 가지런한 이로 웃는 모습이 유난히 눈길을 끌었다. 수수 대왕은 짧은 목에 갈색 귀, 울퉁불퉁 화난 얼굴을 하고 있었다. 그들의 설명인즉, 곡식이 절로 자라는 나라에서 키가 제일 크다는 이유 한 가지로 부부 왕이 되었다고 했다.

다물은 공손히 허리를 숙여 인사했다.

"아! 그랬군요. 이렇게 멋진 곳을 다스리는 두 분을 뵙게 되어 기뻐요."

"좀 교만해 보이더라도 이해해 주렴. 우린 허리가 꼿꼿해서 굽힐 수 없으니까."

옥수수 여왕이 말했다.

"괜찮아요."

다물은 친절하게 웃어 주는 옥수수 여왕이 괜히 좋았다. 여왕은 금빛 머리카락 사이로 눈을 반짝이며 다물의 헝클어진 머리카락을 손으로 빗어 넘겨 주었다.

무뚝뚝한 수수 대왕은 아까부터 잿빛 통바지를 입은 소년의 '다리'에 특별히 마음을 쓰고 있었다. 그것은 접었다 폈다 할

수도 있고, 앞으로 뒤로 제멋대로 걸어 다니게 되어 있지 않은
가! 게다가 뛰어 달아날 수도 있다. 마음에 들지 않는 게 있으
면 걷어찰 수도 있다!

수수 대왕은 너무도 부러운 한편, 또한 너무도 억울해서 씩
씩거렸다.

"어머, 혹시 어디 불편하세요?"

다물은 조금은 뜨악해서 물었다.

"화가 난다! 우린 이렇게 땅에 박혀서 살아야 해. 우린 지금
당장 달아나고 싶어! 아니, 달려 나가서 싸우고 싶어!"

"무슨 일이 있나요?"

곤잠은 퍽 지쳐 보이는 수수 대왕의 허리를 두 팔로 안아 받
치며 물었다. 그러면서 보니, 처음 만났을 때는 눈치채지 못했
지만 두 부부 왕의 잎사귀가 누렇게 타들어 가고 있었다.

수수 대왕은 분통을 터뜨리며 소리쳤다.

"이 나라는 곧 망해!"

"그럴 리 없어요. 여긴 곡식이 절로 자라는 나라잖아요!"

옥수수 여왕도 뒤따라 한숨을 내쉬었다.

"하긴, 우리도 어떻게든 곡식이 절로 자라는 이 나라를 잘
지키고 잘 다스리고 싶단다. 그렇지만……."

"참으세요! 앗!"

곤잠은 수수 대왕을 뜯어말렸다. 수수 대왕이 얼굴을 새빨갛게 물들인 채 머리를 내흔들며 자기 손으로 가슴을 쥐어뜯었기 때문이다. 잠시 후, 곤잠은 깜짝 놀라며 데인 것처럼 얼른 수수 대왕의 몸에서 손을 뗐다. 수수 대왕 가슴이 불룩, 불룩 뛰었던 것이다.

"앗, 곡식들도 심장이 있나요?"

"그걸 말이라고 하나? 지금 심장이 터질 것 같다!"

수수 대왕은 부글부글 끓는 소리를 내면서 숨을 몰아쉬었다. 그 모습을 물끄러미 바라보던 다물은 이번에는 여왕에게로 눈길을 돌렸다. 수수 대왕으로부터 차분하게 이야기를 듣는 건 불가능해 보였다.

"여왕님, 이 곡식이 절로 자라는 나라에 무슨 일이 있는 거예요?"

"비밀 씨앗이 사라지고 있단다!"

"비밀 씨앗이요?"

"그래. 이름만 '곡식이 절로 자라는 나라'면 뭐 하겠니? 비밀 씨앗이 사라지고 있는데. 비밀 씨앗이 남아 있어야 싹도 나고, 열매도 맺고 할 터인데⋯⋯. 또 열매에서 다시 씨앗이 떨어져야 언제까지나 이 나라를 지켜 갈 수 있을 텐데 말이야."

"여왕님, 왜 비밀 씨앗이 사라지는 거예요?"

다물은 마른침을 꼴깍 삼켰다. 왜 그런지 갑자기 목구멍이 바짝바짝 마르고 메마르게 느껴졌다.

"사람들이 여는 온갖 대회 때문이란다."

"대회 때문이라고요?"

다물과 곤잠은 한입으로 말하며 서로 눈을 맞췄다.

*

곡식이 절로 자라는 나라, 이 나라에 비밀 씨앗이 점차 사라지게 된 이야기는 이랬다.

"그 나라에 가면 마르지 않는 비밀이 있대."

"그 나라에 가면 캐고 캐도 자꾸자꾸 비밀이 솟아난대."

사람들 사이에 이런 소문이 파다하게 퍼졌다. 처음에는 한두 명이 와서 비밀을 캐 갔다. 얼마 뒤 대여섯 명이 나타났다. 그들도 비밀을 신나게 캐 갔다. 몇 번 와서 재미를 본 이들이 입소문을 내자 사람들이 떼를 지어 사방에서 몰려오기 시작했다. 10명, 30명, 50명이 한꺼번에 왔다. 어떤 날은 셀 수 없을 만큼 새까맣게 몰려왔다.

그중 마이크를 든 한 사람이 선언을 했다.

"자, 이제부터 대회를 열겠습니다!"

그들이 벌이는 각종 겨루기 대회는 대개 이랬다.

무엇이든지 캐내는 대회.

무엇이든지 베어 내는 대회.

무엇이든지 찌르는 대회.

무엇이든지 쏘는 대회.

무엇이든지 심는 대회.

이러저러한 이유를 내건 어처구니가 없는 대회들이 들판에서 매일같이 열렸다. 사람들은 곡괭이, 망치, 톱, 자루 같은 것을 이고 지고 다니면서 들판을 파헤치고 산기슭을 헤집고 다녔다.

왜 어처구니없는 대회인가 하면, 심기 대회만 하더라도 그렇다.

"이건 꽃들에게 주는 영양분이야."

그러나 그들이 심은 것은 꽃들에게 주는 영양분이 아니었다. 오히려 꽃들을 죽이는 온갖 더럽고 냄새나는 물건 따위였다. 약병, 쇳덩이, 털 뭉친 것, 빨간 조개껍데기, 파란 물통, 검정 비닐 뭉텅이, 회색 끈, 떨어진 구두 굽…….

이렇게 온갖 대회로 인해 곡식이 절로 자라는 나라는 몸살을 앓았고 점점 병들어 갔다. 곡식 이파리에는 붉은 반점이 생기고, 줄기가 약해지고, 뿌리가 문드러져 갔다. 씨앗은 맺히지 않았고, 하나쯤 떨어진 씨앗은 싹 트지 않았다.

옥수수 여왕은 아찔한 듯이 스르르 눈을 감았다.

"눈을 떠요!"

다물은 여왕을 흔들었다.

"힘을 내요!"

'힘'이라는 말에 수수 대왕은 부르르 어깨를 떨며 흥분했다. 그러나 이내 꺼져 드는 목소리로, "우리가 할 수 있는 일이란 여기서 꼼짝없이 서 있는 일일 뿐……." 하고는 어깨를 축 늘어뜨렸다.

그렇지만 '힘'이라는 말에 옥수수 여왕은 간신히 기운을 내며 눈을 뜨고 말했다.

"난 고목나무 할아버지가 하시는 일에 적극 찬성해. 그분은 틀림없이 해내실 거야!"

"고목나무 할아버지라고 하셨어요?"

곤잠은 '할아버지'라는 말에 반가워 되물었다.

"그분은 곡식이 절로 자라는 나라를 다시 살리는 일을 하고 계시니까."

"아! 어떤 일인가요?"

"우리도 가서 도울게요."

다물도 반가워하며 거들었다.

수수 대왕도 엉뚱한 대답이지만 얼른 거들었다.

"그래, 너희는 다리가 있어! 그러니까 걸어서 고목나무 할아버지를 찾아갈 수 있어!"

다물은 고목나무 할아버지에 대해 자세히 캐묻고는 잘 기억하려고 바짝 귀를 기울였다.

"저기 언덕이 보이지? 그 너머야. 우리도 이 들판에 사는 까마귀 무리가 알려 줘서 소식을 알지. 우람하게 펼쳐진 굉장히 늙은 할아버지 나무는 들판 한가운데 서 계신대. 그러니까 일단 언덕만 넘어가면 금방 볼 수 있을걸. 하지만 우린 저 언덕 너머에 가 본 적이 없어서 이 정도밖에 알려 줄 수가 없어."

다물은 그 정도만으로도 무척 반가웠다. 그 언덕 방향은 마침 아후가 꽃사슴 무리와 어울려 총총 사라진 쪽이었다.

다물은 생각했다.

'틀림없이 아후의 발자국이 남아 있을 거야.'

"고목나무 할아버지 가슴팍에는 조그만 문이 달려 있어. 그 문은 세모문이야."

"방금 세모문이라고 했어요?"

다물은 귀를 의심하면서 끼어들었다.

"그래! 세모문이라고 했어!"

수수 대왕은 제발 귀담아들으라는 듯 귀찮은 표정을 지었다.

"아, 예……."

다물은 입을 꾹 다물고 생각에 잠겼다.

'어쩌면 그 세모문은 마고의 비밀 세계와 통할지도 몰라.'

무언가, 머릿속에서 탁, 걸리는 느낌이었다.

어디서 봤더라? 세모, 세모, 세모……. 그래!

다물의 눈이 확 벌어졌다. 구석나라에서 비밀 두루마리를 펼쳐 읽어 줄 때 그 귀퉁이에 세모 그림이 있었다. 그때는 휙 지나쳤다. 그러면서도 참 별스러운 그림이다 싶었다.

"세모, 세모. 그 안의 동그라미, 동그라미. 그 안의 점 하나……."

다물은 저 혼자 중얼거렸다.

세모문과 고목나무 할아버지

가슴팍에 조그만 세모문이 달린 고목나무 할아버지. 그 문을 이상히 여긴 사람들은 문 속에 굉장한 비밀이 있지 않을까 하고 호시탐탐 기회를 노렸다.

사람들은 너도나도 문고리를 따려고 했다. 문이 쉽사리 열리지 않자 사람들은 고목나무를 뿌리째 뽑아 쓰러뜨렸다. 그리곤 망치로 문을 부수고 말았다.

"텅 비었어!"

"아무것도 없잖아!"

사람들의 노력은 끝내 헛되이 끝났다.

고목나무 할아버지는 우람한 키에 힘도 세고, 가끔은 아무도 몰래 마술을 부리기도 했다. 어떤 말에 의하면, 나무가 천

년을 살게 되면 숲의 마술을 쓸 수 있다고 한다.

벌써 소문에 소문이 날개를 달고 퍼졌다. 비밀을 찾으려는 사람들은 이곳으로 마구 몰려들었다. 곡식이 절로 자라는 나라에는 점차 많은 사람이 몰려와 붐볐다. 줄자를 재면서 오는 사람, 굴뚝이 있는 차를 끌고 오는 사람, 곡괭이를 메고 오는 사람, 협잡꾼, 술주정뱅이, 사냥꾼, 도굴꾼…….

"뭐야! 이따위!"

누군가 화난 목소리로 고목나무 할아버지를 발로 탕 걷어차기도 했다.

고목나무 할아버지는 하늘을 쳐다보았다. 자기 몸을 찌르고, 구멍 내고, 톱질하고, 까닭 없이 불을 놓기도 했던 사람들……. 노여움이 치솟았다. 가지를 휙 휘두르기만 하면 그들은 보기 좋게 픽픽 쓰러질 것이다.

그러나 고목나무 할아버지는 다른 방법을 택했다.

캐내는 대회! 베어 내는 대회! 찌르는 대회! 쏘는 대회! 심는 대회! 이렇게 각종 겨루기 대회로 몰려드는 사람들로 인해 곡식이 절로 자라는 나라의 비밀 씨앗은 깡그리 사라지고 남지 않게 되었다. 그래서 고목나무 할아버지는 숲의 마술을 부려, 대회로 몰려드는 사람들을 거꾸로 비밀 씨앗 열매로 만들려는 계획을 세웠다.

고목나무 할아버지는 대회에 참가하여 비밀 씨앗을 모조리 캐 간 사람들을 붙잡아 들어 올려, 나뭇가지마다 하나씩 매달아 두기 시작했다. 한 사람, 두 사람, 세 사람……. 이 사람들은 지금까지 살아온 자기들 일을 멀뚱멀뚱 잊어버렸다. 나뭇가지에 매달린 채로 가끔 바람에 흔들리면서 중얼거렸다.

'왜 여기 있지?'

그들은 한결같이 손가락을 이마에 대고서 한참 생각에 잠겼다. 이미 고목나무 할아버지가 계획한 숲의 마술에 모두 걸려 버린 뒤였다. 30명, 70명, 240명, 570명, 796명. 여기까지 매달고 난 뒤, 고목나무 할아버지는 늙은이 딱 한 사람을 남겨 두었다.

"자네는 이미 늙었으니 나와 같은 나무가 되는 게 낫겠어."

혼자 남은 늙은이는 슬피 울면서 언덕을 넘어갔다. 고개를 넘어갈 즈음, 이상하게도 그의 몸이 가라앉을 듯 무거워졌다. 힘겹게 한두 걸음을 떼던 그의 두 발은 흙구덩이 속으로 쑥 빠졌다. 발을 뺄 힘조차 남지 않았다. 그렇게 그는 그 자리에 선 채 발뒤꿈치에서부터 뿌리를 내리며 나무로 변해 갔다.

과연 들판 한가운데에 이르러 다물과 곤잠은 고목나무 할아버지를 만났다.

"할아버지, 안녕하세요?"

"안녕하세요?"

다물과 곤잠은 나란히 인사했다.

"곡식이 절로 자라는 나라를 살리는 일을 하신다며, 고목나무 할아버지를 저 언덕 아래의 부부 왕이 소개해 주었어요!"

곤잠의 자세한 소개에 뒤이어 다물도 덧붙였다.

"비밀 씨앗을 지키고 살리려는 할아버지 일에 저희는 적극 찬성해요!"

"오! 보아하니, 너희는 숲속의 비밀 씨앗을 잘 간직해 지키려는 아이들이구나."

"네!"

다물과 곤잠은 합창하듯이 대답했다.

그때까지도 다물의 눈길은 줄곧 고목나무 할아버지의 세모문에 가 머물러 있었다.

"어쩌면 저 세모문은 마고 거인의 비밀 세계를 말해 줄까……."

다물은 혼잣말로 종알거렸다.

그때 어떻게 눈치를 챈 것인지, 자기 이름을 들은 세모문이 대롱거리던 문고리를 '철컥!' 하고 움직였다.

'어머나, 마술을 쓰려는 걸까? 하얀 비둘기나 파란 책상, 사

탕을 쥔 다람쥐 같은 것이 나올까? 저 속에는 틀림없이 신기한 것이 있을 테지!'

다물은 달콤한 사탕을 굴리듯이 침을 꼴깍거렸다. 고목나무 할아버지는 퍽 재미있는 표정을 짓고 있는 소녀를 내려다보며 이렇게 말했다.

"그런데 얘야, 조금 전에 마고 거인이라고 했니? 이 세모문은 마고가 그려서 남겨 놓은 그림이란다."

"네? 정말이에요?"

이제 다물은 두 눈알이 빙그르르 도는 듯했다. 갈수록 갈수록 놀랄 일만 자꾸 생기니까 말이다. 그런 한편, 하나씩 하나씩 조각들이 맞춰짐에는 탄복할 지경이었다.

"이 세모문 이야기를 해 줄까? 벌써 몇백 년 전 이야기란 다……."

*

그날은 지는 노을이 전에 없이 붉었다고 한다.

그때 노을을 등지고 까만 석고상처럼 걸어오는 여행자들이 있었다. 여행자들은 곧 쓰러질 듯 지친 걸음걸이로 겨우 걸음을 내디뎠다.

"좀 쉬어 가세."

"그렇게 하세."

이렇게 해서 그들은 고목나무 할아버지의 그늘 속으로 들어왔다.

그들은 말없이 지팡이를 차례로 던져 놓았다. 지팡이는 모두 다섯이었다. 다섯 사람은 너무 늙어서 지팡이 없이는 한 걸음도 더 걸을 수 없었다. 그들은 쓰러지듯이 누워 잠이 들었다. 밤이 되자 잠에서 깨어 마고에 대한 이야기를 나누었다.

엉뚱하고도 우직한 마고 이야기!

마고는 자기의 비밀을 모두 감춰 주는 숲이 좋았다. 마고는 숲속에 누워 낮잠을 즐기곤 했다. 햇볕을 받으면서 비밀들이 속삭이는 소리를 가만히 엿듣기도 했다.

그런데 어느 날인가, 배꼽 언저리가 살살 간지러웠다. 참새 녀석이 모이를 쪼는가 보다, 조금 있다 날아가겠지, 하고 모른 척했다. 그러나 간지러움은 멈추지 않았다.

'아앙⋯⋯. 아, 아앙, 까르르⋯⋯.'

마고는 간지러워 어깨를 쩔쩔 흔들었다. 누운 채로 고개만 살짝 들어 보니, 예닐곱 명 되는 사람들이 땀을 뻘뻘 흘리며 배꼽 위에서 곡괭이질을 하고 있었다.

그들은 숲을 웅웅— 울리는 이상한 소리에 잠시 어리둥절했다. 게다가 딛고 있던 땅이 흔들려서 지진이라도 난 것이 아닌가, 싶었다.

그때 마고가 사람들 앞에 모습을 드러냈다.

"우와-, 숲속 거인이다."

사람들은 환호성을 지르며 호들갑을 떨었다. 숲속에서 잠자고 있는 마고라는 거인의 존재에 잔뜩 흥분했다. 비밀을 찾아 헤매던 그들은 이만큼 굉장한 비밀은 다시없을 거라며 곡괭이를 던져 버렸다.

"당신에 대해 좀 더 알고 싶소."

사람들은 질문을 퍼붓기 시작했다.

언제부터 이곳에서 잠자고 있었는가? 숲속에서 무얼 따 먹고 사는가? 한 끼 식사량이 얼마만큼 되는가? 엄청나게 잡수실 텐데 어째서 이 숲은 조금도 손상되지 않은 채로 있는가?

사람들은 키득키득 웃고는 조심스럽게 덧붙여 질문했다.

"당신 같은 거인이 누는 똥은 크기가 얼마만 한가요?"

마고는 조용히 웃기만 했다.

그때 한 사람이 소리쳤다.

"이것 봐요! 신문에 내면 세상 사람들이 모두 당신을 알게 될 거요!"

마고는 신문이라는 게 뭐냐고 물었다. 사람들은 갖고 온 신문을 꺼내 보이며 설명해 주었다. 마고는 그들의 설명을 이해하지 못한 채 멀뚱히 쳐다볼 뿐이었다.

"그렇게 작은 데 내가 어떻게 다 들어가지?"

"걱정 마요. 우리 중에 한 사람이 당신 옆에 서서 같이 사진을 찍으면, 당신이 얼마나 큰 거인인지 사람들은 짐작하게 될 테니까요."

사람들은 마고의 사진을 찍기 위해 다시 돌아올 자리에 곡괭이를 꽂아 두고는 한 사람만 남겨 둔 채 멀리까지 갔다. 그러나 아무리 멀리 가도 도저히 마고 사진을 찍을 수 없었다.

"안 되겠어."

"마고는 사진 한 장에 담을 수 있는 거인이 아니야."

그들은 다시 먼 길을 되돌아와 한곳에 모여서 의논했다.

"우리가 할 일은 오직 하나라네. 마고 거인에 대한 기록을 남기는 걸세."

"그러세. 문자는 세월이 지나면 판독이 어려우니 그림으로 남기세."

"좋은 생각일세."

"이보게들, 좋은 생각이 났어."

"어서 말해 보게."

한 사람이 풀을 베고 누워 있다가 몸을 일으키며 말했다.

"마고는 '세모(△)'가 아니겠나?"

이것을 주장한 사람은 꽤 진지한 목소리로 긴 설명을 이어 나갔다.

"누가 '토끼를 그려 주시오.' 하면 어떤 사람은 '토끼 그림'을 그리고, 또 어떤 사람은 '토끼'라고 쓰겠지. 그렇지만 또 어떤 사람을 별 그림(☆)을 그릴 걸세. 그리곤 이것이 토끼라고 말하겠지. 어떤 이가 '이게 토끼요?' 하고 이상하게 묻는다면, 그는 더 당당하게 '이게 토끼가 아니고 뭐란 말이오?'라고 대답하지 않을까?"

잠시 침묵이 흐르더니, 모두 '옳다! 옳다!' 하고 이 사람 주장에 찬성표를 던졌다.

마고는 두 손의 엄지와 검지를 맞붙여 만화경 같은 세모꼴을 만들어 보곤 했다. 거기에 눈을 갖다 대고 이리저리 눈알을 굴리며 살폈다. 무한한 조합과 무한한 무늬, 무한한 길이 거기 있었다.

잠시 뒤 마고는 사라지고 보이지 않았다. 마고는 그 자리에 세모(△) 그림을 남겨 놓았다.

"여보게, 마고의 취미 활동이었을까?"

"글쎄……."

"알 수 없는 마고야……."

"……."

"글쎄……."

"……."

"자, 떠나세나!"

그들은 하나둘 짐을 챙겨 떠났다.

검은머리방울새가 푸른 하늘로 까마득히 날아올랐다.

"마고가 사라진 뒤 내 몸에 이렇게 세모 무늬가 남게 되었더란다."

"우와! 정말 신기한 이야기예요, 할아버지!"

다물은 공상에 빠져드는 듯 턱을 괴고 말했다.

"아! 언젠가 우리도 숲속 어딘가에서 마고 거인을 만나게 되면 좋겠어요."

곤잠은 수줍게 자기 속 이야기를 꺼내 놓았다.

"암! 그래야지. 그런데 해가 뉘엿뉘엿 넘어가고 있구나."

고목나무 할아버지는 산마루 위로 새빨갛게 이글거리는 노을을 짐짓 쳐다보는가 싶더니, 두 아이에게 멋진 제안을 했다.

"너희만 좋다면, 내 세모문 안으로 들어와 실컷 지내고 가도 좋단다. 내 몸속은 텅 비어 있어. 오래 살다 보니까 이렇게 속이 비게 되었지."

"만세!"

고목나무 할아버지가 세모문을 열고 몸을 기울이자 다물은 아까부터 기다렸다는 듯 냉큼 안으로 뛰어 들어갔다. 곤잠도 뒤따랐다.

처음 세모문 안으로 들어섰을 때는 눈앞이 보이지 않을 만큼 캄캄했다. 그러나 벽을 더듬어 계단을 하나씩 내려가자 조금씩 안이 밝아졌다. 세 번째 계단을 내디뎠을 때 둘은 잠시 어리둥절해하며 멈춰 섰다.

바닥까지 이어진 나선형 계단 밑에는 동그란 숲속 책방이 있었다. 거기에는 책상 하나와 의자 두 개가 있고, 그 둘레로는 아기자기한 정원이 꾸며져 있었다.

"의자가 두 개인 것은, 우리를 위한 게 아닐까?"

곤잠이 쑥스럽게 웃었다.

둘은 서로의 이름을 부르며 계단을 따라 뛰어 내려갔다. 바닥 가까이에 이르자 신기한 일이 일어났다. 빛이 바랬던 책상의 나뭇결은 생생하게 살아나고, 비어 있던 책장과 빈 병은 재미있는 책들과 맛있는 음식들로 금세 채워졌다. 깨진 화분 속에서는 너구리 한 마리가 과자 꾸러미를 들고나와 책상 위를 꾸미고 있었다.

가끔 바닥이 기울었다. 고목나무 할아버지는 지금 어디론가 걸어가는 중이었던 것이다.

구석에 있는 초록색 담요를 들치자 만화경이 하나 나타났다. 들여다보는 구멍이 세모 모양이었다.

"와, 신기하다."

세모 구멍 저쪽에는 재미있는 연극과 그림자극, 인형극이 펼쳐졌다. 파란 장막이 쳐진 무대 사이로, 나팔꽃 옷을 입은 연극배우가 인사하며 걸어 나온다.

곤잠이 세모 구멍으로 만화경을 들여다보는 동안, 다물은 신기한 연필을 하나 찾아냈다.

"우와!"

뭐든지 그리는 대로 생겨 나오는 연필이었다. 풀밭을 그리자 풀밭이 펼쳐졌다. 꽃나무를 그리자 풀밭 곳곳에 꽃나무가 생겼다.

다물은 아후를 그리다가는 뿔만 그려 놓고 손을 멈추었다.

'내가 여기에 아후를 그리면 이 세상에 아후는 둘이 되잖아!'

아후 대신에 책장을 그린 뒤 흔들자 이번에는 재미있는 책들이 우르르 쏟아졌다. 다물과 곤잠은 쏟아진 책더미 속에서 이 책 저 책을 잡히는 대로 펼쳤다 덮었다 하면서 이야기에 빠져들었다.

"다물! 정말 멋진 세계야! 난 언젠가 이런 멋진 곳에 가서 놀고 싶어."

"곤잠, 이 나라에서 한 달쯤 지낼 수 있으면 얼마나 좋을까."

다물은 아쉬움 반 부러움 반으로 좋알거렸다. 강 어머니가 강 이쪽으로 내려다 줄 때 지름길이라고 하면서 언덕 너머에 곡식이 절로 자라는 나라가 있고, 그곳 들판을 가로질러 시장으로 가라고 했던 말이 생각났던 것이다.

그렇게 곡식이 절로 자라는 나라에서 보낸 재미있는 하루가 저물고 있었다.

숲속의 노래

아침이 되었다. 너무도 밝고 눈이 부셔서, '시계가 있다면 11시쯤일 거야!'라고 생각하며 다물은 부스스 눈을 떴다. 문틈으로 보이는 파란 막대기 같은 하늘. 늦잠을 잤다며 '이놈!' 하고 회초리를 드시나?

소년은 벌써 나가고 없었다. '금방 올게.' 하고 풀물을 짓이겨 쓴 쪽지가 어두침침한 머리맡에 있었다.

문밖에는 어제와는 사뭇 다른, 눈이 휘둥그레질 만큼 싱그러운 숲이 눈앞에 펼쳐졌다.

새는 귀가 따갑도록 울고, 자잘한 수천 개의 빛이 숲속으로 쏟아졌다. 풀이 없는 진흙 바닥에는 물주머니같이 생긴 물웅덩이가 커다란 은접시처럼 반짝거렸다. 파릇파릇한 잎이 도톰

하게 돋아난 사이사이로, 갓 태어난 곤충들은 자기 등을 자랑
스럽게 번쩍거리며 신나게 풀즙을 빨아 먹고 있었다.

마침 어디론가 갔던 아후가 나타났다.

"아후!"

아후는 밤사이에 씻은 듯이 깨끗해졌다. 그 아름다운 털은
아침 햇살을 받아 한껏 부풀어 오른 것 같았다. 함께 풀을 뜯
던 꽃사슴 무리가 다가오면 무슨 재미난 이야기를 속삭이며 주
고받는지 서로 코를 벌름거리며 목을 비비곤 한다.

어디서 바람이 불었다.

'쏴-. 풀 파르르 풀. 쏴-.'

다물은 귀를 기울였다. 어디선가 자기 이름 부르는 소리를
들은 듯했다. 가끔가끔 모든 일을 까맣게 잊어버리는 아이. 우
물 같은 두 눈은 무슨 생각에 깊이 빠져 있는지!

다물은 숲속을 천천히 걷기 시작했다. 바위 기슭에 붙어서
알록달록 피어난 수많은 꽃, 땅 위로 물결치는 검붉은 나무뿌
리들, 관목숲, 덤불숲, 뾰족뾰족 열매 도꼬마리……, 이러한
것들은 어디까지나 이어지고 또 이어졌다.

이 나무 저 나무, 낯익은 나무와 덤불을 살피던 다물은 참으
로 놀랐다. 저마다 다른 빛깔을 지닌 녹색의 잔치! 하늘의 별
무리만큼 많았다. 노랑, 연두, 파랑, 초록, 황록, 청록, 백록, 남

색……. 아니, 아니! 그보다는……, 노르스름한 녹색, 불그스름한 녹색, 파르스름한 녹색, 거무스름한 녹색, 희끄무레한 녹색, 검붉은 녹색……. 아니, 아니!

맞아! 버들잎 빛, 풀쐐기 빛, 젖은 이끼 빛, 덤불 그늘 빛……. 다물은 온갖 빛깔의 녹색에 이름을 붙여 보며 스스로 놀라워했다.

'초록은 어떤 물감으로도 만들어 낼 수 없는 빛깔이니까!'

비슷한 듯 보여도 자세히 들여다보면 서로 너무나 다른 빛깔. 다른 듯해도 멀리서 보면 서로 어울려 하나의 덩어리로 보이는 빛깔.

온 세상 비밀이 소복소복 담긴 초록 숲!

다물은 혼자 지어낸 숲속의 노래를 부르기 시작했다.

숲을 만든 마고 거인님,

어디에 있나요?

손을 내밀어 보아요.

큰 발을 내밀어 보아요.

비밀 씨앗 만들면서

어디 어디 숨었나요!

곧 심심해진 다물은 곤잠을 찾아 외쳐 불렀다.

"곤-잠-!"

혹시나 그사이에 돌아오면 어쩌나, 하고 다물은 자꾸 근처만 맴돌았다. 혼자 있는 시간은 어느 때보다도 길고 지루하게 흘렀다.

"겁쟁이! 어디 숨어 있는 거야!"

그 모습을 지켜보던 고목나무 할아버지가 껄껄 웃으면서 말했다.

"위아래를 잘 봐야지."

그때 나무 위에서 곤잠이 폴짝 뛰어내렸다.

멍하니 서 있던 다물은 이제 소년을 뚫어질 듯이 보았다. 나무 위에 숨어서 지금껏 자기가 애가 달아 찾던 모양을 다 지켜보았으리라 생각하니까 슬슬 약이 올랐다. 그러나 아무 말도 꺼내지 못했다.

소년의 더러워진 얼굴과 물에 젖고 흙투성이가 된 옷……. 언제부터 나무 위에 있었는지는 알 수 없어도, 처음부터 그곳에 있었던 것 같지는 않았다. 그렇다면 나 몰래 어디에 다녀온 것일까?

무서운 일을 겪은 걸까?

새파래진 입술로 억지웃음을 짓고 서 있는 소년의 눈에는

마른 눈물 자국이 남아 있었다. 어디서 넘어졌는지 무릎에는
흙이 묻어 있었다.

"너 어디 갔다 온 거야?"

다물은 고마움 반 미움 반으로 울어 버렸다.

"아, 다물! 난 줄곧 여기 앉아 있었어. 그런데 왜 우는 거야."

다물은 조금 미심쩍은 생각이 들었지만, 곤잠이 여기 눈앞
에 있는 것만으로도 고마울 따름이었다.

"난 겁쟁이인 네가 돌아가 버린 줄 알았거든!"

"그런 엉터리 같은 생각을 하다니! 혹시 다물, 토라진 거야?"

곤잠은 새침하게 내리뜬 소녀의 눈이라든지 동그란 코를 기
분 좋게 쳐다보면서 말했다.

"그리고 이젠, 날 겁쟁이라고 하지 마, 다물."

"……."

"새들이 나무 속에 숨어 있다고 새들을 겁쟁이라고 부를 수
있어? 벌이 꽃 속에 숨어 있다고 벌을 겁쟁이라고 부를 수 있
어?"

더할 수 없을 만큼 멋진 대꾸에 다물은 잠시 놀랐다. 과연
곤잠은 이제 더 이상 겁쟁이가 아니었다!

"다물, 난 나무 위에서 서쪽나라로 가는 길을 살피고 있었
어. 같이 올라가 볼래?"

"응."

소년은 나무를 덥석 껴안고 개구리처럼 두 발을 놀리면서 쑥 쑥 나무를 타고 올라갔다. 조금 뒤 밧줄이 내려왔다.

"붙잡고 올라와! 밧줄은 고목나무 할아버지께서 묶어 주신 거야."

곤잠은 'ㄴ' 자 모양으로 된 가지를 봐 두었다.

"여기 앉아."

"넌?"

"난 괜찮아. 지금까지 앉아 있었는걸."

다물은 소년이 시키는 대로 앉아서, 눈앞에 보이는 새파란 언덕을 말없이 바라보았다.

"다물! 저 언덕 쪽을 봐. 이상하지 않니? 사람들이 저쪽으로 몰려가고 있어."

"강 어머니가 일러 주셨던 시장 방향이야."

"맞아. 이곳 곡식이 절로 자라는 나라가 아무리 신나고 재미 있는 곳이라고 해도 언제까지나 머물 수는 없을 거야. 아까 까 마귀 떼가 까맣게 몰려와서 고목나무 할아버지에게 전하는 소 식을 들었어."

"무슨 소식인데?"

"사람들이 서로 질세라 비밀을 캐서 짊어지고 비밀시장으로 팔러 간다고 말이지. 아마도 비밀 장사꾼은 우리보다 훨씬 앞서서 서쪽나라로 가고 있을지도 몰라. 그러니 우리도 서둘러야 할 것 같아."

"정말 그렇구나. 나무 밑에 있을 때는 전혀 몰랐는데……. 정말 많은 사람들이 시장으로 가고 있어. 그곳에서 어떤 일이 벌어지려는 걸까?"

"그건 그쪽에 가서 확인해 봐야 할 것 같아. 틀림없이 비밀 장사꾼의 꾐으로 사람들이 비밀을 팔려고 저렇게 움직이는 게 아닐까?"

'그곳에서는 무슨 일이 일어나려는 걸까…….'

다물은 얼빠진 표정으로 생각에 잠겼다.

무엇보다 이 나라의 여행이 하루 만에 끝나 버리게 된 것이 속상했다. 소년이 옆에서 툭툭 치는 것도 몰랐다. 아후가 어느새 와서 두 아이를 등에 태우려고 기다리고 있는 것조차 다물은 알아채지 못했다.

고목나무 할아버지는 세모문 안에 감춰 두었던 푸른 가지 하나를 꺼내 소년에게 쥐여 주었다.

"애야, 이것은 지혜의 나뭇가지란다. 가지고 가면 필요할 때가 있을 게다."

다물 일행은 이제 떠나야 했다.

"고목나무 할아버지, 안녕!"

하룻밤 사이에 정이 들었을까. 꽃사슴 무리는 아후가 떠나는 것이 아쉬운지 언제까지고 다물 일행이 떠나는 방향을 향해 서서 지켜봐 주었다.

3장

비밀시장을 지나다

이즈음, 먼 서쪽나라 끄트머리에서부터 황색 사막 띠가 생겨
나기 시작했다. 사막이 처음 생겨날 때는 납작한 밀기울떡처럼
가늘고 갸름하니 길었다. 그러나 사막 띠는 점차 누룩을 비벼
넣은 반죽처럼 자꾸자꾸 부풀었다. 저 남쪽 땅덩어리의 산기
슭 바람구멍이 막히고, 뒤이어 그 골짜기의 냇물이 점점 땅속
으로 잦아들었다. 골짜기의 산짐승들은 혀를 빼물고 땅 위로
기어 올라와 울부짖다가 쓰러져 갔다.

건물 벽 틈서리에는 모래 알갱이가 가라앉았다. 도시의 그늘
진 건물 뒷골목에는 검은 외투를 걸치고 웅크려 앉은 이상한
사람들이 나타나기 시작했다. 그들은 한결같이 하나의 구호를
선전하며 사람들에게 쪽지를 나눠 주었다.

"비밀시장이 곧 열립니다!"

"비밀시장이 곧 열립니다!"

길을 가던 사람들이 하나둘 멈춰 섰다.

그들은 비밀시장이 어떤 곳인지, 어떤 물건을 사고파는지, 비밀을 팔면 무엇을 얻을 수 있는지에 대해 물었다. 사람들은 숲에서 캐어 온 각종 비밀을 시장에 내다 팔면 서쪽나라에서 황금땅을 얻게 되고, 그곳 높은 성에서 바라고 바라던 꿈을 이루며 살게 될 거라는 설명을 들었다. 그 설명회는 갈수록 커져 갔다.

사람들은 닥치는 대로 비밀을 팔아 가면서 서쪽나라 땅을 더 많이 차지하기 위해 서로 경쟁했다. 한편, 사람들 중에는 비밀을 다 팔고 나면 어떻게 되는 것인지, 혹시 자기의 모든 것을 잃게 되지는 않을지 걱정하는 무리도 있었다.

그럴 때는 어김없이 비밀 장사꾼이 다가와 달콤한 혀로 속삭였다.

"걱정 마십시오! 잃어버릴 것은 없습니다. 여러분이 가져온 비밀만큼 서쪽나라 땅을 얻게 되는데, 이보다 더 공정한 일이 어디 있겠습니까? 서쪽나라는 곧 신세계 도시로 태어날 것이고, 우리는 모든 영광을 여러분에게 안겨 줄 것입니다."

비밀 장사꾼의 설명에 반박하는 사람은 아무도 없었다. 아니, 사람들은 비밀 장사꾼이 설명하는 그대로의 신세계가 자기 세계가 되기를 마음껏 상상하며, 오히려 그의 말에 설령 속아 넘어가는 일이 있더라도 그 세계를 부정하고 싶은 생각은 조금도 없었다.

"성안에는 사시사철 열매가 열리는 나무가 늘어서 있습니다. 그뿐이 아닙니다. 밤낮으로 노래하는 새가 있고, 시들지 않는 꽃이 있으며, 죽지 않는 나무가 있습니다. 놀라지 마십시오! 숨 쉬지 않으면서 언제까지나 살아 있는 동물도 있습니다."

비밀 장사꾼은 불타는 듯한 붉은 두 눈을 사람들과 하나하나 맞춘 뒤 황금빛 챙 모자를 한 바퀴 돌리면서 이렇게 강조했다.

"이건 여러분한테 마지막 기회가 될 것입니다."

"그게 정말이오? 다시는 기회가 없단 말이요?"

사람들은 재차 확인하려고 소리쳤다.

"매번 기회가 있다면 그것은 기회가 아닐 겁니다. 안 그렇습니까?"

"옳소! 옳소!"

사람들은 비밀 장사꾼의 한 마디 한 마디에 그대로 빠져들었다.

사람들은 얼빠진 눈초리로 외쳐 댔다.

"비밀시장으로 갑시다!"

"옳소! 가만히 가지고 있다고 비밀이 밥을 먹여 줍니까? 어서 팔러 갑시다."

이렇게 해서 점점 많아진 사람들의 무리로 비밀시장은 미어 터질 듯이 복잡해져 갔다.

처음에는 한두 가지 비밀을 사고팔던 사람들은 점점 이 일에 맛을 들였고, 더 많은 비밀이 필요하게 되었다. 숲속에 수북하게 묻혀 있던 비밀이 점점 바닥을 드러내자 비밀을 바라는 사람들의 욕망은 더욱 강렬해졌다.

문제는, 비밀 캐기에만 몰두한 그 사람들이 정작 비밀을 품고 있는 숲에 대해서는 종종 잊고 함부로 생각하기 시작한 것이다. 아니, 어쩌면 자기들의 비밀 캐기를 앞으로도 정당화하기 위해 애써 숲에 대한 그들의 양심을 검은 장막으로 덮어 버렸는지도 모른다. 우리는 처음부터 그렇게 되리라고는 전혀 예상하지 못했어! 이러한 변명을 당당하게 준비하기 위해서라도 말이다.

그런 사람들에게 한 털북숭이 사나이가 매서운 목소리로 이렇게 경고했다.

"이 사람들아, 정신 차려! 숲이 사라지면 비밀도 몽땅 사라지는 거야. 숲에 가더라도 캘 비밀이 없어지게 되면 그때 당신들은 어떻게 되지? 여러분은 함께 어울려 자멸의 길로 가고 있어. 명심해야 해!"

이 말은 사람들의 귀에 몹시 거슬렸다. 어떤 사람은 죽일 듯이 사나이의 턱 밑에 주먹을 들이밀고 협박했다.

"당장 꺼져!"

사나이는 숲으로 들어가 모습을 감춰 버렸다.

비밀시장은 점점 커졌다. 그렇게 셀 수 없는 비밀이 엄청나게 쏟아져 나오는데도 사람들이 가질 수 있는 비밀은 오히려 점점 줄어 갔다. 사람들은 알지 못했다. 그들이 스스로 비밀의 노예가 되어 가고 있음을. 비밀! 비밀! 비밀! 사람들은 원하는 또 다른 무엇을 위해 숲속으로 들어가 헤매고 다니면서 어떻게든 비밀을 캐 와야 했다.

어딜 가서 비밀을 구할까? 어떻게 하면 더 많은 비밀을 구할까? 비밀을 얼마에 팔면 좋을까? 사람들의 머릿속은 마치 한 권의 책이 글자로 가득 채워진 것처럼 온통 비밀에 대한 생각들로만 꽉꽉 채워지고 있었다.

숲의 비밀 씨앗이 하나둘 사라지는 사이, 이 도시의 숲은 자꾸자꾸 멀어졌다. 반면에 서쪽나라의 땅은 숲이 사라진 것보다 두 배 이상으로 넓어져 갔다.

그 누구도 알지 못했다. 비밀 장사꾼이 모아들인 각종 비밀 씨앗이 아홉머리산 깊은 굴속에 차곡차곡 쌓여 가고 있다는 것을!

얼마 전부터 이 아홉머리산 봉우리에는 이상한 봉홧불이 타오르기 시작했다. 그 봉우리에서 서로 신호를 주고받는 비밀 장사꾼들은 각 봉우리 굴속의 비밀을 잘 관리하기 위해 사람들을 불러 모았다.

해 질 무렵에나 띄엄띄엄 나타나던 비밀 장사꾼의 모습은 이제 도시 어느 곳에서나 쉽게 만날 수 있었다. 중요한 회의 시간에 늦지 않으려고 그들은 거무튀튀한 가방을 들고 걸음을 바삐 재촉했다.

"비밀을 가져왔습니다."

중요한 회의 때마다 비밀 장사꾼들은 가방을 열어서 수집한 비밀을 모두 쏟아 놓았다. 그러나 어두운 굴속에서 들려오는 한 마디는 매번 똑같았다.

"없어! 아직 안 들어왔어!"

음산한 목소리의 주인공은 아홉머리 괴물이었다.

비밀 장사꾼들의 검은 어깨가 움츠러들었다.

"이제 더 찾아올 비밀은 없습니다."

"맞습니다. 더 이상 굉장한 것은 없습니다."

어두운 굴속에서 쌍날 도끼를 쥔 아홉머리 괴물은 잔뜩 쌓여 있는 비밀 씨앗 더미를 헤집었다. 음산한 목소리가 다시 흘러나왔다.

"마지막 비밀 하나가 남아 있어. 그걸 가져 와. 그 비밀을 얻지 못하면 지금까지 모아 온 비밀을 모두 잃어버리는 것과 같으니!"

마지막 비밀 하나!

그 비밀이 무엇인지는 몰라도, 그 비밀 하나를 아홉머리 괴물은 아직 손아귀에 넣지 못한 것이다.

"이따위 비밀들은 다 필요 없어!"

비밀 기록 장부가 산 밑으로 휙 내던져졌다.

그때 한 비밀 장사꾼이 느린 걸음으로 나섰다. 그 비밀 장사꾼은 여느 비밀 장사꾼과는 어딘가 조금 달랐다. 챙 모자는 더욱 깊이 눌러썼으며 두 어깨는 높게 치솟아 보였다.

"그렇다면 마지막 비밀 하나, 그걸 얻으면 지금까지의 비밀 모두를 얻는 것과 같겠군요."

이 말이 아홉머리 괴물의 마음을 사로잡았다.

어깨가 이상하리만치 치솟아 보이는 그 비밀 장사꾼은 멋진 제안을 했다.

"비밀시장을 열면 됩니다. 그러면 모든 비밀이 그곳에 모일 테니까요."

"좋다, 바로 그거야!"

이렇게 해서 비밀시장이 시작되었다. 얼마 안 있어 어마어마한 비밀시장이 열린다는 소문은 금세 온 나라로 퍼져 나갔다.

　사람들의 복잡한 행렬 속에서 지친 다물 일행은 저기 보이는 냇가 언덕에서 조금 쉬어 가기로 했다. 갈 길은 멀어도 꽃이 핀 언덕이 나타나면 잠시라도 쉬어 가고 싶은 것이 다물의 마음이었다. 방망이처럼 봉긋봉긋 솟은 꿀풀이 거기 있었던 것이다.

　꿀풀 옆에 앉아 다물은 이 생각 저 생각을 떠올리곤 했다.

　'이것은 무엇일까?'

　'저것은 왜 저럴까?'

　'그때 난 어떻게 해야 했을까?'

　이런 생각들 말이다.

　풀밭에서 찌르르 풀여치 우는 소리가 들렸다. 다물은 팔베개를 하고 눕고 싶었다. 하얀 구름이 떠가는 걸 보면서 누워 있으면 풀벌레 소리는 음악 연주처럼 들릴 것이다.

　그런데 곤잠이 언덕 아래쪽에서 손을 번쩍 들며 내려오라고 한다.

　"다물, 여길 봐! 비밀 장사꾼의 발자국이 있어!"

　"그렇구나. 역시 우리보다 앞서 온 것이 틀림없어."

　"그런데 다물, 아무래도 이상해."

"뭐가?"

"강가에서 보았던 것보다 몇 배나 더 큰걸. 무시무시하게 커."

곤잠은 팔뚝으로 한 토막 한 토막 재며 말했다. 자기 팔뚝의 서너 배는 되는 듯이 보였다. 이 정도의 발자국으로 치자면, 그의 키는 아마도 10미터쯤은 되지 않을까 싶었다.

다물은 의심스럽게 말했다.

"곤잠, 아무래도 이상한걸. 우리가 가는 길목마다 비밀 장사꾼의 발자국이 있어."

"그래. 아무래도 우릴 미행하는 게 아닐까."

"그건 아니지. 만일 우릴 미행한다면 우리 뒤를 쫓아와야 하는데, 우리보다 앞서가고 있으니 말이야!"

다물은 곰곰이 생각에 잠겼다.

"맞아……. 그런데 이상한 점이 또 있어."

"그게 뭔데?"

"왜 비밀 장사꾼의 발자국은 뚝뚝 끊어지고선 더 이어지질 않지?"

그랬다.

사람들은 그가 어디에서 왔으며 어디로 사라지는지 알지 못했다. 다물은 새부리 바위에 있을 때 한 비밀 장사꾼이 모래바람을 일으키며 나타났다가, 어느 순간 사라졌던 일을 떠올렸다.

"비밀 장사꾼에게도 무슨 비밀이 있을까?"

다물은 그것을 알아내리라고 마음먹으며 주먹을 불끈 쥐었다.

바로 그때였다.

'푸드덕.'

풀숲에서 꿩이 날아올랐다.

다음 순간, 냇가에서 물을 마시던 아후가 급히 뛰어 올라와 치맛자락을 당기며 다물을 바위 그늘로 끌고 갔다.

잠시 뒤 두런거리는 두 사람의 목소리가 들려왔다.

한 사람이 뾰족한 지팡이로 어떤 늠름한 나무둥치를 쿡쿡 치면서 말했다.

"회화나무가 꽤 실한걸? 비밀 값이 좀 나가겠어. 이 나무는 어때?"

듣고 있던 사람이 나무의 잎사귀며 가지를 살펴보더니 말했다.

"좀 더 기다려야 해. 꽃이 피어야 더 비싼 비밀로 팔 수 있겠어. 이 나무의 꽃을 모아 달이면 노랑물이 나오거든. 그 물로 바탕칠을 해서 붉은색 글씨를 쓰면 부적을 만들 수 있어. 이 친구야, 부적은 부르는 게 값이란 말일세!"

"좋아! 잘 기억해 두었다가 꽃필 무렵에 다시 오세."

"그런데 자네, 어마어마한 비밀시장에 가 보았나?"

"아직."

"한 번 가 보세. 소문에 의하면, 굉장한 비밀이 나올 거라고 하더군."

"그래?"

그들의 이야기는 간혹 나뭇잎 서걱거리는 소리에 묻혀서 들리지 않았다.

바로 이때, 근처에서 바스락바스락 수풀 헤치는 소리가 들렸다. 이번에는 검은 망을 머리에 덮어쓴 사람들이 긴 망태 자루를 어깨에 메고 열심히 꽃을 따고 있었다. 그들은 도둑처럼 발소리를 죽였다. 망을 머리에 덮어쓴 이유는 꽃 속에 있는 벌에 쏘이지 않기 위함이었다. 그들이 멘 자루마다 알록달록한 꽃들이 꽉꽉 채워져 있었다.

하늘은 잿빛으로 흐렸다.

"다물."

곤잠은 조용히 소녀를 부른 뒤 말했다.

"저 사람들이 가는 방향으로 우리도 가야 해……. 우리도 서쪽나라로 가려고 하니 말이야. 그치?"

"그래야 할 거야. 그렇지만 아무래도 비밀 장사꾼이 우리를 훨씬 앞질러 가고 있는 것 같아서 불안한걸. 이럴 때 지도가 있었다면!"

좀처럼 잃어버린 것에 대해 말하지 않던 다물은 처음으로 아쉬운 소리를 했다.

이때였다.

"별걱정을 다 하는구나! 지도보다 빠른 길은 뭘까? 그건 바로 지혜지!"

누가 이렇게 시원한 소리를 하나? 다물 일행은 귀가 번쩍 뜨여 소리가 나는 쪽으로 고개를 홱 돌렸다. 저 소나무 숲 쪽이었다.

"다물, 저쪽 굴 앞에서 누군가 우리를 부르고 있는데 가 볼까?"

"글쎄. 아후는 늘 우리에게 좋은 징조, 안 좋은 징조를 잘 가려서 알려 주었으니 이번에도 한 번 물어볼까?"

어느새 곤잠도 아후와 친해져서 사슴 목덜미를 살짝 어루만져 주었다. 역시나 아후의 근사한 뿔에서는 초록빛이 일렁거렸다.

다물 일행은 굴 쪽으로 갔다. 가까이 가 보니, 머리가 셋 달리고 몸이 새파란 짐승 하나가 굴을 지키고 서 있었다. 그는 자기 이름을 '일삼이'라고 소개한 뒤 말을 덧붙였다.

"사람들 행렬은 모두 비밀시장으로 향하고 있지. 언덕을 넘어서 길게 길게 이어지는 저 행렬을 봐. 사실은, 그곳으로 가는 지름길이 이 굴이라는 걸 모르고 말이야."

듣고 있던 곤잠은 혹시나 하는 미심쩍은 마음에 이렇게 물었다.

"그럼, 일삼이 넌 왜 하필 우리에게만 그 지름길을 알려 주는 거야?"

"그건 네가 쥐고 있는 그 나뭇가지 때문이지."

"이거 말이야?"

곤잠은 고목나무 할아버지가 필요할 때가 있을 거라며 건네준 지혜의 나뭇가지를 들어 보였다.

"응. 그 나뭇가지를 봐. 가지가 세 갈래잖아? 보다시피 나도 머리가 셋이니까."

"그래서?"

다물은 좀 우습다는 생각을 하며 이유를 물어보았다.

"그건, 숫자 삼(3)! 또 새로운 길과 관련이 있어."

"새로운 길은 또 뭐야?"

하나의 대답은 또 다른 질문으로 이어졌다.

이렇게 해서 다물 일행은 일삼이의 딱한 사정을 듣게 되었다.

"난 이 굴 앞에서 무려 삼백 년이나 움직이지도 못하고 웅크리고 있었어. 내 마음은 늘 이쪽 아니면 저쪽, 그 사이에서 싸우고 있지. '이리로 갈까?', '저리로 갈까?' 그러다가 결국은 '아니야! 아니야!' 하고 포기하는 길을 택하게 되는 거야."

"일삼아! 모르긴 몰라도, 그런 건 새로운 길이 아니야. 그런 길은 그냥 그대로인 길이지."

"그럼 난 어떻게 해야 하는 거야?"

일삼이는 오히려 다물에게 지혜를 구했다.

"그럴 땐 '아니야! 아니야!' 대신에 '그래! 그래!' 하고 대답해 봐. 그러면 원래 있던 이쪽저쪽도 아닌 새로운 길이 보일 테니까."

"정말 새로운 길이 나에게 보일까?"

"그럼, 그럼! 네가 우리에게 일러 준 이 지름길처럼 말이야."

다물은 워낙 진지하게 듣는 일삼이를 위해 차분하게 설명해 주었다.

"그래! 그래!"

일삼이는 마침내 새로운 길로 갈 수 있는 대답을 했다.

다물 일행은 일삼이의 안내로 지름길 굴을 통과할 수 있었다. 일삼이와 아쉬운 작별을 할 때 곤잠은 이렇게 말을 건넸다.

"일삼아, 우리 또 만나자. 넌 우리에게 지도보다 빠른 길, 그건 바로 지혜라고 가르쳐 주었어. 그리고 우린 너로부터 또 하나 배웠어."

"그게 뭔데?"

"으응. 포기하지 말고 용기를 내는 것, 그게 바로 지혜라는 걸 말이야."

"오오! 고마워, 삼백 년 만의 감동이야!"

다물 일행은 신나서 돌아가는 일삼이의 뒷모습을 보며 기분이 퍽 흐뭇했다.

어느덧 왁자하게 떠들어 대는 소리와 함께 다물 일행은 비밀 시장에 도착했다.

비밀시장에는 숲에서 캐어 온 온갖 비밀들로 넘쳐났다.

온갖 곤충, 희귀한 꽃, 신비로운 약초 식물, 털가죽을 벗긴 동물……. 특히 거의 멸종되어 가는 호랑이와 사향노루, 황새 같은 것은 비밀시장에서 인기 품종이었다. 숲속에서 뛰놀던 짐승들은 가죽이 벗긴 채 진열되어 있었다. 그 속에는 꽃사슴 도 있었다.

그 가게 곁을 지날 때 아후는 두려움으로 바르르 떨었다. 다 물과 곤잠은 각각 한 팔을 아후의 등에 걸고 안아 주듯이 걸었다.

다음은 더 끔찍한 곳이었다. 염색한 짐승 가죽을 탕탕 두드 리고 있는 한쪽에서는 누군가 아직 김이 나는 붉은 피를 국자 로 뜨고 있었다. 그 반대쪽에서는 짐승의 머리와 다리, 몸통을 따로따로 떼어 놓고 무게를 달고 있는 사람이 있었다.

이 사람들이 비밀을 사고팔 때는 '땅'이라고 하는 네모난 쇠 를 주고받았다. 그 쇠를 많이 가진 사람은 서쪽나라로 가서 땅 을 더 많이 차지할 수 있었다.

왜 사람들이 비밀시장을 여는지 다물은 알게 되었다. 그것은 비밀의 가치를 더 높이기 위해서이다. 처음 1땅에 산 비밀은 거래를 통해 15땅이 되고, 15땅은 또 사고팔고 사고팔고를 거쳐 250땅으로 가치가 오른다. 그것은 퍽 정당한 듯이 보여도 일종의 속임수 같은 것인지도 모른다. 비밀은 자꾸자꾸 제 가치를 높여 가기 때문에, 사람들은 그 매력에 사로잡혀 헤어 나올 수 없게 된다.

비밀의 가치는 이렇게 달라진다.

장식용 사슴뿔 300땅

깔개용 사슴 털 500땅

사슴 피 120땅

사슴 고기 300땅

뼈 조각품 240땅
_____
총 1,460땅

이렇게 되면 1,460땅만큼 서쪽나라 땅을 차지할 수 있다.

그러나 어떤 사람이 이것을 비웃으며 전혀 새로운 비밀의 가치를 제안한다. 일을 적게 하면서도 오히려 비밀의 가치를 높일 수 있는 꾀를 낸다. 즉, 그는 사슴을 죽이지 않고 살려 둔 채로 비밀의 가치를 올리는 방법을 찾는다. 이 방법은 사슴 한

마리를 죽여서 1,460땅을 얻는 것보다, 사슴을 죽이지 않고 10년간 이용하면 더 많은 비밀 가치를 만들어 낼 수 있다고 선전한다.

사슴 녹용 740땅 × 10년
사슴 피 100땅 × 10년
840땅 × 10년
───────────
총 8,400땅

아까부터 흰 사슴 아후의 뒤를 쫓아오던, 수염을 사자같이 기른 사람이 집요하게 다물에게 계약을 제안했다.

"흰 사슴을 내게 파시지요."

그는 벌써 계약서를 꾸미고 있었다. 다물 일행은 그를 따돌리려고 했다.

"그럼 이런 조건이라면 어떠실까요?"

그는 계속 뒤따라왔다. 동물을 능숙하게 다루는 모습을 보여 주려고 다물 일행 보라는 듯 긴 채찍을 휘휘 내두르기까지 했다.

"다만 사슴을 빌려주기만 하면 됩니다."

그는 음흉한 웃음을 흘리면서 10년만 사슴을 빌려 달라고 한다. 사슴을 동물원에 가둬 놓기만 하면 엄청난 비밀 가치를 만들 수 있다고 꼬드긴다. 그러면서 다물에게 비밀을 팔아서 생긴 이익을 반씩 나누자고 흥정했다. 그는 10년 동안 흰 사슴을 구경하러 올 사람이 50만 명은 넘을 거라고 예측했다.

그의 목소리는 당당했다.

"이것은 비밀의 목숨을 지켜 주면서 비밀의 가치를 얻는 길이죠!"

그는 이렇게 사업 제안서를 써 왔다.

$$\frac{입장료\ 500땅\ \times\ 관람객\ 50만\ 명\ \times\ 10년}{총\ 2,500,000,000땅}$$

이렇게 비밀 장사꾼이 점점 비밀의 가치를 높여 가는 방법을 제안했다.

"우린 관심 없어요!"

다물은 눈길도 주지 않고 홱 돌아섰다. 그는 사자처럼 이빨을 드러내고 으르렁거렸다.

그는 턱을 주억거리며 협박했다.

"후회할 거야! 어딜 가더라도 이보다 좋은 조건은 없어! 사슴을 그저 먹여 주고, 재워 주고, 죽이지도 않는데 어째서 비밀을 팔려고 하지 않지?"

안 되겠다 싶었던 다물이 뒤돌아서서 똑 부러지게 말했다.

"사슴이 구경거리가 되게 하기 싫다고요! 아후는 풀밭을 뛰어다니는 걸 제일 좋아해요!"

이때였다.

"여러분!"

갑자기 비밀시장이 웅성웅성 소란스러워지더니, 사람들이 벌 떼처럼 한곳으로 모여들었다. 그들 한가운데에는 석상처럼 큰 사나이가 한 손을 쳐들고 연설 중이었다.

비밀 장사꾼이었다!

다물은 깜짝 놀랐다. 비밀 장사꾼의 키는 구석나라에서 처음 맞부딪쳤을 때보다 세 배는 더 커 보였다. 그가 입고 있는 검은 외투는 번쩍번쩍 빛이 났으며, 불타는 듯한 붉은 두 눈은 눈이 부셔서 쳐다보기조차 어려웠다.

그는 황금빛 챙 모자를 깊게 눌러쓰고 얼굴을 그늘지게 한 뒤 다시 한번 사람들의 눈을 집중시켰다.

"여러분! 절 보세요."

"……."

물을 끼얹은 듯이 조용해졌다.

"비밀의 주인은 여러분입니다! 비밀을 알아보고 그것을 캐

줄 사람이야말로 바로 비밀의 주인입니다. 여러분이 열심히 비밀을 캐 오신 덕분에 서쪽나라 도시에는 눈부신 성이 세워지고 있습니다. 우리가 꿈꾸는 도시를 만듭시다."

"……."

"곧 그 성문이 열릴 것입니다. 그런데 지금, 우리에게 적이 있습니다."

"……."

사람들은 서로의 얼굴을 쳐다보면서 웅성거리기 시작했다. 누가 그 적인지는 몰라도, 자기는 그 적이 아니라는 듯이 서로서로 확인하는 것이다.

"자, 우리의 적은 비밀을 팔려고 하지 않는 사람입니다."

"그런 일은 절대 없소!"

"가지고 있는 비밀을 모두 팔겠소!"

사람들이 한목소리로 떠들었다.

그러나 바로 이때였다.

"여기에 비밀을 팔려고 하지 않는 이상한 아이가 있소!"

수염을 사자같이 기른 그 사람이었다.

마침, 비밀시장 한쪽 구석에서는 꼬리잡기 놀이를 하는 아이들이 모여 있었다. 다물 일행은 그 아이들 속으로 들어가 몸을 숨겼다가 뒷길로 빠져나왔다.

그러나 사람들은 곧 흰 사슴을 알아채고 뒤쫓아 오기 시작했다.

한 발짝만 더 움직이면 깎아지른 벼랑이었다. 아후는 하얀 발목을 절뚝이며 아기 소나무 그늘로 가 쓰러졌다. 사람들이 던진 돌멩이에 발목을 다친 거였다. 이제 달아날 수도 없고 달아날 곳도 없다!

그런데도 사람들은 누가 먼저 오르나 내기라도 하는 듯이 악착같이 따라붙었다.

점점 사람들과의 거리가 좁혀졌다. 저 끝, 깎아 세운 듯이 가파른 돌 비탈 위에 공깃돌같이 생긴 둥그런 바위가 하나 괴어 있는 게 보였다.

곤잠은 제비처럼 날쌔게 그곳으로 뛰어가 소리쳤다.

"가까이 오면 이 돌을 굴릴 거예요!"

사람들은 제 덩치의 몇 배는 될 큰 돌덩이를 굴리겠다고 떵떵거리는 소년이 귀여워 죽겠다며 키득거렸다.

"어라! 네까짓 꼬맹이가?"

"어서어서 굴려 봐."

이렇게 놀리기까지 했다.

그러나 그들의 얼굴은 불과 몇 초 만에 새하얗게 변했다. 뒤

이어, 돌 구르는 소리가 '우당탕!' 하고 골짜기를 메운 것이다.

"용감한 곤잠, 잘했어! 잘했어!"

다물은 놀라워하며 아래쪽에서 연거푸 외쳐 댔다.

산등성이에서 굴러떨어진 큰 공깃돌 하나로 비밀시장은 아수라장이 되었다. 제일 먼저 이 공깃돌은 돼지를 가둬 둔 울타리를 넘어뜨려서, 그 안에 있던 돼지 떼들이 갑자기 우르르 몰려나와 비밀시장을 헤집고 돌아다니게 되었다. 그중 한 마리가 펄펄 끓고 있는 기름솥 옆을 지나다가 그만 솥을 건드려 넘어뜨렸는데, 그로 인해 한순간에 타오른 불길 속에서 사람과 동물이 마구 뒤섞여 울고불고하느라 난리 법석 그 자체였다.

비밀시장은 엉망이 되고 사람들은 뿔뿔이 흩어졌다.

억손이를 만난 곤잠

기쁨도 잠시였다.

산등성이에서 기분 좋게 내려가려던 다물 일행은 걸음을 멈췄다. 겨우 열 걸음 남짓한 거리에, 어깨가 치솟은 검정 외투를 입은 비밀 장사꾼이 가방을 무릎에 올려놓고는 땀을 식히고 있었다! 그는 커다란 황금빛 챙 모자를 옆에 놓은 채 한동안 정면을 뚫어질 듯 보고 있었다. 다행히 다물 일행은 비밀 장사꾼의 눈에 뜨이지는 않았다.

그러나 다물은, 그 비밀 장사꾼이 눈은 정면을 향하고 있으면서도 그 머릿속 의식은 다물 일행이 있는 그 옆쪽 방향을 바짝 신경 쓰고 있을 거라고 생각했다.

처음 드러난 비밀 장사꾼의 얼굴은 사람과 짐승의 얼굴을 반반씩 섞어 놓은 듯한 기묘한 모습이었다. 얼굴의 윤곽은 사람이지만 박쥐같이 뾰족한 귀, 이마까지 내려온 북실북실한 털은 꼭 원숭이 같았다.

'어떻게 이곳까지 왔을까!'

다물과 곤잠은 같은 생각을 했다.

잠시 뒤, 두 아이는 까무러칠 듯이 놀라고 말았다. 비밀 장사꾼이 불룩한 가방을 열어 뒤적뒤적 끄집어낸 것은 다름 아닌 파파 할머니의 두루마리 지도였던 것이다! 그는 지도를 바닥에 펼쳐 놓고는 여우처럼 길고 뾰족한 코를 킁킁거렸다.

바로 다음 순간 다물과 곤잠은 차마 못 볼 광경을 보고 말았다. 비밀 장사꾼이 검정 장갑을 낀 두 갈퀴손으로 귀를 잡더니, 목을 떼어 들었던 것이다. 이럴 수가!

쿵쾅! 쿵쾅!

그 광경을 본 다물은 심장이 터져 나올 것 같았다. 그러나 두 눈만은 똑바로 치뜨고 있었다. 두 손으로 들린 비밀 장사꾼의 얼굴에서 입술이 조물조물 움직이며 중얼거렸다.

"음……. '죽지 않는 나라'로 가야 하는군……. 길이 그리로 이어지는군."

무시무시한 갈퀴손이 제 머리를 가방 안으로 넣고 닫는 순간, 비밀 장사꾼의 모습이 연기처럼 사라졌다!

곤잠은 무릎이 하도 떨려서 한 걸음도 내딛지 못할 정도였다. 곤잠은 겨우겨우 다물 쪽으로 기어 와서 말했다.

"다물, 그자가 가려는 방향은 북쪽이야."

"어디 말이야?"

"어디긴 어디야? 죽지 않는 나라 말이지! 비밀 장사꾼이 그리로 간다는 말 못 들었니? 그렇지만 지금 난 울어야 할지 웃어야 할지 알 수 없어."

"왜?"

"언젠가 초 할아버지가 들려주신 말씀이 생각나. 저 북쪽 바위 언덕에 죽지 않는 나라가 있다고 하셨어."

곤잠은 멀리 계곡 사이로 뱀처럼 등을 휘돌리며 번쩍거리는 강줄기를 가리키더니 계속 말했다.

"하지만, 그곳은 죽은 뒤에나 갈 수 있는 나라라고 하셨거든. 다물, 내가 하려는 말뜻 알아? 그 비밀 장사꾼이 곧 죽게 될 거라는 거야."

"그것참, 쌤통이다!"

"하지만, 다물. 더 큰 걱정이 있어! 우리도 그곳에 가야 한다면, 우리에게는 또 어떤 일이 일어나게 될까, 하는 거야."

소년은 계속 흥분한 목소리로 떠들었다.

다물은 바위 끝에 걸터앉았다. 잠시 어지럼증이 느껴졌기 때문이다.

"그 나라는 꼭 죽은 뒤에나 갈 수 있는 곳이야?"

"할아버지 말씀으로는 그래."

곤잠은 풀잎을 배배 꼬면서 바람에 흔들리는 소녀의 파란 치맛자락을 보았다. 그리고 덧붙였다.

"다물, 그 나라에는 파란색이 없대. 신기하지?"

"왜 그럴까?"

"에이! 거기까진 나도 몰라."

"……."

"다물!"

곤잠은 자꾸 소녀를 불렀다.

"……."

"그 나라에 우리가 꼭 가야 할까? 아까 헤어진 일삼이를 도로 찾아가서 또 다른 지름길을 알려 달라고 하면 어때?"

"……."

"다물, 왜 아무 말 안 해?"

다물은 먼 산을 향해 섰다. 머리카락이 얼굴을 뒤덮었다.

"얘, 죽지 않는 나라로 가자……."

"정말이야?"

곤잠은 '잘못 들은 건 아니겠지?' 하고 귀를 쫑긋 당기며 또 물었다.

"꼭 그래야 해? 만일, 만일……. 우리가 죽기라도 하면……, 난 초 할아버지를 다신 못 만나겠지. 다른 길이 있다면 그쪽을 찾아보자."

곤잠은 세상일을 너무나 쉽게 생각해 버리는 소녀의 태도에 조금 화가 치밀었다.

"아니! 죽지 않는 나라로 가야 해."

"왜? 왜 꼭 그래야 해? 솔직히……, 난 그쪽이 북쪽 방향이 라는 것도 마음에 걸리는걸. 우리가 가려는 데는 서쪽나라이 니까."

"방향에 대해선 잘 생각해 봐야 할 거야, 곤잠. 서쪽 방향으로 계속 가는 길이라고 해도 우리 지구 땅덩어리는 둥그니까, 그 서쪽을 입체적으로 보면 북쪽이라고 느낄 수도 있어. 게다가 파파 할머니의 두루마리 지도가 그려 주는 길이기 때문에 우리는 꼭 그곳으로 가야 할 거야. 그곳이야말로 바로 지름길이라는 거지. 갈 수 없는 나라는 없어. 난 가 볼 거야."

다물은 또박또박 말하면서 소년 쪽을 쳐다보았다.

다물 또한 해 보지 않고 겁쟁이처럼 '아니야!'라고만 말하는 소년의 태도가 마음에 들지 않았다. 게다가 죽지 않는 나라인데 왜 지금까지 사람들은 죽어야 갈 수 있는 나라라고만 생각해 온 걸까!

"그럼 죽겠다는 말이야?"

곤잠은 항변하듯 말했다.

"누가 죽겠다고 했어?"

"난 안 가! 난 죽기 싫어! 죽을 거면 너나 죽어!"

"뭐야? 말 다 했니?"

다물은 눈을 크게 홉뜨고 소년을 보았다.

"말 다 했다!"

소년도 지지 않았다.

둘은 끝내 지지 않을 것처럼 버텼다. 그러는 동안에 아후가 두 발이 묶인 채 덤불 속에 갇혀 바둥거리고 있는 줄도 몰랐다. 비밀 장사꾼이 내려가는 길에 그물을 던져 사슴을 붙잡아 칡 줄기로 발을 묶어 놓은 거였다.

다물은 고개를 홱 돌려 소년을 외면하며 비웃음을 날렸다.

"겁쟁이!"

'해 보지도 않고 넌 겁부터 집어먹고 있지?'

"시끄러!"

곤잠은 소녀의 여린 가슴에 그만 주먹총을 내질렀다. 소녀는 바위 끝으로 가 쓰러졌다. 곤잠은 두 손을 움찔하며 후회했다. 여린 소녀에게 하지 말아야 할 짓을 했다.

이내 곤잠은 소녀의 고집을 꺾을 수 없음을 깨달았다. 소녀는 냉큼 일어나 불이 붙은 두 눈을 이글거리더니 뒤돌아섰다.

"그래, 우린 여기서 헤어져야겠구나……."

다물은 더는 아무 말도 하지 않았다.

"좋아! 너 혼자 가. 난 돌아갈 거야!"

곤잠도 더 말하지 않았다.

그제야 다물은 혼자 떠나갈 길을 생각하며 아후를 찾았다.

"아후! 아후! 아후, 어디 있니?"

다물은 소년 쪽은 쳐다보지도 않고 허둥지둥 아후를 찾았다.

'아후가 있어! 아후는 내 편일 거야!'

이때 아후는 뿔을 내저으면서 덤불 구멍을 넓히고 자기를 묶고 있는 칡 줄기를 끊어 내고 있었다. 아후의 샘물 같은 큰 눈이 애타게 소녀를 불렀다.

'다물! 이쪽으로 뛰어! 이쪽으로! 어서!'

아후는 산릉선을 타고 슬금슬금 옮겨 오는 커다란 아홉머리 괴물 그림자를 두렵게 쳐다보며, 마침내 칡 줄기를 끊어 내고 풀쩍 덤불에서 뛰쳐나왔다.

그러나 이미 때는 늦었다. 소녀가 아후를 발견하고 냉큼 뛰어 내달리려는 순간, 시커먼 그림자가 단숨에 뒤를 덮치더니 한순간에 소녀를 데리고 사라져 버리고 만 것이다.

우르르 쾅쾅! 쾅!

소녀가 딛고 서 있던 바위는 번쩍하고 벼락을 맞아 쩌억- 갈라져 벼랑 아래로 굴러떨어졌다.

"다물!"

'다물!'

뒤에 남은 소년과 흰 사슴은 허공을 향해, 아찔한 낭떠러지 아래를 향해 다물을 외쳐 부르고 또 불렀다.

소녀의 대답이 돌아올 리 없었다.

실컷 울고 고개를 든 곤잠의 눈앞에 시든 노랑 금붓꽃이 있었다. 소녀가 쥐고 있다가 놓친 것이다. 곤잠은 꽃을 쥐었다.

우선은 아후와 함께 저 아래쪽 골짜기 마을로 내려가 보기로 했다. 지금으로서는 어떻게 다물을 찾을 수 있을지, 어디로 가야 할지 도무지 알 수 없었다.

철커덕 쿵 떡!

조용한 골짜기 마을 한쪽에서 물레방아 돌아가는 소리가 났다. 물레방앗간에서 누가 일을 하고 있는지 흥얼흥얼 노랫소리도 잔잔히 울려 나왔다.

"아후, 우리 저쪽으로 가서 물 한 잔이라도 얻어먹자."

소녀가 없는 빈자리는 컸다. 곤잠은 어떻게 아후와 함께 갈 길을 정해서 나아가야 할지 생각이 나지 않고 갈피도 서지 않았다. 또한 어느 한순간 아후가 훌쩍 자기 곁을 떠나 버릴 수도 있다는 생각에 눈앞이 아득해졌다.

곤잠은 물레방앗간 쪽으로 멍하니 걸음을 옮길 뿐이었다.

"우하하하……. 어이! 애송이! 나야, 나!"

"……."

물레방앗간에서 튀어나온 한 사나이가 곤잠을 향해 알은체를 했다.

"눈에 풀칠이 되었나? 거참, 놀란 눈이라니. 겁 많은 건 여전하시네."

"억손이 형?"

"그래!"

곤잠은 눈물 나게 반가워하며 얼른 달려가 그 사나이를 얼싸안았다. 그는 소몰이꾼 억손이었다.

언젠가 억손이는 소 떼를 끌고 구석나라를 지나간 적이 있었다. 장가갈 때가 훨씬 지났지만 총각 신세였던 억손이는 잃어버린 송아지 한 마리를 찾느라 3일째 구석나라 근처에서 얼쩡얼쩡 머물렀다. 송아지는 곤잠이 혼자만의 비밀 장소로 만들어 놓은 바위 구멍으로 들어갔다가 빠져나오지 못하고 있었다.

곤잠은 또 곤잠대로 어린 송아지를 끌고 다니며 주인을 찾고 있던 터였다. 그때도 두 사람은 오늘처럼 물레방아 언덕 고갯마루에서 딱 마주쳤다.

억손이는 송아지를 보자마자 반가워하기는커녕 오히려 버럭 화를 냈다. 송아지를 끌고 오는 사람이 어여쁜 아가씨가 아니고 웬 애송이 소년이었기 때문이다. 곤잠도 지지 않고 씩씩거리며 대들었다. 어린 송아지가 자기 바위집에 똥을 함지박처럼 싸놓았다는 것이다. 두 사람은 어이가 없어서 웃었고, 언제 또 만나자고 약속하며 헤어졌다.

곤잠은 단단해 보이는 억손이의 팔 근육이며 떡 벌어진 어깨를 부러운 눈으로 쳐다보았다.

"억손이 형! 형은 그제나 이제나 달라진 게 하나도 없네!"

억손이는 소년의 눈가에 남은 눈물 자국을 못 본 척 고개를 돌리고 말했다.

"뭔 일인진 모르지만 야, 기운 내! 세상일은 내 뜻대로 되는 게 아니야."

"형, 그럼 누구 뜻대로 되는 거야?"

"그야 세상 뜻대로 되는 거지. 야! 그러지 말고 내가 수수께끼 하나 낼게. 세상에서 제일 맛있는 음식이 뭔지 아니?"

"……."

곤잠은 고개를 푹 꺾었다.

"뭐긴 뭐겠어! 배고플 때 먹는 음식이지. 너 배고프지?"

"아니……."

"자, 가자!"

"어딜?"

"어디긴 내 집이지."

곤잠은 힘없이 뒤따라 걸었다. 아후의 조용한 발굽 소리가 더욱 소년의 뼈마디를 때렸다.

억손이는 걸어오면서 소년한테서 들은 몇 가지 이야기를 곰곰이 떠올려 보고는 걱정스러운 듯이 말했다.

"그나저나……. 큰일이네. 그 소녀가 어디로 끌려간 줄 알고 어떤 길로 찾아갈 것이며 또 어떻게 구한다니? 힘들진 않을까……."

"아냐! 구할 수 있어. 구해야 해!"

곤잠은 슬쩍 떠보려고 묻는 억손이의 말을 진지하게 받아들이고는 강하게 저항했다.

"아! 곤잠, 걱정 마! 기쁜 소식이 있겠지."

억손이를 뒤따라 곤잠은 바삐 걸었다.

억손이는 걸으면서 소년이 쥔 꽃을 힐끗 보고 넌지시 물었다.

"너, 그 꽃, 꽃말이 뭔지 알아?"

"아니."

"기쁜 소식이란 뜻이야. 기쁜 소식이 기다리고 있을지 몰라."

"그렇겠지, 형?"

곤잠은 비로소 씩 웃었다.

"형은 어떻게 지냈어?"

"난, 그동안 사랑을 잃었지. 그놈의 거짓말 때문에……."

"거짓말 때문에?"

곤잠이 고개를 번쩍 들었다.

"아! 긴 이야기는 가면서 하자."

*

억손이의 잃어버린 사랑 이야기는 이러했다.

어느 날, 소몰이꾼 억손이는 한데 엉켜 있는 구름을 풀어 주고 있는 마고 거인에게 부탁을 한 가지 했다. 자기가 잠깐 아랫마을 물레방앗간 일을 도와주고 올 터이니, 자기 대신 소에게 먹이를 좀 먹여 달라는 것이었다.

"그런 구름 따위는 제멋대로 엉키거나 말거나 내버려 둬요!"

마고가 자기 말 따위는 들은 체도 하지 않자 억손이는 소나무 생솔가지를 부러뜨려 마고 거인의 발톱 밑을 콕콕 쑤셔 댔다. 공교롭게도 뾰족한 나뭇조각이 마고 거인의 발톱 밑에 콕 박혔다.

"어이쿠!"

마고는 그제야 따끔거리는 엄지발가락을 내려다보았다. 억손이가 뭐라고 뭐라고 소리치며 엄지발가락 앞에 서 있었다.

"네가 그랬니?"

"아뇨!"

억손이는 능청스레 둘러댔다.

"멧돼지 한 마리가 지나가다 심술을 부렸어요."

마고는 발을 쳐들고 겨우겨우 발톱 밑에 박힌 소나무 가지를 빼냈다. 마고는 콧김을 '휑' 불어 그것을 날려 버렸다.

그때까지 억손이는 가지 않고 우두커니 서 있었다.

"억손아, 나한테 할 말이 있구나?"

"사실은……, 물레방앗간에 볼일이 있어요. 저 대신 소를 봐 주시겠어요?"

"무슨 일인데?"

"물레방앗간 처녀가 소 한 마리를 데리고 와서 논갈이를 도와 달라고 해서요. 묵은 밭을 갈려면 힘센 남자 힘이 필요하겠죠."

"물레방앗간 처녀가 말이니?"

억손이는 석류알처럼 얼굴이 새빨개졌다. 물레방앗간 처녀와 사랑에 빠진 걸 들킬까 봐 억지로 둘러댄 것이었다.

"그렇구나! 억손아, 그 대신 해 지기 전에 돌아와야 해."

"걱정 마세요."

억손이는 꾸벅 인사하고는 밀짚모자를 쓴 채 소 한 마리를 어깨에 번쩍 들어 올렸다. 그리고 재 너머 물레방앗간 마을로 넘어갔다.

해 질 무렵이 되자, 마고는 억손이가 걱정되었다.

'이런, 내 정신을 좀 보게. 억손이가 재 너머까지 가려면 반 나절일 텐데……. 내가 대신 가서 긴 손톱으로 논을 갈아 주고 억손이는 그냥 여기서 소를 먹이면 되었을걸…….'

마침 그때, 고갯마루에 밀짚모자 그림자가 나타났다. 억손이 였다. 뭐가 좋은지 콧노래를 흥얼흥얼 불렀다.

"억손아, 살진 소가 왜 그렇게 홀쭉해졌니?"

"아, 아니에요. 물레방앗간 일을 워낙 많이 도와서 그래요."

다음 날, 억손이는 또 마고에게 같은 부탁을 했다.

"재 너머 마을에 가서 또 일을 도와야겠어요."

"억손아, 나도 바쁘단다. 밭일이 밀렸어. 하지만 네가 그렇게 간절히 부탁하니 어쩔 수 없구나. 그 대신 해 지기 전에 돌아 와야 해."

"걱정 마세요!"

해 질 무렵이 되자, 마고는 억손이가 다시금 걱정되었다. 새벽길에 서둘러 재를 넘어가는 걸 보았는데 어제보다 더 늦었다.

"아무리 바빠도 억손이 일을 거들어 줄걸……"

마고는 호미질을 하다 말고 멈춰서 자꾸 고갯마루 쪽을 돌아보았다.

그때 억손이가 약속한 그대로, 고갯마루에 밀짚모자 그림자가 길게 나타났다. 새벽길에 끌고 가던 덩치 큰 소는 가죽만 남은 듯 앙상해져서 소몰이꾼을 뒤따라오고 있었다.

"억손아, 소가 왜 홀쭉하게 가죽만 남았니?"

"아, 아니에요! 그럴 수도 있죠, 뭐. 일만 시키고 제가 뭘 좀 못 먹였어요."

마고는 억손이가 말을 더듬거리는 걸 수상쩍게 생각했다.

다음 날, 억손이는 또 마고를 찾아갔다. 마고가 세 번째 부탁까지는 들어주지 않을 것 같아, 마지막 부탁이라고 하면서 손을 싹싹 빌었다.

"이번이 정말로 마지막이에요. 물레방앗간에서 자꾸 일손이 필요하다고 하네요."

소도 여위어 가지만, 그 주인인 억손이는 더 여위어 가고 있었다. 그래서 마고는 이번에는 물레방앗간에 직접 가서 일을 거들기로 했다.

"억손아, 오늘은 내가 대신 일을 봐줄게. 너는 들에 앉아 소에게 풀을 먹이렴."

"아, 안 돼요! 절대 안 돼요!"

억손이가 풀쩍 뛰었다.

"왜 안 된다는 거지?"

"물레방앗간 문이 작아서 마고님은 들어갈 수 없어요!"

"난 이렇게 작은 문이라도 들어갈 수 있어."

마고는 손가락으로 조그만 세모문을 만들어 보였다.

"물레방앗간은 천장도 낮은걸요!"

마고는 마음이 아팠다. 마고는 천장이 낮은 집을 가장 좋아했다. 그걸 억손이가 모를 리 없는데, 그 사실을 까맣게 잊고 자기 앞에서 까마귀 같은 두 눈을 까막거리고 있지 않은가!

"그럼, 할 수 없구나……. 어서 다녀오렴."

억손이는 흘끔흘끔 뒤를 살피며 재를 넘어갔다.

해가 다 질 때까지 마고는 아무 일도 하지 않고 억손이를 기다렸다. 그러나 억손이는 끝내 나타나지 않았다.

마고는 억손이가 힘은 세지만 눈이 어두운 걸 알았다.

'억손이가 개울에 처박히면 어쩌나!'

걱정하던 마고는 넌지시 재 너머 마을로 고개를 내밀어 물레방앗간을 들여다보았다. 억손이는 물레방앗간 처녀와 사랑을 속삭이느라 마고가 온 것을 미처 모르고 있었다.

'억손이가 나를 속였구나. 그것도 세 번씩이나!'

마침내 억손이가 밤늦게 돌아오자 마고는 반가워하며 불렀다.

"억손아! 잘 다녀왔니?"

"에이! 들어가 주무시지 않고 지금까지 기다렸어요?"

"오늘은 퍽 지쳐 보이는구나."

"머리가 좀 아파요."

억손이는 귀찮다는 듯이 내뱉었다.

"억손아, 오늘은 해가 없으니 네 밀짚모자 그림자를 찾을 길이 없구나. 그래서 넌 네 모자 밑으로 여우 꼬리가 나와 있는 것도 모르는구나."

마고의 말에 억손이는 듣기 싫다는 듯이 말했다.

"여우 꼬리는 무슨 여우 꼬리예요? 그런 엉터리없는 소리 마세요."

억손이는 지친 나머지 쓰고 온 밀짚모자를 외양간에 내팽개치고 집 안으로 들어가 쓰러져 잠들었다.

그날 밤 억손이의 밀짚모자 속에서 여우가 여러 마리 기어나와, 순하디순한 억손이네 어린 소들을 모조리 잡아먹었다.

다음 날 억손이는 텅 빈 외양간 바닥에 주저앉아 땅을 치고 울었다. 그러나 모든 일은 이미 끝난 후였다.

"억손아! 나를 세 번이나 속이다니."

그 뒤로 억손이는 마고 거인을 다시는 만나지 못했다고 한다. 물레방앗간 처녀도 홀연히 떠나 버렸음은 물론이다.

어느새 억손이의 집이다.
앞마당에 핀 흰 산딸나무꽃이 달빛에 두드러지게 환하다.
억손이가 아후 잠자리로 건초를 깔아 주는 동안, 곤잠은 아후를 어루만지며 약속했다.
"걱정 마, 아후······. 내가 다물을 꼭 구해 낼 거야."
참 푸짐한 달빛이다.
억손이는 물레방앗간이 건너다보이는 물가 어디쯤에 멀찌감치 섰다. 손깍지를 끼고 목을 감싼 뒤 푸념하듯이 말했다.
"그때 난 달아오른 대장간의 불덩이었어. 좀 더 현명하게 물레방앗간 처녀를 사랑할 수도 있었을 텐데······."
"어떻게 말이야?"
"거짓말을 하지 말았어야 했어. 진짜 사랑이라면 거짓말을 하지 말고 참고 이겨 내야 했는데. 거짓된 내 마음이 참 예쁜 사랑을 못 보게 했어."
"형······. 그런 일이 있었구나."
"뭐, 이젠 다 지난 일이지. 그 물레방앗간 처녀는 거짓말하는 나를 앞으로는 못 믿을 것 같았던지 그냥 떠나 버리더라."

"······."

"야, 근데 넌 무슨 생각을 그리 골똘히 하냐? 너도 지나온 얘기 좀 해 봐라."

곤잠은 다물과 함께 여행을 떠나오다가 비밀시장을 지나게 된 이야기, 다물이 끝내 죽지 않는 나라로 가겠다고 해서 싸우고 그 뒤로 헤어지게 된 이야기까지 들려주었다. 억손이는 가끔 혀를 끌끌 차면서 곤잠의 이야기에 귀를 기울였다. 곤잠의 이야기가 끝나자 억손이는 달빛 속에서 하얗게 치뜬 소년의 눈을 가만히 들여다보았다.

"쉽지 않은 일이긴 해. 하지만······, 너희가 꼭 다시 만나길 빌어. 그런데 그 애를 찾으러 꼭 죽지 않는 나라로 가겠다고 하니 걱정은 된다."

"형, 우리는 내일 죽지 않는 나라로 떠날 거야. 그런데 그 나라는 어디로 가면 돼? 형은 예전에 여러 나라를 다녀 봐서 잘 알 거 아냐."

"나도 들은 이야기로만 알지. 그 나라에 가려면 빛 세계와 어둠 세계가 탯줄처럼 이어진 그런 좁고도 좁은 '빛과 어둠의 길'로 가야 한다고 해."

"아, 형! 도대체 그런 수수께끼 같은 길을 어떻게 찾지?"

"글쎄, 사실 나도 여러 나라를 다녀 보았다고는 해도 가 본 곳보다는 안 가 본 곳이 더 많아. 알고 보면, 저 깊은 땅속에 있다는 흰 뱀의 굴도 못 가 보았지."

"형, 그런 곳은 별로 가 보고 싶지 않은걸."

"그렇기도 하군. 사실 죽지 않는 나라도 대체로 가 보고 싶지 않은 나라가 아닐까."

"맞아. 그런데 형! 죽지 않는 나라인데 죽어야 갈 수 있는 나라라고 해."

"그게 무슨 말이야? 죽어야 갈 수 있는 나라라니?"

"으응, 예전에 내가 들었던 이야기가 그래."

"어이쿠, 애송이! 그 말을 그대로 믿은 거야?"

"어? 그럼 그게 아니야?"

"아무렴. 그건 그만큼 죽지 않는 나라는 가기 힘들다는 뜻이지."

"그런 거였어?"

곤잠은 기쁨 반 절망 반 섞인 표정으로 머리를 긁적였다.

"그럼! 그래서 사람들 사이에 그렇게 소문이 퍼진 거라고 봐야지."

"형, 그러니까 갑자기 죽지 않는 나라에 꼭 가 보고 싶다."

"그래, 꼭 그렇게 될 거야. 어떤 나라로든 너희 때는 모험을 많이 해 보는 게 좋아."

"그 애는 꼭 그 길을 찾아내고 말 거야. 우리도 그 길을 찾아 떠날 거야."

"오, 겁쟁이! 많이 용감해졌는걸?"

"형! 그딴 소리 하면 당장 떠날 거야."

"아, 앗! 미안해."

"그런데, 나 어떡하지?"

"뭘 말이야? 뭘 어쨌다는 건지 말을 해 줘야 알지."

"나……, 그 애를 영영 잃어버리면 어쩌지? 나, 사실 거짓말 했어. 그 애한테……."

곤잠은 울먹였다.

"사실은……, 그 애한테 죽으라고 했어! 혼자 가 버리라고 소리쳤어. 그건 다 거짓말이었어. 난 어쩌지……. 그 애를 다시 찾지 못하면 말이야."

억손이는 소년의 어깨를 단단히 붙잡고 말했다.

"곤잠! 중요한 건 말이지……. 네가 거짓말을 세 번 했느냐 하는 거야. 자, 말해 봐. 솔직하게!"

곤잠은 울음을 뚝 그쳤다.

"형!"

"……."

"두 번이야!"

곤잠은 곰곰이 따져 보고 말했다.

곤잠은 다물에게 솔직하게 말하지 않고 거짓말한 적이 한 번 더 있었다. 그것은 고목나무 할아버지의 나뭇가지에 올라앉아 있을 때, 소녀 몰래 혼자 울고 있었을 때였다. 그때 소녀가 자기에게 꼬치꼬치 더 캐묻지 않았던 것만 해도 지금 돌아보면 정말 고마운 일이다. 그렇지 않았더라면 몇 번이고 거짓말에 거짓말을 더했을 것이라는 생각이 새삼 들었다. 곤잠은 그날 아침에 몰래 어딜 다녀왔는지 소녀에게는 거짓말로 둘러대고 자기만의 비밀로 하고 싶었다.

그때 거짓말한 것까지 포함해서 이번에 그 횟수까지 속이면 세 번이나 거짓말하는 셈이니까, 곤잠은 솔직하게 털어놓았다.

"어이, 겁쟁이! 나머지 한 번은 소녀에게 용기를 보여 줄 수 있는 기회야!"

억손이는 소년이 어깨를 으쓱해 보이자 '좋아!' 하고 대꾸하듯 눈을 찡긋해 주었다.

어두운 밤중에 그들은 '빛과 어둠의 길'에 대해 더 이야기를 나누었다. 억손이는 여기 물레방앗간 마을을 휘돌아 산모퉁이를 돌아가면 사람들이 잘 다니지 않는 아홉 병풍 골짜기가 나타나는데, 그 웅장한 절벽 골짜기 길은 아침부터 밤이 될 때까지 걸어가도 계속 이어진다고 했다. 그리고는 말끝에 '그래서 빛과 어둠의 길이 아닐까.' 하고 덧붙였다.

"형, 난 그 길을 따라 걸어가 볼래. 지금은 무슨 길이라도 가 봐야 하니까 말이야."

"그래, 여기서 나가는 길은 그 길 하나뿐이니까 할 수 없지 뭐. 좀 기분이 먹먹해지는걸."

"다물이 갑자기 그 아홉머리 괴물 그림자에 끌려간 것에 비할 바는 아니지. 그런데 형, 혹시 그쪽이 동쪽이거나 남쪽은 아니지?"

"그럼, 그 길은 처음에는 북쪽으로 쭈욱 이어지다가 나중에는 서쪽으로 쭉 이어진단다. 어느 길목쯤 되면 무작정 해가 지는 방향으로 걸어가면 될 거야."

"아! 형, 정말 다행이야. 그 길이 북쪽으로 가다가 다시 서쪽 방향이 된다는 게. 어서 자야겠어. 내일 일찍 떠나려면."

"애고, 참. 귀여운 애송이 녀석."

곤잠은 빨리 잠을 청하려 억손이로부터 얼른 돌아누워 버렸다.

마침내 떠나야 할 아침이 되었다.

곤잠의 발걸음은 가벼웠다. 왜 지금까지 자기가 들어왔던 이야기 하나에만 생각이 묶여 있었을까, 후회가 되면서 피식 웃었다. 사람들이 전하는 이야기 뒷면에는 전하지 못하는 또 다른 이야기가 있다는 것을 곤잠은 깨달았다. 곤잠은 마음까지 가벼웠다. 이제는 어떤 길을 가더라도 두렵지 않을 것 같았다.

"곤잠, 우리 또 언제 보냐?"

억손이는 섭섭한 듯이 짐짓 크게 말했다.

"형, 잘은 모르지만 우린 또 어떤 길에서 만날 거야."

"어이쿠, 곤잠이! 이제부턴 애송이란 말 안 쓸게."

"형, 난 다물과 여행을 하면서 알게 되었어. 앞날의 길은 꼭 정해져 있지만은 않다는 거야. 가다 보면 자꾸자꾸 새로운 길이 생겨. 어쩌면, 빛과 어둠의 길도 곧 찾을 수 있을 것 같아. 난 그렇게 믿고 가 보려고."

"그래, 그래! 더 늦기 전에 떠나. 자꾸 아쉬움만 커진다!"

억손이는 뿌듯하게 웃어 주면서도 어서 떠나라고 자꾸 손사래를 쳤다. 바쁜 시늉을 하는 듯 물레방앗간 쪽을 자꾸 돌아다보기도 했다.

이렇게 해서 아쉬운 작별을 한 곤잠은 아후와 함께 우선 억손이가 알려 준 방향으로 길을 나섰다. 물레방앗간 마을을 휘돌아 산모퉁이 길을 돌았다. 그랬더니 과연 그 길은 북쪽으로만 쭈욱 이어지는 듯했다.

"아후, 나중에는 다시 서쪽으로 길이 이어질 거야."

곤잠은 언젠가 이 길이 다물을 다시 만나게 되는 길로 이어질 거라고 굳게 믿었다.

드디어 아홉 병풍 골짜기가 시작되었다. 절로 입이 벌어지도록 아름답고 웅장한 풍경이 눈앞에 펼쳐졌다. 풍경은 접혔다가 펼쳐지고, 펼쳐졌다가 접혀지고, 그래서 병풍 골짜기인가 싶었다.

깎아지른 절벽 밑으로 흰 물살은 바위를 치고 돌며 세차게 흐르고 있었다. 그 세찬 물소리와 힘찬 물살의 모양에 곤잠은 절로 가슴이 벅차올랐다.

절벽 위로 자라난 나무 군락 위로 한낮의 해가 비칠 때, 그 나무 사이로 뚫고 나온 빛살이 골짜기 그늘 속으로 화려한 빛 부채를 아름답게 펼쳤다.

그 광경을 보던 곤잠은 갑자기 가던 길을 잠시 멈췄다. 그리고 아후를 돌려세우고 말했다.

"아후, 너도 물론 눈치챘겠지?"

'……'

"뭐긴! 여기가 바로 빛과 어둠의 길이야!"

소년의 두 눈에는 자랑스러움이 가득 차올랐다.

"저 절벽에 내리비치는 햇살을 봐. 이 아름다운 병풍 골짜기를 빛과 어둠의 잔치로 만들고 있어."

아후의 두 눈은 파랗게 일렁였다.

'그래, 곤잠.'

"아후, 이 길은 좁아 보이지만, 아마도 그럴수록 점점 다물이 있는 곳과 가까워지는 것 같아."

이렇게 생각하자 곤잠은 정말 더 힘이 솟구쳤다.

다물, 비밀 감옥에 갇히다

알지 못할 커다란 힘에 붙잡혀 캄캄한 굴속에 갇힌 다물은 그곳이 어딘지 알지 못한 채 어둠 속에 웅크려 앉았다.

그때 어둠 속에서 정답게 다물을 부르는 소리가 들려왔다.

"다물……."

"누구세요? 아, 어떻게 제 이름을 아세요?"

두려움에 떨던 다물은 조금이나마 마음의 위안을 얻었다.

"……."

"저……, 누구세요?"

다물이 다시 물었다.

"그냥 네 아버지를 아는 사람이란다."

"캄캄해서 아무것도 안 보여요."

"내 눈에는 네가 잘 보이는구나. 손을 내밀어 보렴."

다물은 손을 내밀었다. 그러자 따뜻한 손이 거기 있었다.

"손이 따뜻한 걸 보니 설마 그 나쁜 비밀 장사꾼은 아니겠지요?"

"그럼. 눈을 감아 보렴. 그러면 오히려 내가 더 잘 보일 거야."

다물은 눈을 감으나 뜨나 똑같은 어둠 속에서 가만히 눈을 감아 보았다.

조그만 오색 초롱불 아래, 검정 테 안경을 쓴 아저씨가 서 있는 모습이 보였다. 체구가 무척 작은 그 아저씨는 따뜻하게 웃고 있었다.

"자, 내가 이 나라의 도시를 구경시켜 주마. 내 손을 놓지 말고 따라오렴."

"……"

다물은 어느새 온갖 새소리가 들리는 실내 정원을 지나고 있었다. 그곳은 말할 수 없을 만큼 아름다웠다. 깔끔하게 정돈된 풀밭과 자로 잰 듯 반듯한 꽃밭, 색색의 나뭇잎들……. 높고도 높은 빌딩의 높은 천장에는 알록달록한 열기구들이 천천히 이동하고 있었다.

이상하게 다물은 날아갈 듯이 몸이 가벼웠다. 구두가 벗겨진 채 맨발로 붕 떠 있는 게 아닌가 싶었다.

도시 곳곳에는 머리가 어지러울 만큼 향기롭고 화려한 꽃이 정신없이 피어 있었다.

"이 도시의 꽃들은 지지 않고 늘 피어 있단다. 시들지 않는 꽃이지."

"아! 신기해라."

"새들도 아침부터 저녁까지 지치지 않고 노래한단다. 새들은 우리 귀를 즐겁게 해 주려고 태어났거든. 꽃은 우리에게 기쁨과 향기를 주려고 피었지."

"아, 그건……. 꼭 그런 것만은 아니에요, 아저씨."

"오, 그러냐?"

"그럼요! 꽃도 새도 자기들 세계와 권리가 있는걸요. 어쩌면 거꾸로일 수도 있잖아요. 어쩌면……, 새들의 노래를 들어 주고 꽃들이 피는 아름다움을 만나 보려고 우리가 태어난 것이죠!"

다물은 쫑알거리고 다시 물었다.

"그런데 여긴 어디죠?"

"궁금하니?"

"……."

"나중에 말해 주마. 네 귀여운 눈이 깜짝 놀라게 말이다."

실내 정원을 돌아 나가서 이번에는 거울처럼 반들반들하고

쭉 뻗은 길 위를 걸었다. 그 아래쪽으로는 남자들과 여자들, 할머니들과 아이들이 돌을 하나씩 옮겨 나르며 성을 쌓고 있었다. 성돌은 번쩍번쩍한 황금빛이었다.

"와! 진짜 휘황찬란한 곳이네요."

"그렇지?"

"그런데 왜 그런지 정이 붙지 않네요."

"그러니? 그럼 이제 숲으로 가 볼까?"

'숲'이라는 말에 다물은 뛸 듯이 기뻤다.

"아! 이 도시에도 숲이 있는 거예요?"

"그럼, 그럼! 숲에는 사시사철 달콤한 열매가 열리는 나무가 있단다. 그냥 따 먹기만 하면 되지. 아까도 이야기했지만, 밤낮으로 노래하는 새들은 나무에서 잠자고, 시들지 않는 꽃들은 꽃밭에서 피어나지. 죽지 않는 나무도 있단다."

"예? 그 나무엔 뿌리가 있나요?"

다물은 냉큼 물었다.

"아! 그런 건 땅 밑을 파 보아야 알지."

다물은 이상하게도 정이 느껴지지 않는 주위 풍경을 의심스러운 눈초리로 보았다.

"놀라지 마라, 얘야. 숨 쉬지 않으면서 언제까지나 살아 있는 동물도 있단다."

"그런 동물도 있어요?"

"이곳은 없는 게 없단다. 누구나 꿈꾸는 것을 다 만들어 낼 수 있지."

사람들은 활기차게 걷고 있었다. 큰 가방을 들고 왔다 갔다 하며 종이 서류를 들여다보거나 열심히 계산기를 두드렸다.

"오늘 들어온 비밀 값은 모두 얼마지요?"

"오늘 나간 비밀은 모두 몇 개지요?"

이렇게 서로 묻고 답하면서 비밀 계산을 하고 있었다. 큰길에는 비밀 은행과 비밀 가게들이 즐비했다. 큰길 뒤 좁은 골목에는 비밀 보관소와 비밀 세탁소가 띄엄띄엄 자리했다.

"어떠니? 모두 바쁘게 살고 있지?"

"그런 것 같아요. 그런데 우리 동네 아저씨들은 '참 예쁘구나!' 하고 지나가면서 저에게 웃어 주시는데, 여기 사람들은 눈길조차 주지 않네요."

"그건 아직 네가 이곳 시민이 되지 않아서 그렇단다."

"시민 자격도 있어요?"

"그럼! 어디나 시민 자격이 있지. 어떻게 해야 시민이 될 수 있는지 궁금하지?"

"……."

"나중에 말해 주마. 네 귀여운 귀가 번쩍 뜨이게 말이다."

토끼 옷이나 돼지 옷, 너구리 옷을 입고 다니는 사람들이 가끔 다물의 눈에 뜨였다.

"저 사람들은 꼭 짐승처럼 생겼어요."

"그렇지? 모두 자기가 좋아하는 짐승 모양으로 몸을 치장하고 꾸미는 거란다."

"……."

"여긴 짐승들의 낙원이란다."

"짐승이 많아요?"

"그렇지. 짐승들은 집세를 내지 않아도 되는 그들의 방을 가질 수 있어. 계약서 같은 것도 필요 없지. 아침, 점심, 저녁때마다 사람들은 그들에게 먹이를 던져 준단다. 짐승들은 이제 사람이 없으면 살아갈 수 없게 되었어. 하나에서 열까지 보살핌을 받고 있거든. 죽음까지도!"

'죽음!'

이 한 단어가 다물의 가슴 안쪽을 찌르는 듯했다.

"아저씨, 사람은 누구나 한 번은 죽지요?"

"그렇지."

"지금 혹시……, 제가 죽은 거예요?"

"아니. 넌 죽지 않았어. 넌 언제까지나 죽지 않을 거야."

"아저씨……, 이곳은 죽지 않는 나라인가요?"

다물은 화들짝 놀라서 소리쳤다.

"그것도 나중에 말해 주마. 네 귀여운 입이 딱 벌어지게 말이다."

다물은 그가 하는 말에 자꾸자꾸 얽매여 갔다.

"아저씨!"

다물은 갑자기 걸음을 멈췄다.

"왜 그러냐?"

"도대체 아저씨가 말씀하시는 그 나중은 언제 오나요?"

"곧……. 곧 그 나중이 된단다. 먼저, 물어볼 게 있다. 이 도시가 마음에 드니?"

"예. 그런데……."

"왜 그러냐?"

"아저씨! 아저씨는 누구세요? 저를 데리고 어디로 가시는 거예요?"

오르막이 시작된 지도 오래였다. 다물은 이렇게 자꾸 올라가다가 어디쯤에서 아찔한 벼랑 밑으로 떨어지게 될까 봐 두려웠다.

"왜 말해 주지 않으세요?"

"……."

다물은 새로운 대답을 더 듣기 전에는 한 발짝도 움직이지 않을 작정이었다.

"물론, 너에게 멋진 도시를 보여 주려고 하는 것이지. 이제 세 걸음만 더 나가면 볼 수 있을 텐데 여기서 멈추겠니?"

"……."

"자, 조금만, 몇 걸음만 더 나아가 보렴."

다물은 그의 손에 이끌려 마침내 몇 걸음을 더 걸었다.

그곳은 더 오를 곳이 없는 성 꼭대기였다. 발아래로는 멋진 신세계 도시가 펼쳐졌다. 도시의 찬란한 빛은 황금빛 쟁반처럼 퍼져 나갔다. 길도, 사람도, 건물도 모두 모두 번쩍거렸다.

놀랍고 꿈만 같았다.

"이곳은 사람들이 꿈꿔 온 도시란다. 이제 거의 다 완성되어 가고 있지."

다물에게는 아까부터 이해되지 않는 것이 하나 있었다.

"아저씨, 그런데 왜 여기는 하늘이 붉어요?"

다물은 죽지 않는 나라에는 파란색이 없다던 곤잠의 말이 새삼스럽게 떠올랐다.

"그래……. 네 말대로 이곳에는 파란색이 없어. 파란 하늘도 푸른 시냇물도……. 그리고 파란 눈의 사슴도……. 다 갖추어졌는데, 딱 하나가 모자라서 그렇단다."

다물은 눈을 동그랗게 떴다.

"그게 뭐예요?"

"그건……, 그건……."

"……."

"네가 감추고 있는 비밀이란다. 그렇지만 이제는 네가 왔으니……."

다물은 깜짝 놀라며 말했다.

"그, 그게 무슨 말씀이세요?"

"네가 갖고 있는 파란 구슬 말이다……. 이곳의 파란 빛이 될 거야."

"……."

"자……, 이제 제단으로 올라가서 파란 구슬을 바치고 오렴."

"아저씨……."

"왜 그러니?"

"지금이 아저씨가 말한 그 나중인가요?"

"그렇단다. 바로 지금이야."

다물은 몹시 떨렸다.

눈앞에 아홉 개의 계단이 이어지고 그 위에는 사각형 제단이 보였다. 동물 조각상이 계단마다 장식되어 있고, 제단은 노을빛을 받아 타는 듯이 붉게 물들어 있었다. 계단 꼭대기에는 동굴집이 있었는데 누군가 그 안에 앉아서 무얼 하고 있는지 한쪽 벽면에는 아까부터 그림자가 어른어른 흔들렸다.

이끌리는 힘에 의해 다물이 첫 계단을 디디려고 할 때였다.

'다물······, 이 파란 구슬은 네가 마고를 만나러 가는 비밀의 문 세 개를 무사히 지날 수 있도록 도와줄 게다. 구슬을 놓치거나 잃어버려선 안 된다······.'

백결 할아버지의 엄한 눈빛이 떠올랐다. 다물은 정신이 퍼뜩 들었다.

"아, 안 돼요!"

"······."

"그럴 순 없어요!"

"······."

그는 말없이 다물의 손목을 쥐고 손아귀에 힘을 주었다.

"이거 놔요!"

다물은 손을 뿌리쳤다.

방금까지 꿀처럼 달콤하게 말하던 그의 얼굴은 흉측하게 일그러졌다. 심지어 이번에는 무릎까지 꿇고 다물을 불렀다.

"얘야······."

조용히 자기를 부르는 나직한 그 목소리에 다물은 움직일 수 없었다.

"난 네 아버지란다……."

"그럴 리 없어요……. 그럴 리가요!"

다물은 울음을 터뜨리며 도리질했다.

"네가 못 믿으니 어쩔 수 없구나. 다물……."

"……."

"네 이름은 석다물이지……."

"아, 그럴 리가……. 이 모든 일이 지금 어떻게 된 건가요!"

"자……. 착한 내 딸아. 예쁘게 자라 주었구나."

"아, 안 돼요!"

다물은 몸을 잔뜩 움츠리며 파란 구슬이 든 비밀 주머니를 움켜쥐었다.

"그러면 나도 어쩔 수 없어……."

잠시 뒤였다.

갑자기 그의 모습이 사라지고 보이지 않았다. 끝이 보이지 않는 계단도, 붉은 제단도 사라졌다.

잠시 뒤, 다물은 줄에 칭칭 묶인 채 어디론가 끌려갔다.

"아!"

줄을 끌고 있는 것은 아홉머리 괴물 그림자였다.

다물은 이 도시의 거짓된 모습을 두 눈으로 낱낱이 보았다. 새소리는 기계로 만든 새가 울며 내는 소리였다. 시들지 않는 꽃에서는 향기가 나지 않았고, 나비 한 마리도 찾아오지 않았다. 죽지 않는 나무는 쇠로 만들어 박아 놓은 뿌리가 없는 나무였다. 숨 쉬지 않으면서 언제까지나 살아 있는 짐승은 유리관 속에 박제된 것이었다.

도시 사람들은 비밀 계산만 하고 바쁘기만 할 뿐 조금도 행복해 보이지 않았다.

깊은 땅속에는 짐승들이 칸마다 갇혀서 꺼내 달라고 울부짖고 있었다. 털이 뽑힌 닭들은 어떤 공장에서 대롱대롱 거꾸로 매달린 채 지나갔다. 그다음 공장에선 살코기가 된 돼지 수만 마리가 냉장실에 진열된 채 보관되어 있었다.

참으로 길고 긴 끔찍한 통로였다. 그림자는 스르르 사라지며 말했다.

"이곳은 비밀 감옥이다. 네가 스스로 파란 구슬을 내놓을 때까지 넌 이곳에서 지내게 될 것이다!"

철커덕.

이곳은 어디일까?

이상야릇한 비밀 감옥……. 창살도, 문도, 지키는 이도 없다. 들어오는 문도 없이 어떻게 갇히게 된 걸까?

다물은 진저리를 쳤다.

'아, 어쩌지! 그렇다면……, 결국 여기서 빠져나갈 문도 없는 셈이야!'

이렇게 생각하는 그 순간, 다물은 갑자기 온몸에서 힘이 쫙 빠졌다. 마른 풀처럼 힘없이 쓰러졌다.

검은 허공! 내 두 눈이 별빛이라면! 다물은 노려보듯이 눈을 부릅떴다. 별 두 개가 어둠을 밝히지는 못하여도, 그 어둠이 별 두 개를 지울 수는 없다!

다물은 다시 몸을 일으켰다.

'그래. 길이 있을 거야!'

걷기라도 하지 않으면 언제까지나 그 자리일 테니 말이다. 눈 먼 사람처럼 팔을 내밀어 어둠길을 가늠하며 가노라니, 움푹 꺼진 땅에 뒹굴기도 몇 차례였다. 갈라져서 벌어진 바위틈에 발이 빠져 끼기도 했다.

그런데 이상한 일이었다. 이쪽저쪽 아무리 더듬으려 해 보아도 벽이 만져지지 않았다. 이상한 비밀 감옥이었다.

'그는 누구일까? 어떻게 내 이름을 알았을까……. 파란 구슬을 갖고 있다는 것은 또 어떻게 알고 있었을까?'

다물은 몸부림쳤다.

'아니야! 아니야! 그가 정말 아빠라면 내게서 빛을 빼앗으려고 할 리가 없어. 아빠인 척 나를 어떻게든 구워삶아서 비밀을

뺏으려는 수작이었던 거야!'

그러다가 다물은 이상하게 가슴이 두근거려서, '가만……'
하고 저도 모르게 생각에 빠져들었다.

'파란 구슬이 어떻게 빛이 된다는 것이지? 이 작은 구슬이
어떻게 도시를 완성한다는 걸까? 어쩌면 그는 내게 실마리를
준 셈이야……'

한 꼬리 두 꼬리, 다물의 생각 꼬리는 자꾸자꾸 이어졌다.

'이상한 점은 또 있어. 나를 기절시키고 파란 구슬을 빼앗아
갈 수도 있었을 텐데 왜 그러지 않았을까? 그의 억센 손아귀
는 충분히 구슬을 가로채고도 남았으련만! 왜 그는 나에게 스
스로 제단에 올라가 파란 구슬을 바치라고 한 것일까?'

두려움에 떨던 그 눈빛!

'그래! 내 힘으로 구슬을 지키고 있는 한, 누구도 이 파란 구
슬을 빼앗아 갈 수는 없구나!'

이것은 구슬에 대해 다물이 알게 된 새로운 비밀이었다.

돌이켜 보면, 다물은 파란 구슬의 힘에 그리 의지하지 않았
다. 그렇지만 지금은 그래야 하는 순간이 아닐까!

'내가 모르는 굉장한 힘을 갖고 있을 거야.'

다물은 비밀 주머니를 더듬어 구슬을 확인했다. 구슬을 꺼
내서 손에 쥐어 보았으나 변화의 낌새는 없었다. 다물은 꺼져

들 듯 한숨을 내쉬었다. 사실 구슬이 한 줄기 푸른빛으로 자기 앞을 밝혀 주길 기대했던 것이다.

놀라운 일은 바로 다음에 일어났다.

실망을 안고 구슬을 도로 넣으려는 순간이었다. 어디에 그런 힘을 감추고 있었는지, 구슬은 제 스스로 파르스름한 빛을 발하기 시작했다. 오색 알갱이가 구슬 속에서 동글동글 뭉쳤다 터졌다 뭉쳤다 터졌다 하면서, 점점 그 빛이 강해졌다.

푸른 연기공에서 만들어진 구슬. 그 구슬에서 뿜어져 나오는 오색의 빛 오라기가 다물의 손가락 사이사이로 흘러넘치고 있었다.

다물은 빛 오라기가 흘러가는 곳으로 천천히 걸음을 옮겼다. 오른쪽……, 왼쪽……, 조금 앞서가다가 오른쪽……. 다물은 눈을 동그랗게 뜨며 살짝 웃었다. 구석나라로 가기 전 새부리 바위에 앉아 있을 때 새부리 바위님이 날개를 펼쳐 하늘 높이 태워 주었던 일이 생각나서였다.

그래서 다물은 혼잣말로 조용히 읊조려 보았다. '어둠새야, 날 태우고 여기서 나가 주렴.' 하고. 그러자 어둠 속에서 갑자기 바람이 휘몰아쳤다.

다음 순간 다물의 몸은 붕 떠올랐다.

"우와!"

다물의 몸은 어느새 검은 날개를 길게 펼친 어둠새를 타고 날고 있었다. 다물은 어둠새 목 깃털을 부여잡고 한껏 얼굴을 파묻었다.

어둠새 날개는 이제 눈이 부실 정도로 반짝거리는 빛의 날개가 되어 있었다. 다물은 눈을 찡그려 떴다. 조그만 빛이라도 그 밝음에 적응되기까지는 조금 더 기다림이 필요했다. 통로 저쪽에서도 빛 한 줄기가 벽을 따라 안으로 깊숙이 비쳐 들었다.

'누가 비춰 주고 있는 걸까? 어디에 난 구멍일까?'

다물의 두 눈이 커다랗게 벌어졌다. 빛이 비쳐 드는 구멍이 점차 '세모(△)'로 모양을 갖춰 갔던 것이다.

'비밀 감옥에서 비밀을 지키고, 이제 어둠 속에서 빛을 따라온 다물……. 이제 넌 두 번째 비밀의 문을 찾았구나…….'

다시 들려온 엄마 목소리였다.

"엄마! 그럼 이제 마고 거인을 만나게 되나요?"

'세 번째 비밀의 문을 지나기 전에는 마고를 만나지 못한단다. 너는 꼭 그 문을 지나게 될 거야. 이제 이 두 번째 비밀의 문을 지나가면 죽지 않는 나라에 이르게 된단다…….'

목소리만 울리고 있었다. 어쩌면 이건 자기의 마음 안에서 생겨 나온 목소리일까, 하고 다물은 막연히 생각했다.

또 생각했다. 아니, 그렇게 믿고 싶었다. 이 목소리는 어쩌면, 마고 거인의 또 다른 목소리가 아닐까…….

'죽지 않는 나라……. 나는 이제 정말 그 나라로 가게 되는구나.'

'애야, 거칠고 메마른 땅 깊은 곳에 몸을 숨기고, 마고는 전해 줄 비밀 하나를 간직하고 있단다. 기다리고 있단다…….'

어디선가 꽃비가 흩날렸다.

다물은 갑자기 몸이 떨렸다.

"엄마! 아……, 아버지……, 아빠를 만났어요……."

'속으면 안 돼, 다물! 아빠도 어딘가로 어떤 힘에 의해 휩쓸려 사라졌단다. 너와 같이 깊고 어두운 감옥 속에 갇혀 있어. 그놈은 아빠가 아니라 마고로부터 굉장한 비밀을 빼앗아 차지하려는 무시무시한 놈, 이 세상의 비밀을 혼자 독차지해서 지배자가 되려는 놈, 나쁜 악당이야……. 그럼, 다물…….'

엄마 목소리가 점차 작아졌다.

엄마!

엄마!

다물은 엄마를 애타게 부르며 쫓아갔다.

"엄마! 난 이제 어떻게 해야 해요?"

'어떡하긴……. 길동무가 좋으면 먼 길도 가까우니…….'

또 누군가 빛을 등에 업고 서 있는 것이 보였다. 터벅터벅 발소리를 내며 걸어오는 낯익은 모양은, 눈물이 날 만큼 정겨운

저 모양은!

"얘……, 너니?"

"응!"

곤잠의 목소리가 맞았다.

때를 기다린 듯, 곤잠은 두 팔을 쳐들면서, "만세!" 하고 외쳤다. 둘은 느닷없는 만남에 반가워서 누가 먼저랄 것 없이 손을 붙잡고 부둥켜안았다. 아후도 함께였다.

"다물!"

곤잠이 사정을 설명하기까지는 그다지 시간이 걸리지 않았다. 이야기가 끝나자 두 아이는 떠나갈 듯이 웃음을 터뜨렸다. 스스로 바보 같다고 생각될 만큼 웃었다.

곤잠은 씩 웃고 소녀를 바라보았다. 소녀는 무척 지쳐 보였다. 엉엉 울면서 '엄마! 엄마!'를 외치던 그 가엾은 모습!

다물 역시도 자기가 겪은 이야기를 죄다 늘어놓는 데 긴 시간이 걸리지 않았다. 둘은 벌써 이심전심으로 통하고 있었다.

"다물, 그러니까 우리가 지금 죽지 않는 나라로 가게 된 거야?"

곤잠은 또 만세를 외쳤다.

"저 빛이 들어오는 입구 쪽을 봐, 곤잠. 어디서 많이 본 듯한 그림이지?"

"와! 세모문이네."

"응. 저 세모문으로 나가면 죽지 않는 나라가 있대. 그런데 여기서 나가기 전에 내가 해야 할 일이 한 가지 있어. 곤잠……, 난 어떤 아저씨의 손에 이끌려 이상한 도시를 쏘다녔어. 그 도시의 땅속 굴에는 칸마다 온갖 동물이 갇혀서 울고 있었어……."

"그래서?"

"우리가 빗장만 열어 주면……, 그들은 탈출할 수 있어. 구해 줘야 해……."

"그런데 다물! 우린 어서 여기서 빠져나가야 해."

곤잠이 불안한 눈초리로 말했다. 아까부터 조금씩 땅바닥이 흔들린다고 생각했다. 이대로 굴 안에 남아 있다간 무슨 안 좋은 일을 겪을 것 같다는 생각이 자꾸 들었다. 점차 밝아지고 있는 밖을 불안하게 쳐다볼 뿐이었다.

"다물! 지금 이러고 있을 때가 아니야. 어서 나가지 않으면……."

소녀가 말을 가로챘다.

"잠깐이면 돼! 내가 두 눈으로 똑똑히 봤어. 정말이야! 빗장은 엉성하게 걸려 있어. 아마 이런 곳에 누가 오리라고는 상상도 못 했겠지."

"……."

"곤잠!"

갑자기 소녀가 정색을 하고 불러 세운다.

"응."

곤잠은 짧게 대답하고 소녀의 다음 말을 기다렸다.

"넌 여기 있어……. 금방 갔다 올게."

소녀가 가만히 손을 놓고 활짝 웃었다.

"……."

곤잠은 뒤통수를 얻어맞은 듯, 퍼뜩 정신이 들었다. 억손이의 말이 생각났다.

 '어이, 겁쟁이! 나머지 한 번은 소녀에게 용기를 보여 줄 수 있는 기회야!'

"다물, 어서 앞장서!"

누가 먼저랄 것도 없이, 두 아이는 벌써 좁은 통로 안을 향해 뛰어 들어가고 있었다. 안으로 들어갈수록 빛이 점점 희미해지는 건 당연했다.

오른쪽.

왼쪽.

오른쪽.

위로, 아래로!

"다물! 귀신같이 길을 찾네? 이렇게 꼬불꼬불한 길을 어떻게 찾고 있는 거야?"

곤잠은 마냥 신기해하며 물었다.

"나도 길이 이렇게 복잡한 줄은 몰랐어. 그냥 빛을 따라 걸어 나왔을 뿐이야. 그렇지만 걸어 나올 때 하얀 돌로 살짝살짝 줄을 그어 놓았지. 여길 봐!"

곤잠은 크게 놀랐다.

바닥에 그려진 하얀 줄이 소녀를 이끌고 있었다.

"얘, 내가 왜 금방 갔다 오겠다고 했는지 알겠지? 이제 다 왔어!"

소녀는 총총 뛰면서 오른쪽 모퉁이로 사라졌다. 어디선가 울부짖는 짐승들 울음소리가 들려왔다.

작은 소녀의 발소리를 듣고, 그들은 벌써 발을 구르며 기뻐하고 있었다. 다물과 곤잠은 이 굴 저 굴을 뛰어다니며 갇혀 있는 동물들을 풀어 주었다. 꽃사슴 무리가 갇혀 있는 굴의 빗장도 열어 주었다.

"다물!"

"응!"

이제, 둘은 돌아서 뛰었다. 시간이 얼마 남지 않았다. 곧 먼

동이 튼다.

산에서 돌이 굴러떨어지듯, 요란한 발소리가 굴 안쪽에서 울려 퍼지기 시작했다.

"들켰나 봐, 다물!"

"그런가 봐."

굴에 갇혀서 탈출한 숲속 동물들도 다물과 곤잠을 뒤따라 빛이 비치는 굴 밖을 향해 달렸다. 아후는 벌써 소녀가 거의 다 온 것을 냄새로 알고 있었다.

"아후야!"

"아후야!"

다물과 곤잠은 날개라도 단 듯이 사슴 등에 뛰어올랐다.

아후는 하늘이라도 날 듯이 높이 뛰어올랐다. 굴처럼 뚫려 있는 암녹색 이끼 바위 사이로 사슴은 바람처럼 달렸다. 광활한 숲의 무대가 한눈에 펼쳐지며 싱그러운 풀 냄새가 코끝을 찔렀다.

다물은 달려온 길을 뒤돌아보았다.

'이 길을 다시 돌아올 수 있을까……'

얼마쯤 달리다가 다시 뒤를 돌아보니 산사태가 지듯 큰 소리가 울려 퍼지며 마른번개가 쳤다. 두 아이는 또 한 번 놀라지 않을 수 없었다. 어둠이 빛에 물러가듯, 검은 바윗덩어리가 자기 자리를 스스로 옮기더니 골짜기 아래로 굴러떨어지는 것이었다.

마치 끔찍했던 비밀시장에서 빠져나와 낭떠러지 끝에 왔을 때, 그들이 서 있던 그 바윗덩이가 벼랑 아래로 떨어졌던 것처럼.

벅수 아저씨를 만나다

다물 일행을 뒤따르던 짐승들 무리는 숲으로 숲으로 뛰어들며 숨을 곳을 찾아 흩어졌다. 이 순박하고 착한 짐승들은 숲어귀, 골짜기마다 눈을 내놓고 숨어, 두 아이가 길 끝으로 사라져 보이지 않을 때까지 지켜봐 주었다.

햇살은 더없이 맑고 깨끗했다.

솔밭 사이로 오르막을 오를 즈음엔, 볕 좋은 길을 따라 큰 꽃망울이 탐스럽게 피어올랐다.

'죽지 않는 나라는 어떤 곳일까?'

다물은 가슴이 벅찼다.

'그곳에서 난 마고를 만나는 열쇠를 알게 될까……. 그 열쇠는 무엇일까……. 어서 그곳에 가 보고 싶어…….'

다물은 모든 것을 믿고 싶었고, 믿고 있는 것을 모두 보고 싶었다. 이 세상에 끝이 있다면 자신은 그 끝 어디쯤 와 있는 거라고 생각했다. 그랬다. 꽤 먼 길을 달려온 것 같았다.

두 아이는 서로의 이름을 지치도록 불러 주며 하얀 길을 달리고 또 달렸다.

"다물!"

"곤잠!"

대답하지 않아도 좋았다. 다물은 생각했다.

'곤잠! 이렇게 부를 수 있는 이름이 있다는 것은, 너와 함께 있다는 거야.'

'빛과 어둠의 길'은 젖은 안개를 헤치며 숲 저쪽으로 희미하게 사라졌다. 그것은 풀리지 않는 영원한 수수께끼같이 느껴졌다.

골짜기에서 흘러 내려오는 시냇물이 세차게 흐른다. 아후는 냉큼 개울을 건너뛰었다. 하얀 깃 같은 모래밭이 펼쳐졌다.

"앗, 따가!"

다물은 즐거운 비명을 내질렀다.

볼이 따가웠다. 사슴의 발굽에 채인 모래 알갱이가 거센 바람을 타고 볼을 때렸다.

소나무 숲을 가로질러 빠져나가자, 뜻밖에도 앞이 탁 트이면서 멀리 눈썹 같은 산봉우리들이 차례로 이어진다.

가장 큰 산봉우리 밑에는 서낭 할머니가 살았다.

서낭 할머니는 멀리 '빛과 어둠의 길'을 따라오는 흰 사슴 일행을 아까부터 내다보고 있었다.

"아! 내가 기다리는 그 아이가 오고 있구나. 저 흰 사슴을 보면 알 수 있지. 어서 오너라, 애야……. 어서! 너희에게 들려 줄 이야기가 있단다……."

다물은 놀라서 사슴을 멈춰 세웠다.

"곤잠, 방금 무슨 소리 못 들었니?"

"아니."

다물은 사슴 등에서 내려섰다.

"난 천천히 걸으면서 이곳의 소리를 듣고 싶어. 이렇게 아름다운 곳을 바람처럼 지나쳐 버리는 건 30년이나 눈을 감고 잠자는 것과 다를 게 없어!"

"동감이야."

곤잠도 맞장구치며 사슴 등에서 내려 함께 걸었다. 개울은 아까보다 얕다. 물이 점점 얕아지는 것은 골짜기 안으로 깊이 들어가고 있음을 뜻한다.

다물은 생각에 잠겼다가 물었다.

"얘, 죽지 않는 나라에선 정말 죽는 게 없을까?"

곤잠은 개울 바닥에서 돌멩이를 하나 주워 다시 개울로 던져 버리며 말했다.

"치……. 죽지 않는 게 있을까? 모든 건 다 죽어……."

"죽지 않고 날마다 새로워지는 건 없을까?"

"그런 게 어딨어?"

"……."

"다물! 왜 그래? 입술을 떨고 있어."

곤잠은 깜짝 놀라 물었다.

다물은 어깨를 움츠리고 입술을 떨면서 이상한 눈빛으로 그 자리에 멈춰 섰다.

"곤잠, 가슴이 떨리지 않아? 손이라도 쑥 나올 것처럼 난 가슴이 터질 것 같아. 뭔지는 모르겠지만 가슴이 뭉클해졌어."

곤잠은 소녀의 눈이 가 있는 곳을 찾았다.

"……."

"모든 게 움직이고 있어. 살아 있어……. 바람이, 구름이, 나뭇잎이, 물소리가……. 난 그들이 내게 말하는 소리를 다 들어주고 싶어. 들어 봐……. 곤잠, 그들의 얘기를 듣노라면 난 이 자리에서 한 걸음도 더 뗄 수 없을 거야. 그들이 주고받는 말은 내가 알고 있는 말보다 훨씬 아름다워. 아! 곤잠, 이곳은 정말 아름다워! 이곳에 있는 내가 정말 아름답게 느껴져."

"내 손을 잡아, 다물."

곤잠은 소녀의 손을 잡고 좁은 개울을 지났다. 개울물은 세차고도 부드러우며 속삭이듯이 흘렀다. 산등성이에는 날개같이 미끈하게 깎인 바위가 빛을 받아 눈이 아프도록 반짝였다.

꽃대가 솟듯이, 소년의 마음속에서도 무엇이 쑥 솟았다. 어쩔 수 없이 이 아이가 좋아져 버린 걸 깨달았다.

불같이 화를 내면서 죽을 곳이래도 기어코 와 버린 고집스러운 아이. 고집스러우면서도 그지없이 여리고 따뜻한 아이. 감았다 떴다, 감았다 떴다, 하면서 모든 것이 흥미로운 듯 반짝이는 두 눈. 몹시 엉뚱해서 때론 어디로 가 버릴지 도무지 알 수 없는 아이!

틀림없이 이렇게 따지리라.

'나뭇가지가 어디서 생겨 나와 어디로 뻗어 갈지는 아무도 몰라. 그렇지만, 난 말할 수 있어. 그 수많은 나뭇가지를 가진 나무는 하늘을 향해서 자란다는 걸 말이야!'

다물은 소년을 힐끗 보았다.

무슨 생각에 잠겨 있는지 입술을 사리물고 히쭉 웃으면서, 두 어깨에는 힘이 들어가 있다.

'꾸우-. 꾸우-.'

어디서 멧비둘기 울음 같은 게 들린다.

"애, 그 이야기 알고 있니? 하늘나라, 별나라에서는 밤마다 아이들이 잠잘 때 눈에 별 가루를 뿌려 준대. 그러면 그 반짝거리는 별들이 내려와서 땅나라 겁쟁이 아이들은 용기를 얻게 된대."

"……."

소년은 진홍가슴딱새처럼 한참이나 얼굴이 붉어져 있었다.

한 번도 가 보지 못했던 온갖 숨어 있는 길……. 소녀가 아니었다면 꿈도 꾸지 못했을 알 수 없는 숲속 나라, 그리고 이어지는 또 다른 숲과 끝없는 이야기……. 소년은 의젓하게 고개를 끄덕이다가 한숨을 푹 쉬었다. 그 언제일지, 다시금 구석나라로 돌아가야 할 그때, 소녀는 함께 가 주지 않으리라. 알 수 없는 머나먼 길로 또다시 떠나고 말리라.

"애, 무슨 생각을 그렇게 하니?"

다물은 찡그린 소년의 이마를 툭 쳤다.

"어……."

"곤잠, 왜 물이 반짝이는지 아니?"

소년은 물비늘을 보았다.

"그건 물이 춤추기 때문이야. 날개를 달고 날아가고 싶어서 그러는 거야. 누구나 기쁨에 차면 날개가 솟을 거야. 그렇지 않아? 아……. 물소리를 들어 봐. 멀리서 뛰어오는 말발굽 소리

같지 않아?"

"……."

"왜 나뭇잎이 바스락거리는 줄 아니?"

곤잠은 어리둥절해서 가만히 서 있기만 했다.

무엇을 말하려고 하면 소녀가 다음 이야기, 또 다음 이야기로 넘어가는 까닭이다. 곤잠은 그냥 가만히 귀 기울여 듣기만 했다.

분홍바늘꽃이 물가 축축한 습지에 잔뜩 피었다. 꽃은 작았다. 다물은 불현듯 이렇게 외쳤다.

"곤잠! 꽃이 피는 것은 땅이 노래하기 때문이야. 꽃은 땅의 노랫소리야! 바람이 불면 이렇게 이파리를 오물쪼물 움직이면서……."

"다물."

"응?"

"넌 언젠가 아름다운 책을 쓸 거야. 한 권이 아니라 더 많이 쓸 거야……."

정답게 이야기 나누며 두 아이는 개울을 따라 걷다가 이번에는 자연스럽게 언덕 쪽으로 걸음을 옮겼다. 그곳에는 아후가 먼저 가서 기다리고 있었다.

그런데 어디선가 나귀 방울 소리가 울리더니, 나귀를 앞세운 노인이 삿갓을 쓴 채 지나쳐 갔다.

"뭘 도둑맞지 않도록 조심해라. 요즘은 어딜 가나 도둑이 극성이란다……."

노인의 모습은 이내 사라지고 없었다. 다물은 놀라서 두리번거렸다. 노인의 흰 수염이 무척 낯익게 느껴졌다.

'설마 백결 할아버지였을까.'

곤잠은 '도둑'이라는 말에 움찔 놀라며 속주머니를 더듬었다. 바짝 옷깃을 여몄다.

다물은 따끔거리는 엉겅퀴 잎사귀를 손끝으로 톡톡 건드리면서 이 생각 저 생각을 떠올렸다.

"다물, 여길 좀 봐!"

갑자기 소년이 소리쳤다.

언덕을 뒤덮은 칡덩굴 밑으로, 이끼 낀 돌층계가 깔려 있었다. 돌층계는 언덕 꼭대기까지 이어졌다.

다물은 까닭 없이 가슴이 두방망이질 쳤다.

"다물! 오랫동안 숨겨져 온 비밀 계단일지도 몰라!"

곤잠이 들뜬 목소리로 부추긴다.

희미한 노랫소리가 골짜기를 타고 고요히 울려 퍼졌다.

다물 다물

다물을 부르네.

지나간 것은 법이 되고
뒤에 오는 것은 꼭대기가 되네.

"널 부르고 있어……."
"네 귀에도 그렇게 들리니? 이 목소리는……."
"아는 사람이야?"
다물의 목소리가 떨려 나왔다. '다물…….' 하고 부르는 부드
러운 노랫소리가 메아리 되어 귓속으로 울려 퍼졌다.
"얘, 내 정신 좀 봐! 왜 이렇게 멍청하게 서 있지?"
다물은 정신없이 칡덩굴을 헤치며 돌층계를 뛰어 올라갔다.
과연! 저 아래 골짜기로 장승 깎을 나무를 떠메고 덩덩 춤을
추면서 걸어 내려가는 한 사람! 다물은 기뻐서 폴짝폴짝 뛰었다.
"만세!"
"다물, 무슨 일이야?"
"빨리 올라와! 벅수 아저씨야!"
소녀의 느닷없는 행동에 벙벙해 있던 곤잠은 그제야 돌층계
를 오르기 시작했다.
"벅수 아저씨라니? 좀 자세히 말해 봐."

"얘, 난 아까부터 이 나라에서 하룻밤이라도 머무르고 싶은 생각이 굴뚝같았어. 이렇게 아름다운 곳을 그냥 지나쳐 버린다면 백 년 동안 땅을 치고 울게 될 거야. 그런데 벅수 아저씨가 이 나라에 와 계셨어. 알겠니? 너도 곧 알게 되겠지만, 아저씨는 굉장히 멋진 분이야. 아저씬 온갖 신기한 나라를 다 다니셨지. 이곳에서 벅수 아저씨를 만나다니! 아저씨 집에서 하룻밤 자고 갈 수 있을 거야. 게다가……."

"게다가?"

"아저씨 집에는 과자 창고가 있어. 맛있는 과자가 쌓여 있어."

그러곤 소녀는 '쌔앵' 소리가 날 만큼 날쌔게 언덕 밑으로 사라졌다.

'아저씨가 어떻게 이 나라에 오신 것일까?'

민들레꽃 들판 세 갈래 길에서 가운뎃길로 곧장 가면 장승박이 고개가 있었다. 벅수 아저씨는 그 고개에 해마다 장승을 깎아 세우곤 했다.

범같이 큰 체구에 짙은 눈썹, 정다운 눈빛을 반짝이며 한 발 한 발 천천히 걷던 그 걸음걸이까지 똑같다. 귀밑에서 턱까지 뒤덮인 검은 수염……. 수염 가면을 쓴 것 같은 털보 아저씨! 숲에 앉아서 눈을 감으면 하늘을 나는 새가 되고, 눈을 뜨고 하늘을 보면 바다를 항해하는 선장이 되었던 아저씨!

그랬다. 아저씨는 사람이 살아가는 데 지혜가 그다지 많을 필요는 없다고 하셨다. 또 신기한 나라에서 겪은 이야기를 밤새도록 들려주셨다. 방울새 울음소리를 따라가다가 어느 느릅나무 밑에서 온몸에 깃털이 나고 날개를 가진 사람을 만났다던 이야기는 또 듣고 싶다.

이야기는 끝이 없었다. 끝이 있다면 그것은 이야기가 아니었다.

아저씨는 어느 붉은 사막에서 눈알이 새빨간, 길이가 10미터나 되는 무시무시한 뱀과 이야기를 주고받은 적도 있다.

아저씨의 집에는 신기한 물건들이 넘쳐났다. 때로는 야릇하고 기이한 것이 '참된 것'을 말해 주는 도구가 된다고 하셨다.

아저씨는 해 보지 않은 일이 없었다. 알지 못할 나라의 파수병이 된 적도 있고, 마술 훈련소에서 마차 모는 마부로 일했던 적도 있다. 탄광에서 검은 얼굴로 일하기도 했고, 술을 파는 바닷가 외딴집에서는 술병 나르는 일도 했다.

아저씨는 인생이란 여행과도 같은 거라며, 여행 중에 아무것도 느끼지 못하는 사람은 인생에서도 아무것도 배우지 못할 거라고 하셨다.

아! 나도 그런 여행을 해 보았으면!

"그리고 난 숲으로 돌아왔지!"

숲속을 걸을 때 아저씨는 그 하루의 첫 사람이 된다고 하셨다. 숲에는 보이지 않는 길이 있고, 그 길을 찾게 될 때 사람은 자기가 태어난 처음의 자리로 돌아가게 된다고 하셨다.

아저씨는 종종 수수께끼를 내셨다.

"기둥 하나에 지은 집이 뭐냐?"

다물은 우산이라고 했고, 아저씨는 뒤로 감춘 버섯을 꺼내 놓으셨다.

'아! 아저씨를 이곳에서 만나게 될 줄이야!'

"벅수 아저씨!"

그런데 다시 만난 벅수 아저씨는 뜬금없이 파란 뿔테 안경을 쓰고 있었다. 그 모습이 어찌나 우스꽝스러운지, 다물은 그만 쿡쿡 웃음을 터뜨렸다.

"어머, 그 안경은 언제부터 쓰셨어요?"

"늘 썼지. 안경이 없으면 아무 일도 할 수 없는걸. 근데 넌……. 어디 사는 애니?"

"예? 절 모르시겠어요? 다물이에요!"

다물은 벅수 아저씨의 두 눈을 빤히 올려다보았다.

"글쎄 어디서 보았던가……. 내가 조금 전에 다물, 다물 부르 긴 했다만. 이렇게 다물이라고 하는 아이를 내 눈앞에서 만나는 건 처음인걸."

두 눈을 멍청히 위로 뜬 채 벅수 아저씨의 눈치를 살피던 다물은 기어드는 목소리로 말했다.

"저……, 저, 다물이에요……."

다물은 설움이 북받쳤다. 뒤로 돌아서 쪼그려 앉은 채 큰 소리로 울기 시작했다.

'내가 좋아하는 사람들은 모두 나를 떠나 버리거나, 나를 알아보지 못하는 엉뚱한 병에 걸려 버렸어!'

잠시 뒤 다물의 양 겨드랑이 사이로 큼직한 손이 들어와 몸을 일으켜 주었다.

"얘야, 방금 네 이름이 다물이라고 했니?"

"그래요!"

다물은 소리를 빽 질렀다.

"아! 이게 꿈은 아니겠지? 틀림없어! 아직 널 기억해 내진 못했지만 내가 다물, 다물 하고 부른 건 틀림없는 사실이지."

이때 거친 숨소리를 '푸- 푸-.' 뿜어 대며 아후가 도착했다.

소년은 새빨개진 얼굴을 손부채로 활활 부치면서, 어색한 눈치로 사슴 등에서 내려왔다.

"아는 아저씨야?"

"……."

다물은 눈물이 흥건하게 묻은 손등을 뒤로 감추었다.

"암! 우린 오래전부터 서로 기다려 온 사이지! 자, 내가 사는 장승박이 집으로 가자. 너희를 위한 과자도 많이 있단다."

벅수 아저씨는 골짜기가 떠나가도록 크게 웃었다.

장승박이 언덕으로 오르는 길이었다.

"아저씨, 이곳이 죽지 않는 나라가 맞아요?"

곤잠은 꼭 확인해 보고 싶었다.

"응."

벅수 아저씨는 짧게 대답하고 다시 말을 이었다.

"잃어버린 옛 땅이지. 바로 인간이 마고와 함께 살았던 시대의 땅이란다."

"네?"

다물은 심장이 터질 듯이 기뻤다. 아저씨가 마고 거인을 알고 있었다니!

다물은 마고를 만나기 위해 지금까지 이곳에 오게 된 기나긴 모험 이야기를 들려준 뒤 조심스럽게 물었다.

"아저씨는 마고 거인이 고이 간직하고 있는 비밀에 대해 알고 계세요?"

"쉿."

벅수 아저씨는 조용히 고개를 끄덕이며 손가락을 입술에 갖다 댔다. 몇 사람이 나무 뒤에 숨어서 벅수 아저씨를 손가락질하고 있는 게 보였다.

"아저씨를 흉보는 것 같아요."

곤잠이 말했다.

"어리석은 자들이지. 하나같이 도둑놈들이야!"

"예?"

두 아이는 거듭 놀라며, 벅수 아저씨 뒤로 가 몸을 숨겼다.

아저씨는 혼자 중얼거렸다.

"쳇! 나를 꺾겠다고? 어림없는 수작 집어치워. 어떤 조건을 내세워도 내 마음은 끄떡도 하지 않아! 나 혼자서라도 이 숲을 지키겠어……. 그나저나 큰일이야, 큰일! 이곳 죽지 않는 나라가 사라져 버리면……."

"네?"

다물은 또 놀라서 아저씨 쪽을 보았다.

그러자 벅수 아저씨는 오히려 쾌활하게 웃어 젖혔다.

"그렇지만, 이제 너희가 왔으니 함께 이 나라를 지킬 수 있을게다. 암! 암!"

죽지 않는 나라에서 일어난 일

벅수 아저씨의 집은 낮은 1층 돌집이었다.

돌벽 사방으로 돌아가면서 둥그런 창을 내어 저녁까지 햇살이 비쳐 들게 하였을 뿐 아니라, 어디에 있든 집 안에서 숲 너머 마을까지 내다보이도록 했다.

다물은 소년의 손을 끌고 발을 쿵쿵거리며 이 방 저 방 뛰어다녔다. 채소를 묻은 저장실, 헛간, 뒷마당의 샘터……. 서재에서 다락으로 이어진 계단……. 모두 모두 낯익은 모습 그대로였다.

곤잠은 넋을 잃고 창가에 가 섰다. 바위집에 숨어 살 때, 늘 사방에 빛이 드는 이런 집에서 한 번 살아 봤으면, 하고 꿈꾸었다.

"이리 와 봐, 곤잠!"

다물은 술래잡기 놀이를 시작할 때처럼, 소년의 어깨를 탁 치고 달아났다. 큰방과 작은방 사이로 난 좁은 복도 끝에 서재가 있었다. 그곳은 구석진 안방으로, 그 방 뒤쪽으로 난 좁다란 나무 계단을 올라가면 과자가 쌓여 있는 다락이 있다.

"우와! 되게 멋지다!"

곤잠은 천장까지 책이 빽빽하게 꽂혀 있는 서재를 둘러보며 눈이 휘둥그레졌다.

소녀가 다락에서 쿵쿵거리는 동안, 곤잠은 책을 읽으며 시간을 보냈다. 문득 곤잠은 별스럽게 땅 밑에서 무슨 소리가 울린다는 느낌을 받았다. 이상해서 귀를 쫑긋 기울였다.

그때 소녀가 쌕쌕거리며 뛰어 내려와, "과자 먹으러 가자!" 하고 손을 끄는 바람에 곤잠은 이 이상한 일을 잊어버렸다.

두 아이는 시간 가는 것도 잊고 다락에서 뒹굴고 놀았다. 실컷 놀고 나니 벌써 밤벌레 우는 밤이 되어 있었다.

그런데 벽시계는 '6시 5분 전'에 멈춰 있었다.

다물은 의아했다. 부지런한 벅수 아저씨가 시계가 멈춰 서 있도록 내버려 둘 리 없다. 벅수 아저씨는 두 아이를 번쩍 쳐들고 하하 웃었다.

"너희, 이곳이 죽지 않는 나라라는 걸 잊었니? 시계가 움직이지 않는 것은 시간이 흐르는 걸 느낄 수 없기 때문이란다. 시간은 고무줄 같은 거야. 늘어났다 줄어들었다 제멋대로이지!"

이 말이 무엇을 뜻하는지, 다물은 단박에 알아챘다. 후닥닥 뛰어가 계단 끝에 서서 두 손을 들고 선언했다.

"우리가 머무르고 싶은 만큼 이곳에 실컷 머물겠어요!"

"그렇게 하렴."

죽지 않는 나라에서의 하루는 이렇게 저물어 갔다.

이른 새벽, 벅수 아저씨는 두 아이가 잠자는 다락을 향해 소리쳤다.

"얘들아! 숲이 깨어나고 있어."

다물은 이끌리듯 숲으로 갔다.

숲은 수많은 빛깔과 소리로 깨어났다. 삐쫑 삐쫑 쭈르르 새들의 지저귐, 졸졸거리는 시냇물, 개구리 풍풍 물에 뛰어드는 소리……. 애호랑나비, 죽은 나무에 구멍을 뚫고 사는 사슴벌레, 길섶의 노루오줌풀!

수많은 빛깔과 소리가 숲속을 야단스럽게 꾸몄다.

아침이 되었다. 다물은 벅수 아저씨로부터 놀라운 이야기를 들었다.

"다물……, 이 숲 어딘가에 마고의 발자국이 남아 있어."

다물은 나무 할머니 말이 생각나서 이렇게 되받아쳤다.

"아저씨! 마고 거인은 발자국을 남기지 않는다는 것을 모르세요?"

다물은 숲속에서 길을 잃은 일이랑 나무 할머니를 만나 마고의 숲과 발자국에 대해 들었던 이야기를 좋알좋알 덧붙였다.

"오오, 그래? 다물, 그런데 난……, 진짜 마고를 만났고, 또 그의 발자국도 보았단다."

"네?"

두 아이는 한입으로 소리를 내질렀다.

언제나 그랬듯이 다물은 아저씨가 들려주는 이야기를 모두 믿었다. 그 이야기들은 벅수 아저씨가 실제로 경험하고 들려주는 이야기였으니까!

"마고 거인은 발자국을 남기지 않으려고 비를 맞으면서 걷곤 하지. 어느 비 오는 새벽이었어. 숲속을 걷던 난 빗속에 우두커니 서 있는 마고 거인과 맞닥뜨렸어. 마고는 금세 사라져 버렸지. 신기한 건, 아무리 애를 써 봐도 방금 본 마고 거인의 모습이 떠오르지 않는다는 거였어. 그렇지만 내 앞에 희미한 발자국이 남아 있었지……."

벅수 아저씨는 두 눈을 말똥거리며 듣고 있는 두 아이와 차례로 눈을 맞춘 뒤 다시 말을 이었다.

"마고의 발자국은 여느 사람들과 전혀 달랐어. 둥그렇게 생긴 것이, 마치 큰 공이 살짝 떨어지면서 남겨 놓은 자국 같았지. 그렇게 큰 몸집을 하고서도 사람 발자국보다 깊지 않았어. 마고는 공기처럼 가볍게 걷고 있는지도 몰라……. 다음 날 다시 갔을 때 마고의 발자국은 보이지 않았어. 그 자리엔 낙엽 부스러기만 수북이 덮여 있었단다. 마고 거인을 더 만나지는 못했어. 그렇지만 난 마고 거인이 이 숲에 살고 있다고 믿지 않을 수 없구나……."

"아저씨, 아주 먼 옛날 옛적의 마고 거인이 지금까지도 살아 있는 거예요?"

곤잠은 놀라워하며 물었다.

"그럼! 그러니까 이곳이 죽지 않는 나라지?"

다물이 머리를 굴리며 또박또박 말했다.

"아하, 그랬군요. 이제 알았어요. 죽지 않는 나라의 비밀을 말예요. 죽지 않는 나라에선 시간이 서로 연결되어 뭉쳐 버린 거예요. 그러니까 마치 시간이 '6시 5분 전'으로 멈춰 버린 것 같아요. 하지만 사실은 공존의 시간대였던 거예요!"

"오호, 다물! 아저씨도 거기까진 몰랐구나. 어쨌거나, 얘들아. 중요한 건……."

벅수 아저씨는 잠시 숨을 멈추고 놀라운 표정으로 말했다.

"놀라운 건, 우리가 죽지 않는 나라에서 이렇게 만나게 되었다는 사실이지!"

숲속에서 노랫소리가 들리는가 싶으면, 벅수 아저씨였다.

아저씨의 목소리는 우렁찼다. 그 노랫소리를 들으면서 왕풍뎅이는 긴 톱질을 멈추었다. 바위 뒷동산 풀숲에는 날개를 비비고 잎을 더듬는 여치, 꽃무지, 방아벌레……. 노래의 메아리가 고요히 골짜기를 타고 흘렀다.

다물 또한 숲속에서 잃어버린 수수께끼 비밀을 찾고 싶었다. 자기도 벅수 아저씨처럼 마고 거인을 만나게 되지 않을까, 상상하면서.

'어디 있나요?'

'왜 나에겐 나타나지 않나요?'

'비밀인가요?'

'무서운가요?'

다물은 실망하지 않았다.

'숲은 엄청나게 커다랗고 난 터무니없이 작아! 몸집이 어마어마한 거인에게는 내가 무당벌레 등껍질에 있는 점박이 무늬로밖에 보이지 않겠지. 그런 나를 알아보기란 쉽지 않을 거야.'

차라리 사방이 텅 비어 눈에 잘 띄는 숲속 어느 바위에 앉아 기다려 보기로 했다.

어느 이른 아침이었다.

다물은 숲을 뚫고 들어온 아침 햇살이 산안개와 뒤섞여 물결치는 광경에 흘려 있었다. 그때 숲 가운데에 파란빛 덩어리가 천천히 떠오르는 게 보였다. 쫓아갔다. 그러나 아무리 뛰어가도 결코 그곳에 가까이 다가갈 수는 없었다. 가까이 갈수록 점점 멀어져 갔다.

다물은 바위 위에 앉아 곰곰이 생각에 잠겼다.

'세 번째 비밀의 문을 지나기 전에는 마고를 만나지 못한단다…….'

'세 번째 비밀의 문은 어디에 있을까?'

다물은 더욱 강렬히 이끌리며 숲을 헤매고 다녔다. 해는 꼴딱꼴딱 은구슬처럼 잘도 굴러갔다. 다물은 저도 모르는 사이에 숲속 바위 위에 엎드려 잠들곤 했다.

어느 날, 벅수 아저씨와 곤잠이 숲으로 다물을 찾아왔다. 뒤이어 아후가 덤불숲에서 소녀의 구두를 찾아내 입에 물고 나타났다.

"다물, 몸에 흙을 묻히지 않으면 마고를 만날 수 없어."

두 아이의 맨발을 만지던 벅수 아저씨는 이제 흙을 톡톡 덮어 주며 이야기했다.

"이제 너희는 나무가 되었어. 이 숲을 보렴……. 사람의 지혜라는 것은 모두 이 숲에서 나왔어……."

흙냄새가 피었다. 조그만 멧새 무리가 까맣게 내려앉더니 풀씨 모이를 쪼고 날아갔다. 뒤따라 산까치가 느릿느릿 울었다.

"얘들아, 숲에는 큰 스승이 있단다. 그 스승은 말 없는 가운데 말을 하고, 우리에게 필요한 먹을 것과 잠잘 것, 모든 것을 베풀어 준단다. 숲을 잃어버리면 우린……, 큰 스승을 잃게 되는 거야……."

벅수 아저씨는 흙을 한 줌씩 쥐어 주고 이어 말했다.

"이 흙이야말로 우리 목숨의 뿌리, 녹색의 어머니란다."

다물은 흙에 대해 더 많이 알고 싶었다.

아저씨와 함께 밭을 갈고, 돌을 골라내고, 산열매를 함께 땄다. 소년의 수줍은 손톱 밑에는 까만 때가 박혔다. 흙냄새 풍기는 언덕에 앉아 쉴 때면 먼 산봉우리 밑에서 금 비늘 같은 것이 번쩍, 날았다. 어느 날 아후는 그 빛을 쫓아갔다가 긴 해거름만 끌고 돌아왔다.

다물은 바닥에 글씨를 썼다.

아. 후.

아후는 하늘이 담긴 옹달샘을 '푸–.' 하고 떠먹었다. 모두 함께 떠들고 웃으면서 집으로 돌아왔다. 벅수 아저씨는 멀고 먼 산봉우리를 향해 손을 흔들며 소리쳤다.

"두 아이가 사슴이 되어 가고 있어요!"

두 아이는 물까마귀처럼 물가에서 뛰놀며, 개미집이나 날아가는 새를 살피면서 날씨 알아맞히는 법을 터득해 갔다. 멧돼지·노루·산토끼 발자국을 구별하고, 땅에서 솟아나는 물에도 제가끔 맛이 다르다는 것을 알아 나갔다.

그런 한편, 벅수 아저씨는 점점 나무가 되어 갔다.

아저씨의 얼굴은 방금 캐 온 흙처럼 검붉고, 걸친 옷은 땀이 배어 늘 축축하게 젖었다. 아저씨는 '끄응!' 떠메고 온 나무를 눕혀 놓고 며칠 지내게 한 뒤 장승을 깎아 세웠다. 톱밥과 나뭇조각이 수북수북 마당에 쌓였다. 달이 밝을 땐 그것이 꼭 눈이 쌓인 것같이 하얬다.

어느 날은, "심심하지?" 하고는 손에 쥘 만큼 작은 장승을 깎아 주었다. 아저씨한테선 늘 나무 냄새가 났다.

"죽어서도 향기로운 건 나무뿐이란다……. 애들아, 나무는 죽지 않는다. 살아 있는 1%만 있어도 나무는 죽은 나무가 아니야. 어떤 목숨도 나무만큼 강하지 않아. 사람들이 나무를 베어 가도 왜 나무는 저항하지 않는지 아니?"

"……."

두 아이는 쪼그리고 앉아 아저씨의 너그러운 눈만 깜박깜박 들여다보았다.

"나무는 오랜 세월 견뎌 온 강인한 힘으로, 자기의 모든 것을 주고도 살아갈 힘이 남아 있기 때문이란다."

벅수 아저씨는 두 아이를 숲을 향해 돌려세운 뒤 조용히 일깨워 주었다.

"자, 눈을 감아 보렴. 눈을 감으면 그 숲의 보이지 않는 힘을 느낄 수 있어. 빛, 소리, 따스한 흐름……. 돌, 나무, 꽃, 이 흙한 줌……. 만물이 저마다 신령한 건, 단 하나뿐인 목숨을 갖고 태어나는 까닭이지……. 목숨에 한해서는 누구도 두 번 가질 수 없어. 이 점에서는 우리 모두 평등한 거야. 어떤 목숨도단 하나뿐인 누군가의 목숨을 헛되이 해쳐선 안 되는 까닭이지."

이따금 벅수 아저씨 눈이 슬프게 처지며 눈물이 고여 반짝였다.

어느 날은 마을 사람들이 벅수 아저씨에게로 몰려와 손가락질하며 헐뜯고 갔다.

"이 골치 아픈 사람아!"

"왜 세상을 거꾸로 살려고 하는 거야!"

"자네가 계약서에 도장을 찍지 않아도 우린 이미 결정했어!"

"내일까지 말미를 주겠네!"

그들은 '신세계 개발위원회' 사람들이라고 했다. 벅수 아저씨는 뒷마당으로 가서 조용히 등을 보인 채 앉아 있었다. 다물은 못 견디게 마음이 아팠다.

아저씨는 왜 사람들과 적이 된 것일까?

사람들은 왜 아저씨 마음을 돌리려는 것일까?

"아저씨……, 무슨 일이 있는 거죠?"

꼬치꼬치 캐물었다.

벅수 아저씨는 참을 수 없는 분노를 억누르듯이 부르르 떨었다.

"어리석은 마을 사람들이 이 숲을 몽땅 팔아넘기려 하고 있어……. 개발위원회에서는 벌써 결정을 내렸다고 그러는구나. 모두가 두더지처럼 눈이 멀었거나 조가비처럼 귀가 꽉 막힌 게야. 제 목숨 줄을 제 스스로 죄고 있는 줄도 모르고 있으니!"

"비밀 장사꾼에게 비밀을 팔아 버리려는 게 아니에요?"

"그렇단다. 비밀 장사꾼의 꾐에 홀딱 넘어가서는 뭐든지 닥치는 대로 숲의 비밀을 팔아 버리고 있어! 얼간이들! 모든 것을 숲에서 얻었으면서 자기들에게 집과 땅을 가져다준 건 숲이 아니라 비밀 장사꾼이라고 믿다니! 숲의 비밀이 몽땅 사라지고 나면 그제야 사람들은 후회하게 될 게다."

"아저씨!"

두 아이는 벅수 아저씨를 와락 부둥켜안았다.

"얘들아, 생각해 보렴. 이 숲이 처음부터 사람의 것이었던가 말이지……."

"그래요, 아저씨! 숲은 마고가 처음 만들었어요. 구석나라에서 전해져 오던 마고의 비밀 두루마리에 기록되어 있었어요."

다물은 구석나라의 기억을 떠올리며 말했다.

"얘들아, 왜 여기가 '죽지 않는 나라'인지 아니? 그건, 이 숲 속에 있는 비밀 씨앗이 언제까지나 끝없이 전해지며 살아가기 때문이란다. 그러니까 숲이 사라지면 비밀 씨앗도 몽땅 사라져 버리는 거야. 빌어먹을! 개발위원회 사람들은 저 숲속에 큰 거인이 살고 있다는 걸 아무도 믿으려고 하질 않아. 그들에게 숲은 그냥 단순한 이용 가치일 뿐이야. 이제는 한술 더 떠서 그들은 처음부터 그랬다는 양, 숲의 주인 노릇을 하고 있는걸……. 하지만, 숲이 사라지고 나면……, 그때 우린 돌아갈 땅을 잃어 버리게 되는 거야."

"아, 안 돼요, 아저씨! 그럼 마고는……, 마고 거인은 어떻게 되는 거예요?"

다물은 안타까움에 소리쳤다. 곤잠도 거들었다.

"우린 마고 거인을 만나러 가고 있었어요."

벅수 아저씨는 흥분을 가라앉히고 조용히 말했다.

"그래, 그래! 너무 걱정하지 말려무나. 마고는 붙잡히지 않고, 끝내 사라지지도 않을 거야. 언젠가 마고는 아름다운 모습으로 우리 곁에 돌아올 거야."

"아저씨! 걱정 마세요. 우리가 마고 거인을 꼭 만날 거예요."

"그래, 그래! 너희가 있어서 힘이 나는구나. 마고는 숲이 다 사라지기 전에 어딘가에서 굉장한 비밀을 감추고 숨어 있는 거란다."

"혹시……, 아저씨?"

다물은 주먹을 불끈 쥐고 벅수 아저씨를 불렀다.

"왜 그러니?"

"저기, 거……, 마고 거인이 간직한 굉장한 비밀에 대해 좀 알고 싶어요."

다물은 숨이 꼴깍 멎는 듯했다.

"언젠가 물었지, 다물? 내일 밤 아저씨 서재로 오너라. 모든 것을 가르쳐 주마. 둘이 꼭 같이 오렴."

"왜 꼭 내일 밤이어야 해요?"

다물은 벽시계를 쳐다보았다. 시계는 늘 '6시 5분 전'인데, 왜 내일 밤까지 기다려야만 할까?

"다물……, 내일 밤에 모든 걸 알게 된다. 그때가 되어야 준

비가 되는 거야."

그리고 벅수 아저씨는 단단히 일렀다.

"무슨 일이 있더라도 마을에 내려가선 안 된다."

다음 날이었다.

평소와 다를 바 없이 따사로운 아침이었다. 참새 떼가 햇살을 뿌리며 지붕 위를 날아다녔다. 한여름의 계절을 지나는지 산뽕나무에서 오디가 검붉게 익었다. 산딸기의 진홍색 열매는 온통 아후 차지였다.

아침 내내 다물은 생각했다.

'굉장한 비밀 하나……. 그건 무엇일까……. 그리고 세 번째 비밀의 문은 어디에 있을까? 그 문은 어떻게 지나게 되는 것일까…….'

다물은 첫 번째, 두 번째 비밀의 문을 지날 때 겪었던 모험들을 생각하며 진저리를 쳤다.

벅수 아저씨는 꿀물을 젓고 있었다.

"햇살이 좋을 땐 벌처럼 꿀물이 그립지."

다물은 창가에 앉았다. 거울같이 말갛던 창문이 하룻밤 사이에 희뿌연 먼지로 얼룩져 있었다. 창밖이 잘 보이지 않았다.

다물은 손가락으로 창문의 희뿌연 먼지를 휙, 그었다.

바로 그 순간, 냉혹하리만치 차갑고 날카로운 눈이 나타났다. 방금까지 훔쳐보고 있다가 갑자기 사라진 눈. 숯불처럼 빨갛게 이글거리던, 비밀 장사꾼의 눈이었다!

다물은 얼굴을 감싸고 비명을 질렀다. 날카롭고 차가운 칼날이 볼을 스치는 듯했다.

"왜 그러니?"

"아! 아파요! 여기 제 볼에 차가운 칼날이 스치는 것 같았어요."

"어디 보자."

다물은 벅수 아저씨의 커다란 두 손에 얼굴을 맡겼다.

"괜찮다, 다물. 넌 아까부터 계속 혼자만의 생각에 잠겨 있더구나. 아마도 헛것을 보았을 거야."

"비밀 장사꾼이었어요. 새빨간 두 눈이 저를 훔쳐보고 있었어요……"

"다물! 그자가 파파 할머니의 두루마리 지도를 갖고 다니면서 우릴 끝까지 따라다니며 괴롭히는 거야. 내 손으로 언젠가는 그 지도를 되찾고 말겠어!"

곤잠은 손아귀가 저리도록 주먹을 꽉 쥐었다.

"고마워."

그러나 그렇게 마음을 조금 가라앉히기 무섭게, 갑자기 시커먼 구름 소용돌이가 하늘을 뒤덮었다. 구름은 빠른 속도로 지나갔고, 거센 바람에 창문이 사뭇 뒤흔들렸다. 벅수 아저씨의 텃마당 아래로 쌍날 도끼 그림자가 길게 떨어졌다. 밤이 된 듯 삽시간에 집 안이 캄캄해졌다.

"썩 꺼져!"

벅수 아저씨는 한 손으로 의자를 번쩍 처들고 집 밖으로 뛰쳐나갔다.

그날 밤, 다물은 쉬이 잠들지 못했다. 깜빡 잠들었다가 놀라 깨면, 멀리 울고 가는 쪽독새 울음소리. 아저씨는 아직 돌아오지 않았다.

그러다가 꼬박 잠이 들었다. 꿈결에 다물은 아후의 목소리를 들었다.

'마지막 그때까지 우리는 함께 있을 거야…….'

와! 하는 함성과 함께 사람들이 곡괭이, 낫, 여러 농기구를 손에 들고서 우르르 벅수 아저씨 집으로 몰려왔다. 맨 앞사람은 이글이글 타오르는 횃불을 든 사나이였다. 다물은 숨이 떨렸다. 아직 아저씨는 돌아오지 않았다. 목구멍이 막혀 왔다. 음산한 노랫소리가 울려 퍼졌다.

숨을 곳이 없었다. 어디에도 숲은 보이지 않았다. 뜨거운 불길이 텃마당에 쌓아 둔 나무둥치로부터 치솟았다. 가랑잎처럼 흩어지는 불씨 하나가 오두막까지 튀었다.

'아……, 아저씨.'

아무리 돌집이라고 하더라도 불이 너무 거셌다. 불길은 삽시간에 집을 둘러싸고 타올랐다. 집 안에서 까맣게 불을 꺼 놓고 있었던 탓에, 설마 아이들이 있으리라고는 생각하지도 못한 것일까. 탁, 탁, 탁……. 무언가 탁탁거리며 여기저기 튀어 오르고, 타오르는 불길 너머에는 아후와 소년의 모습이 종잇장같이 흔들리고 있었다. 몸부림쳤다.

누가 어깨를 쥐고 흔들었다. 다물은 떠지지 않는 눈을 간신히 떴다.

"괜찮니?"

소년이 수건을 가져와 땀에 흥건히 젖은 몸을 닦아 주었다.

"아! 꿈이었어. 곤잠, 이 집이 불타는 꿈을 꾸었어."

다물은 아후 쪽으로 고개를 획 돌렸다. 아후는 잠잠히 이쪽을 보고 있었다. 언제나 침착한 눈으로 자기에게 한 가닥 지혜를 알려 주는 흰 사슴 아후.

"뜨거워 죽는 줄 알았어. 내 몸에 불이 붙어서 다 타 버릴 것 같았어. 아, 어쩌지……. 온 산과 숲이 불타고 있었어……. 곤잠!"

다물은 화들짝 놀라서 일어나 앉았다.

"아무래도 아저씨에게 무슨 일이 생겼나 봐. 아저씨를 찾으러 가야 해."

"무슨 일이 있어도 마을로는 내려가지 말라고 하셨잖아."

곤잠은 굳은 낯빛으로 깜깜한 창밖을 쳐다보았다.

"만일 아저씨가 잘못되기라도 하면 어떡하니……. 우린 죽을 때까지 오늘 일을 떠올리며 후회할 거야."

"네 말이 맞아, 다물."

곤잠은 벌떡 일어났다. 또각거리는 굽 소리가 났다. 아후가 따라 나왔다. 다물은 아후의 목을 안고 달래 주었다.

"아후, 넌 여기 남아 있어. 넌 금방 눈에 띄고 말 테니 말이야. 네가 검은 사슴이었으면 하고 바라는 건, 지금이 처음이자 마지막일 거야……. 곧 올게."

다물은 벅수 아저씨에 대한 걱정이 앞서면서도 아후가 무사한 것에 더없이 기뻤다.

'아후, 넌 나의 가장 멋진 동무야!'

짧은 인사를 뒤로하고 둘은 어둠을 향해 걸어갔다. 소년은 가끔 단추를 잠그는 척 손을 놀리면서 안주머니에 있는 주머니칼을 눌러 확인했다.

마을로 가는 길은 세 갈래였다.

하나는 비탈길을 곧장 질러 마을로 내려가는 길이고, 또 하나는 아저씨 집 앞 개울을 따라 미나리꽝이 덮인 조그만 늪지를 지나는 길이었다.

둘의 발길은 자연스럽게 나머지 세 번째 길로 향했다. 그 길은 벽수 아저씨와 손잡고 풀벌레 소리를 따라 걷던 길이었다. 높이 자란 바랭이풀과 그령풀이 엉켜 있어서 숨기에도 좋았다. 오리나무 숲길로 걷다가 숲속 외딴 빈집 앞에서 길을 꺾어 마을로 내려가자는 것이 둘의 계산이다. 그 길에선 마을이 한눈에 내려다보인다.

그런데 외딴 빈집 앞에서였다.

네댓 명이 쑥덕거리며 무슨 일을 꾸미고 있었다. 벌써 주고받던 이야기가 끝난 듯했다.

그때 꽤 큰 덩치가, "그렇다면 방법은 하나뿐이지!" 하고 주먹을 허공에 내질렀다.

다물은 등이 서늘했다.

'그게 무슨 방법일까? 혹시 아저씨를 죽이려는 게 아닐까?'

곤잠이 옆구리를 손으로 찔렀다.

어둠 저쪽에서 누군가 떠오르듯이 나타났다. 비밀 장사꾼이었다! 비밀을 팔려는 사람이 있으면, 그는 어디든 황금빛 챙모자를 쓰고 가방을 든 모습으로 소리 없이 나타난다.

비밀 장사꾼이 나타나자 막 흩어지려던 사람들이, "오!" 하고 다시 모이며 그를 반겨 맞았다.

"비밀을 팔려고 하십니까?"

비밀 장사꾼이 먼저 말을 건넸다.

"값만 잘 매겨 주신다면……."

"원하시는 대로 값을 쳐 드리겠습니다."

"요즘 들어서는 비밀이 꽤 귀해졌소. 숲에 가도 비밀 찾기가 하늘의 별 따기보다 어렵소."

"물론 압니다. 그렇지만 남아 있는 비밀이 있습니다. 비밀 찾기가 어렵다고 걱정하지 마십시오. 비밀은 오히려 귀해질수록 값이 올라갑니다. 마지막 비밀 하나가 남았을 때, 그 비밀은 온 세상과 맞바꾸고도 남을 만큼 값진 것이 될 겁니다."

"이건 값이 좀 나가겠수?"

큰 덩치가 슬며시 뒤에 감춘 것을 꺼내 보인다. 구경하던 몇 사람이 '와―!' 하며 놀라워한다.

"이 호랑이 가죽은 값나가는 비밀 가운데 하나입니다. 요즘 은 워낙 귀해져서 구경조차 하기 어렵지요."

비밀 장사꾼이 말했다. 그러자 팔려는 사람이 더욱 기세등 등하게 말한다.

"가죽에 구멍이 생기지 않도록 하려고 난 목숨을 걸고 이놈 을 손으로 때려잡았소. 원하기만 한다면 우리 집에 더 있소. 게 다가 당신이 원한다면 앞으로 얼마든지 더 구해 주겠소."

다물은 깜짝 놀랐다.

'퍼석' 소리가 나는가 싶더니, 곤잠이 풀숲을 기어 외딴집 뒤로 움직였다.

다물은 마음속으로 소리쳤다.

'허튼짓하면 안 돼, 곤잠! 우린 마을로 가서 아저씨를 찾으면 그만이야! 제발…….'

소년의 이마가 달빛 속에 하얗게 두드러졌다. 소년은 벽에 바짝 달라붙은 채, 두어 걸음 더 비밀 장사꾼 쪽으로 옮겨 갔다.

"방금 무슨 소리 안 들렸어?"

큰 덩치가 말했다. 때마침 나뭇가지에 앉았던 올빼미가 푸드덕 날아갔다.

얼마 뒤 마을 쪽에서 한 사람이 허위허위 길을 올라왔다.

"어이! 곧 회의가 열린다니 어서 내려오게."

"벅수도 오는가?"

"그 골칫거리 벅수는 가둬 버렸어!

"알겠네."

그들은 짓궂게 치고받고 장난치면서 한 덩어리가 되어 유유히 마을로 내려갔다.

이때를 기다려 온 곤잠이었다.

곤잠은 날다람쥐처럼 날쌔게 몸을 날려 비밀 장사꾼을 뒤에서 덮쳤다. 이때 비밀 장사꾼은 두 손으로 자기 머리를 번쩍 떼어 가방에 넣으려고 했다. 바로 그 찰나였다. 그래서 비밀 장사꾼은 달리 어찌해 볼 손이 없었다.

곤잠은 등 뒤에 숨겨 온 나무 막대기로 그의 손을 내리치고 잽싸게 발을 걸어 자빠뜨렸다. 비밀 장사꾼은 제 머리를 두 손으로 쥔 채 앞으로 고꾸라지며 가방을 놓쳤다. 곤잠은 그의 등에 달라붙어 비밀 장사꾼의 어깨 쪽을 팔꿈치로 콩콩 연거푸 내리찧었다. 비밀 장사꾼은 어깨를 감싸 쥐고 고통스럽게 비틀거렸다.

다물은 퍼뜩 정신이 들었다. 비밀 장사꾼의 가방이 벌어져 있었다. 벌어진 가방 틈 사이로 파파 할머니의 두루마리 지도가 보였다. 지금이 기회였다!

그러나 어찌 된 일인지, 다음 순간 곤잠의 몸이 발딱 뒤집히며 비밀 장사꾼 밑에 깔리고 말았다.

"저리 가!"

다물은 곤잠이 당장 어떻게 될세라 엉겁결에 뛰쳐나갔다. 그리곤 비밀 장사꾼의 양 어깨를 있는 힘껏 밀쳤다. 어느새 비밀 장사꾼은 사라지고 보이지 않았다.

"다물……."

꺼질 듯이 부르는 소년의 신음 소리. 돌에 짓이겨진 듯 상처가 난 소년의 이마에는 핏방울이 맺혀 있었다. 다물은 소년의 얼굴을 보듬고 흐르는 피를 닦아 주었다.

곤잠은 그만 정신을 잃고 말았다. 다물은 곤잠을 둘러업고 뛰었다.

"아, 큰일이야! 어쩌면 좋아!"

'모든 게 내 탓이야. 아저씨를 찾으러 가겠다고 고집을 피우지만 않았어도. 미안해……. 곤잠, 제발 정신 차려……. 아, 아저씨는 어떻게 되셨을까!'

다물은 허튼 생각을 떨쳐 내려고 머리를 내흔들었다. 뛰다가 멈춰서 울고, 뛰다가 멈춰서 울기를 벌써 몇 번째였다.

무서운 생각이 불현듯 스쳤다.

'어디에 갇혀 계실까? 발길을 돌려 차라리 마을로 내려갈까? 살려 달라고 할까……. 아, 어쩌나! 아저씨가 돌아오시지 않으면……. 오늘 밤 서재로 오라고 하셨는데. 지금이 바로 그 밤인데……. 마고가 간직한 굉장한 비밀에 대해서도 알려 주시기로 했는데.'

소년을 업은 손아귀가 맥없이 풀린다. 어두운 밤길에 희미한 달빛마저 구름에 가렸다. 길이 어둡다. 다물은 가까운 나무 그늘로 가 소년을 잠시 눕혔다.

바로 이때였다.

어디선가 쇠줄 끄는 소리가 들려왔다. 퍼뜩 정신이 들어 다시 힘을 돋우어 소년을 둘러업으려 했다. 그러자 전후좌우를 살피면서 나무 뒤에 숨어 있던 사람들이 하나둘 나타났다. 이리 가려고 하면 이쪽에서 나타나고, 저리 가려고 하면 또 저쪽에서 불쑥불쑥 튀어나왔다. 몇십 명인지, 얼마나 더 많은 사람이 숨어 있는지 알 길이 없다. 섣불리 움직였다간 도리어 무슨 일을 겪을지 모른다.

다물은 풀숲 밑으로 살금살금 기어가 소년을 조심스럽게 옆으로 뉘었다. 어떻게 하면 저 사람들을 따돌릴 수 있을까? 아무리 궁리해도 뾰족한 수가 떠오르지 않는다.

'어?'

무언가 소년의 가슴팍에서 스르르 미끄러져 나오더니 '툭' 소리를 내면서 바닥에 떨어졌다.

'곤잠……'

다물은 가슴이 꽉 미어졌다. 달빛에 비춰 본 그것은, 정답게 웃고 있는 두 사람의 사진! 이마며 코끝이며 눈매가 꼭 닮은 것으로 보면, 소년의 부모가 틀림없었다.

'그래, 곤잠에게도 엄마 아빠가 있었을 테지.'

무슨 비밀을 혼자 감추고 있는 것일까? 말하고 싶지 않은 그 무엇이 있는 것일까? 그리고 보면, 구석나라에 가 있을 때 소년의 부모를 만나지 못했던 것이 새삼스럽게 떠올랐다. 비록 하룻밤의 일이었지만 거기 모인 다른 아이들의 부모도 보이지 않았다.

'종종 곤잠은 어디론가 사라져 보이지 않았어. 가끔 넘어지기라도 했는지 바짓가랑이에 흙이 묻어 나타나기도 하고, 때로는 몰래 울었는지 눈 밑이 새까매져서는 아무 일도 없었던 것처럼 나타나곤 했어. 저 혼자 남몰래 무언가를 찾고 있었어……. 무엇 때문이었을까? 혹시……, 이 사진과 관계있는 일일까.'

다물은 두 주먹으로 눈물을 훔쳤다.

혼자 간직할 수밖에 없는 비밀, 아픔. 돌이 된 다물의 엄마와 15년 전 이상한 실험을 하다가 사라진 아빠…….

소년에게도 꺼내 놓을 수 없고 감추고만 싶은 비밀이 있는가 보다. 얼마나 꺼내 보고 또 꺼내 보았으면 사진이 이렇게나 닳았을까. 저 혼자 품어 온 소년의 비밀……. 다물은 사진을 도로 소년의 가슴팍 안주머니에 넣어 주었다.

쇠줄 끄는 소리가 점점 가까이 들려왔다. 다물은 숨이 멎는 듯했다. 뱀같이 긴 쇠줄이 소년의 발아래 쪽으로 스르륵 지나갔다. 사람들이 숲속 어느 곳으로 모이고 있었다.

그 가운데에 비밀 장사꾼이 서 있었다!

"여차하면 이 숲에 불을 질러 버리시오. 그 고집불통 벅수 놈이라고 해도 별수 없을 거요. 우린 숲을 이용해야 하니 말이오. 자, 이걸 받으십시오."

비밀 장사꾼이 사람들에게 무언가를 건넸다.

"이 금덩이로 서쪽나라 7만 5천 땅을 살 수 있습니다."

사람들은 금덩어리를 달빛에 비추어 보면서 한마디씩 거들었다.

"제아무리 용한 재주가 있어도 쇠문을 부수고 나오진 못할 걸세. 흐흐……."

"그자는 숲 중독자일 뿐이야! 언제까지나 이 숲을 그대로 내버려 둘 수는 없잖아!"

"이 숲 때문에 우리 도시는 개발을 못 하고 있으니까."

다물은 눈앞이 아찔했다. 사람들 눈이 뒤집혔나 보다. 금덩어리에 미쳐 숲을 불태워 버릴 생각을 하다니!

갑자기 한 무리가 이쪽으로 걸음을 옮겼다.

다물은 소년을 끌고 덤불숲의 움푹 팬 구덩이 속으로 내려가 숨었다. 저벅거리는 무리의 구둣발이 바로 눈앞에서 휙휙 지나간다.

그들은 무엇을 찾는 듯이 풀숲을 뒤적이면서 왔다 갔다 하더니, 열 보쯤 떨어진 큰 바위 밑으로 가서 둘러섰다. 웅성웅성

주고받는 말소리가 들렸다 말았다 한다.

누군가 분통을 터뜨렸다.

"벽수가 사라졌어! 믿을 수 없는 일이야. 어떻게 귀신같이 빠져나갔는지 흔적조차 찾아볼 수 없어. 쇠문도 그대로 잠겨 있었는데."

'아저씨가 달아나셨구나!'

다물은 주먹을 불끈 쥐었다. 모든 것이 분명해졌다. 어떻게든 당장 여기서 벗어나 벽수 아저씨 집으로 가야 한다. 그러나 지금 그들 앞에 모습을 드러낸다는 건 덫에 스스로 발을 던지는 것과 같다.

다물은 꺼질 듯이 한숨만 내쉬었다.

그때였다. 소녀가 알아채지 못하는 사이, 숲속 짐승들이 하나둘 다물을 둘러싸고 모여들었다. 다물이 비밀 감옥에 갇혔을 때, 위험을 무릅쓰고 굴 안으로 들어가 빗장을 풀어 구해 주었던 목숨들이다.

"힘을 내. 우리가 있으니까……. 뒤로 돌아봐!"

그제야 다물은 숲속 짐승들에게 둘러싸인 것을 깨달았다. 무리에서 앞서 나와 앉은 꽃사슴이 말했다.

"우린 널 멀리서 줄곧 지켜보고 있었단다. 알고 있니? 마고의 푸른빛이 너의 몸에도 흐르고 있어. 비밀을 지켜 주는 사

람에게서만 나타나는 빛깔이지. 우리도 힘을 모아 널 돕고 싶
어……. 우리가 떼를 지어 뛰어가면서 소리를 내면 저들은 우
리 쪽으로 달려올 거야. 그러면 넌 반대 방향으로 곧장 뛰어가.
장승박이 고개만 넘어가면 어둠 속에 깜박깜박 불 켜 놓은 벽
수 아저씨 집이 보일 테니까."

"벽수 아저씨가 와 계시니?"

"응. 우린 아저씨 집 앞을 지나서 이리로 왔거든. 왔다 갔다
하시는 게 불빛에 비치던걸."

"혹시 흰 사슴 아후도 보았니? 헛간에 남아 있어."

"아후는 너희를 데리러 여기 와 있어. 벽수 아저씨도 알고 보
내셨단다."

맨 앞자리의 꽃사슴 대장이 눈짓을 하자 나무 뒤에서 아후
가 파란 눈을 빛내며 나타났다. 아후는 몸을 흔들어 자기 등에
덮인 검은 천을 떨어뜨리고 소년의 곁으로 와 앉았다.

그러는 동안 다행히도 곤잠이 정신을 차리고 스르르 눈을
떴다.

고맙다는 인사를 주고받을 틈도 없었다. 꽃사슴이 고개를
젖혀 고갯짓을 하자, 모여 있던 짐승들이 일제히 한곳을 향해
굽을 올리며 달렸다.

"저쪽이다!"

"벽수가 숨겨 놓은 애들이 있어. 그 애들을 인질로 붙잡도록 해."

아니나 다를까, 사람들이 소리가 나는 쪽으로 뒤쫓아 갔다.

아후는 아이들을 태우고 날아갈 듯이 가뿐하게 뛰었다. 달 빛에 개울이 빛났다. 이제 덤불 사이를 지났다. 장승박이 고개를 후딱 넘었다. 보인다! 조그만 등불 같은 벽수 아저씨 집!

"다물! 곤잠! 어떻게 된 일이냐. 내가 뭐라고 했니?"

"아저씨가 걱정이 되어서요……."

"그래, 그래. 돌아왔으니 이제 됐다."

다물은 아저씨를 찾으러 마을로 내려가려 했던 이야기와 외딴 빈집에서 겪은 이야기, 소년이 비밀 장사꾼을 뒤에서 덮쳐 싸우다가 죽을 뻔했다는 이야기까지 모조리 털어놓고는 '으앙―.' 하고 참았던 울음을 기어이 터뜨리고 말았다.

"이런……."

벽수 아저씨는 아후를 다른 곳으로 보내 놓은 다음, 다친 소년을 두 팔로 안아 들고 뚜벅뚜벅 집 안으로 걸어 들어갔다. 그때 다물은 아저씨의 손등에 난 상처를 뚫어질 듯이 보았다.

"아, 이거……."

벽수 아저씨는 개발위원회 사람들에게 붙들려 지하 창고에 갇혀 있다가 빠져나온 이야기를 했다. 어떻게 빠져나왔느냐는 물음에는, "좀 있으면 알게 돼, 다물." 하고 더 말하지 않았다.

"다물……, 네 이름이 왜 다물인지 아니?"

"아빠가 지어 주셨다고 해요."

"다물. 그 이름은 잃어버린 옛 땅을 되찾는다는 뜻이지."

"아저씨가 가르쳐 주셨잖아요. 잃어버린 그 땅은, 아득한 옛날 사람들이 마고와 함께 살았던 땅이라고……."

"그래, 그래. 그곳에서 사람은 본디의 모습을 잘 지키고 있었단다. 그러나 혼자 먹을 걸 독차지하려는 무리의 헛된 욕심에 함께 모여 살던 성은 그만 부서졌고, 사람들은 점점 성에서 멀어져 갔지. 그리고 마고 거인을 까맣게 잊고 말았단다……. 만일!"

"만일이라뇨?"

"이 얼간이 같은 사람들이 계속 계속 비밀 씨앗을 팔아 버려서 이 숲이 모두 사라지게 된다면, 그때부터 사람들은 한 걸음도 더 나아갈 수 없게 될 거야. 이제 어디로 가야 할까? 이렇게 외치면서 그들은 벼랑 끝에 서게 될 게다."

벅수 아저씨의 목소리가 사뭇 떨린다.

"아저씨……."

"그래, 네 이름 속에 뜻이 있구나. 잃어버린 우리의 본디 마음을 찾아가는 길. 그 길의 처음을 찾는 것이야말로 마고 거인을 만나게 될 열쇠가 될 거야."

"그런데 아저씨!"

잠잠히 듣고 있던 곤잠이 끼어들며 말했다.

"그곳이 길의 처음이라는 걸 어떻게 알아요?"

"참 좋은 질문이야. 하지만 지금으로선 아저씨도 딱히 말해
주질 못하겠구나. 그곳이 길의 처음이라는 것은, 그곳에 가서
서 있는 사람만이 알게 될 테니까. 그치?"

곤잠은 잘 이해하기 어려웠지만, 또한 무슨 뜻인지 알 듯도
해서 마냥 고개를 끄덕였다.

"아저씨! 살아 있는 건 모두 심장이 뛰어요."

가슴에 손을 대고 있던 다물이 뜬금없이 소리쳤다. 다물의
엉뚱한 소리에 곤잠은 벅수 아저씨와 잠시 눈짓을 주고받으며
살짝 웃었다. 가끔 던지는 소녀의 한 마디 한 마디는 그 상황을
비틀어 주는 재밋거리가 되곤 했으니까 말이다.

벅수 아저씨는 웃음을 머금고 두 아이를 번갈아 보면서 말
했다.

"맞아. 살아 있는 건 모두……, 심장이 뛰지. 땅도 마찬가지
란다. 사람들이 땅에서 귀를 떼고 살아서 이 땅의 심장 소리를
듣지 못할 뿐이란다."

다물은 곰곰이 생각하고 말했다.

"아저씨, 만일 제가, 아니 다물이 길의 처음에 서게 된다면! 그땐 이렇게 심장 소리가 크게 느껴지듯이, 땅의 심장 소리를 듣게 될 것 같아요!"

곤잠은 옆에서 웃음을 참고 있었다. 소녀는 가끔 흥분한 목소리로 자기의 이름을 마치 남의 이름처럼 넣어서 말할 때가 있다. 그러나 웃음도 잠시, 곤잠의 신경은 째깍거리는 벽시계 소리에 쏠렸다.

"아저씨! 시계가!"

'6시 5분 전'을 가리키며 멈춰 있던 시계가 다시 움직이기 시작했다.

다물은 걱정스럽게 말했다.

"사람들이 몰려올 것 같아요. 아까 숲에서 사람들이 아저씨가 사라졌다면서 떠드는 소릴 들었어요!"

"괜찮다, 다물. 내가 호락호락 당하고 있을 것만 같으냐?"

벅수 아저씨는 땀에 흠뻑 젖은 다물의 머리카락을 귀 뒤로 쓸어 넘겨 주며 어깨를 으쓱했다. 그리곤 잠시 소녀를 내려다보았다.

이 낡은 집에 찾아와 다람쥐처럼 오르내리고 토끼처럼 쫓아다니던 작은 아이……. 숲을 뛰어다니면서 제 세상인 듯 소리치고 명령하고 구르고 고집을 피우던 작은 아이…….

다물은 쫓기는 듯이 자꾸 창 쪽을 보았다.

"이제 때가 된 것 같구나. 얘들아, 어서 이쪽으로 오렴."

벅수 아저씨는 의자를 치우고, 의자 위에 걸쳐져 있던 헝겊 끈을 잡아당겼다. 의자가 놓여 있던 네모 크기의 뚜껑이 열렸다. 밑으로 굴이 이어졌다.

"아후가 먼저 가서 기다리고 있단다."

"마루 밑이 울렸던 게 이 땅속 굴 때문이었군요."

곤잠이 말했다.

"그래. 내가 지하 창고에서 달아날 수 있었던 것도 이 굴 덕분이야. 마침 굴이 지하 창고와 가까웠기 때문에 나는 벽을 뚫고 나온 다음 감쪽같이 흙을 채워서 눈치 못 채게 해 놓았지. 이게 그 증거란다."

벅수 아저씨는 흙 묻은 손을 들어 보이며 씩 웃고는 다시 말을 이었다.

"굴이 오늘에야 다 뚫렸단다. 굴 끝에 이르면 큰 나무뿌리가 보일 게다. 그 뿌리를 타고 올라가거라. 거기에 서낭 할머니가 계신다. 잃어버린 옛땅에 있는 처음 길을 찾게 될 비밀의 열쇠를 알려 주실 게다. 이 사실을 너희에게만 고스란히 전해 주기 위해 서낭 할머니와 내가 아무도 몰래 굴을 파고 있었단다."

"아저씨……."

다물과 곤잠은 눈물을 글썽거렸다. 말은 꺼내지 않았지만 지금은 헤어질 시간이라는 걸, 둘은 알고 있었다.

"이럴 때가 아니다."

벅수 아저씨는 두 아이를 한꺼번에 와락 안고 굴 밑으로 내려다 놓았다. 다물은 벅수 아저씨 팔에 매달렸다.

"아저씨도 여기서 떠나야 해요. 사람들이 이리로 몰려올 거예요. 무슨 일을 저지를지 몰라요! 같이 가요!"

"안 된다."

벅수 아저씨는 매정하게 말을 끊었다.

"저도 안 돼요!"

"다물……, 나는 숲을 지켜야지. 난 불보다 강한 사람이야. 불에 약한 건 내 집과 숲이지."

"……."

"땅 밑으로 마르지 않는 샘물이 흐르고 있단다. 얘들아, 숲이 살아 있는 건 마르지 않는 샘이 있기 때문이야. 내가 왜 이곳에 집을 지었는지 알겠지? 마르지 않는 샘을 비밀스럽게 감춰 두기 위해서였단다. 자, 어서! 서둘러야 해! 샘이 마르면 굴이 막히게 될 거야. 어서!"

다물은 벅수 아저씨 말을 더 거역할 수 없었다. '아저씨, 아저씨.' 하고 울먹이면서 굴 밑으로 내려갔다.

잠시 뒤 아저씨는 고개를 홱 돌리면서 바닥의 뚜껑을 닫아 버렸다.

곧이어 몇십 명이나 되는 사람들이 문을 박차고 집 안에 뛰어 들어오는 소리가 우당탕탕 들렸다. 벅수 아저씨가 발끝으로 자꾸 바닥을 치면서 '어서 떠나라.' 하고 신호를 보내는 걸 알았지만, 다물은 차마 걸음이 떨어지지 않았다.

"난 계약에 동의할 수 없어!"

벅수 아저씨의 목소리다.

성난 마을 사람들이 아저씨를 둘러싸고 있나 보다.

"우린 숲을 이용해야 해."

누군가 비아냥거렸다.

"아, 벅수는 고리삭은 샌님인가? 고작해야 죽어 쓰러진 나무를 끌어안고 씨름이나 하고 말이지."

굵직한 목소리가 말했다.

"이봐, 이제 자네만 손들어 주면 되네. 이건 마지막 기회야."

모두 아저씨의 대답만 기다리는 듯 잠시 조용해졌다.

아후가 먼저 걸음을 뗐다. 다물은 채 떨어지지 않는 걸음을 겨우 떼면서 샘물이 흐르는 굴을 따라 걸어 내려갔다.

불타는 숲

"집어치워요!"

벅수는 바닥을 탕 박차며 개발위원회 사람들을 향해 돌아섰다.

수염을 꼬장꼬장하게 기른 나이 지긋한 이가 나서서 타이르듯이 말했다.

"이보게, 벅수! 비밀 장사꾼을 한번 만나 보게. 자네에게 희망을 줄 걸세. 우리는 모두 뜻을 모았으니, 자네만 손들어 주면 되네. 굉장한 비밀이 있다는 소문이 퍼지면서 이곳은 하늘 모르고 땅값이 치솟고 있어. 이럴 때 한몫 챙겨야 하지 않겠나? 이제 고집을 꺾고 이 숲을 팔기로 하세."

벅수가 벽을 쾅 치며 의자에 털썩 앉으려던 바로 그때, 누군가 문을 탕탕 두드렸다.

"누구요!"

벅수가 채 말을 끝내기도 전에 문이 열리면서 한 사나이가 나타났다.

방 안이 꽉 차 버릴 정도로 큰 덩치에, 땅에 끌리는 검은 외투, 이마와 눈썹을 덮을 만큼 눌러쓴 황금빛 챙 모자……. 실내에서 그를 알아보지 못한 이는 아무도 없다.

그는 비밀 장사꾼이었다!

사람들이 '와–!' 소리치면서 그를 반겨 맞아들였다.

"당신은 숲에 있는 비밀들의 이용 값어치를 우리에게 일깨워 주었소."

"옳소. 당신 덕분에 우리는 미래를 설계할 줄도 알게 되었소!"

벅수는 의자를 쳐들어 비밀 장사꾼을 향해 집어 던졌다.

"모두 미쳤군! 당장 꺼지지 못해!"

비밀 장사꾼은 자기를 향해 날아온 의자를 한 손으로 가뿐히 받아 내고는 모자챙을 살짝 잡았다. 사람들은 그가 모자를 벗으려나 하고 잔뜩 긴장했다. 비밀 장사꾼은 챙에서 손을 뗐다. 그러한 손짓은 단지 그가 사람들의 눈을 한데 모으려는 행위일 뿐이었다.

"도시는 점점 풍요로워지고 있습니다. 우리가 누리는 풍요는 열심히 비밀을 사고팔고 한 것의 결과입니다. 비밀을 사고팔수록 더 많은 가치가 생겨났습니다. 그렇지 않습니까?"

"와! 그렇습니다!"

"바로 이런 이유로, 우리는 끊임없이 비밀을 사고팔아야 하는 것입니다. 여러분의 뒷산과 앞산에 있는 숲을 둘러보십시오. 숲이야말로, 둘도 없는 굉장한 비밀의 보물 창고입니다. 그런데 이 숲을 가만 내버려 둔다니 말이나 됩니까? 이를테면!"

비밀 장사꾼은 잠시 숨을 돌렸다가 말했다.

"비밀을 불에 태우는 방법이 그렇습니다. 불이란 기묘해서 잘만 쓰면 완전히 새로운 비밀을 만들어 냅니다. 숯을 볼까요? 이것은 나무라는 비밀을 불태워 얻은 것입니다. 움막 정수리에 구멍을 내고, 천천히 고통스럽게 나무를 태워 주면 됩니다.

그다음, 벗겨야 하는 비밀도 있습니다. 표범, 사자, 호랑이, 곰, 코끼리⋯⋯. 이렇게 가죽이 붙어 있는 비밀은 가치가 높습니다. 발 없는 뱀은 상처를 내지 않고 가죽을 벗길 수 있어 좋아요. 뱀장어 같은 것은 손지갑 정도엔 안성맞춤인 비밀입니다.

말리는 비밀도 있습니다. 이건 아주 손쉬운 방법입니다. 전갈, 지네, 개구리, 명태, 고사리, 호박, 삼 뿌리⋯⋯. 말리지 못할 비밀이라곤 하늘에 떠 있는 해뿐입니다. 해가 말라 버리지 않는 한, 말리는 비밀은 결코 사라지지 않을 것입니다.

이밖에 쥐어짜는 방법, 찧는 방법, 녹이는 방법, 삭히는 방법……. 이렇게 비밀을 다루는 방법을 늘어놓자면 끝이 없을 겁니다."

벅수는 웅크린 채 꼼짝 않고 의자에 앉았다. 눈을 감은 채 턱을 괴고 있었으므로 사람들은 그가 비밀 장사꾼의 말에 귀를 기울이는 거라고 여겼다.

벅수가 마음속으로 분초를 세며 다물 일행을 위해 시간을 끌고 있음은 아무도 눈치채지 못했다.

이렇게 사람들은 비밀을 팔고 또 팔았다. 땅을 파헤치고, 산을 깎고, 숲을 베어 버렸다. 어떤 이는 집 한 채를 짓기 위해 산 하나를 허물고, 어떤 이는 옷 한 벌을 얻기 위해 짐승 백 마리를 죽여 가죽을 벗겼다. 비밀 씨앗은 해를 거듭할수록 하나씩 하나씩 사라져 갔다.

비밀 씨앗 하나가 어떻게 푸른 지구공에서 사라지게 되는가?

여기 꽃이 있다.

어느 날 비밀 장사꾼은 사람들과 꽃을 거래하기 시작했다. 사람들은 이 꽃 저 꽃을 망 주머니에 수북이 담아 와서 비밀 장사꾼에게 제공했다. 그들은 계약서를 꾸미고 서로 손을 잡

앗다.

비밀이 일단 비밀 장사꾼에게 팔리고 나면, 꽃에는 이용 값 어치가 생긴다. 꽃을 어떻게 다룰까? 어떻게 다루면 사람들의 혼을 '쏘옥―' 후려낼 수 있을까? 꽃으로 무얼 만들까?

그렇다. 향수가 좋겠다.

향수 몇 방울을 얻기 위해 처음에는 한 다발의 꽃이 필요했다.

이렇게 얻은 향수는 금세 그 나라 관리의 마음을 홀딱 독차 지했다. 사람들은 관리에게 향수를 바쳐 관직을 얻었다.

향수에 대한 소문이 날개 돋친 듯 퍼져 나갔다.

더 많은 사람이 더 많은 향수를 만들기 위해 더 많은 꽃을 땄다. 이제 몇 가마의 꽃, 아니 몇십 가마니의 꽃이 더 필요했다.

그러더니 언제부터인가는 귀하고 귀하던 향수가 남아돌게 되었다. 아주 흔해져서, 아랫집 윗집 안방마님들도 하나씩 얻 어 가지게 되었다. 향수를 가지지 않은 이가 없을 만큼, 집집마 다 방방마다 향수병이 놓였다. 그런데도 공장에서는 자꾸자꾸 향수를 만든다.

그러던 어느 날, 작은 향수병 하나가 쓰레기 더미 속에서 발 견된다. 너도나도 너무 많은 향수를 갖게 되어, 이제 병째로 버 려지게 된다.

꽃!

꽃을 꺾어 향수를 만들고, 향수는 버려지고, 또 누군가 사고, 꽃은 자꾸 꺾이고……. 한쪽에선 끊임없이 향수를 만들어 내고, 다른 한쪽에선 끊임없이 그걸 내다 버린다.

아무도 이 일을 중간에서 말려 줄 사람이 없다.

어느 날, 향수를 만들 귀한 꽃을 구경할 수 없게 된다. 비밀 씨앗 하나가 이 푸른 지구공 위에서 사라지게 된다.

산봉우리에서는 서낭 할머니가 나무옹이에 귀를 대고 땅의 울음소리를 듣고 있었다.

"내 힘으로는 어쩔 수 없구나……. 땅울림이 점점 커지고 있어."

그러나 잠시 뒤 서낭 할머니 눈은 기쁨으로 벌어졌다. 벅수로부터 전해 들은 그 아이들이 오고 있는 것이 느껴졌다.

"어서어서……. 어서 오너라."

다물 일행은 샘물을 따라 쉬지 않고 갔다. 물이 잦아드는 곳에서도 아후는 물 냄새를 맡으며 곧잘 물길을 찾아 안내했다. 아후는 가끔 두 아이가 안 보는 틈을 타서 몸을 털고, 발굽으로 몸을 긁곤 했다.

마침내 샘물은 흙 속으로 잦아들고 말았다. 아후는 더 나아가지 못하고 서성거렸다. 흙이 무너져 내려 한쪽 굴이 막혔다.

"이쪽으로!"

곤잠은 재빨리 땅 위로 올라가는 바위 틈새 통로를 찾아냈다. 먼저 바위를 타고 올라가 밧줄을 묶어 놓고 소녀를 끌어올렸다. 바윗덩이가 와르르 떨어졌으나, 오히려 아후한테는 잘된 일이었다. 아후는 바위를 딛고 냉큼 뛰어올랐다.

땅 위에 올라서자 열기가 온 얼굴에 끼쳤다.

"저길 봐, 다물!"

저 아래에서부터 산비탈을 핥으며 불길이 타오르고 있었다. 불길은 눈 깜짝할 사이에 골짜기를 뒤덮고, 너울너울 치달아 올랐다. 검은 연기가 하늘을 가득 메웠다.

불구덩이 속에서 아홉머리 괴물의 검은 그림자가 마치 바닷물 속을 헤엄쳐 다니는 물고기처럼 이리저리 불길 속을 옮겨 다니고 있었다.

다물은 숨이 떨리고 목구멍이 턱턱 막혀 왔다. 어젯밤 꿈이 자꾸 떠오른다. 불길에 가로막혀 어디가 길인지 모르겠다. 어디로 어떻게 가야 서낭 할머니를 만날 수 있는지도 모른다.

두 아이는 숲이 남아 있는 곳을 찾아 무작정 뛰었다.

불길은 점점 높이 치솟았다. 불길이 가랑잎처럼 날아다니며 닥치는 대로 숲을 태웠다. 다물은 울음을 터뜨렸다. 벅수 아저씨의 집이 불길에 휩싸여 있었다.

"다물! 어서 피해!"

곤잠은 소녀의 손을 잡고 뛰었다.

갑자기 아후가 사라졌다.

딱, 딱, 딱. 불길이 당기는 소리가 무섭게 들린다. 불이 붙은 채 나무가 쓰러진다. '우–.' 울부짖는 짐승들의 울음소리가 여기저기서 희미하게 들렸다.

어미 노루가 새끼를 안고 운다. 새끼는 파르르 떨다가 이내 숨이 멎는다. 나무 위에서 새가 툭 떨어진다. 새는 마지막 힘겨운 날갯짓으로 파닥거리며 날아 보려고 애쓴다. 검은 새의 이마에는 아직 붉은 깃털의 빛이 다하지 않았다. 그러나 까맣게 그을린 발을 몇 번이나 더 움직이려 해도 힘없이 쓰러진다.

풍성하던 땅 위의 풀밭은 사라지고 재로 덮인 흙이 흐느낀다. 짙은 탄 냄새가 천지에 가득하다. 숯이 된 나뭇가지가 툭툭 부러진다. 웅덩이 물은 불기에 말라붙었다. 올찼던 아름드리나무는 반쯤 타다가 만 채로 서 있다.

얼마 후, 아후가 자기 몸을 물로 흠뻑 적시고 나타났다.

'어서 내 등에 올라타.'

"안 돼, 아후. 털에 금방 불이 붙어 버릴 거야."

다물은 아후를 밀어냈다.

'다물, 들리지 않니? 서낭 할머니가 길을 가르쳐 주고 계셔…….'

아후의 두 눈이 말했다.

"으응?"

다물은 일어나 산봉우리를 향해 섰다.

 "얘들아, 하나, 둘, 셋, 하고 뛰어 봐……."

둘은 흰 사슴 등에 올랐다.

아후는 힘껏 땅을 박차고 뛰어올랐다. 후끈거리는 열기는 사라지고 시원한 바람이 스쳤다. 아후의 뿔 사이로 파란 하늘이 보였다. 다물은 깜짝 놀랐다.

"아후……. 지금 날고 있는 거니?"

'난 높이 뛰었을 뿐이야.'

아후는 산등성이를 타고 번지는 불길을 하나둘 넘고, 아직 푸르게 남아 있는 '가운데 숲'으로 내려앉았다. 다물은 아후에 대해 알지 못하는 것이, 어쩌면 자기가 아는 것보다 더 많을지도 모른다고 새삼스럽게 생각했다.

"어서 오너라!"

서낭 할머니는 보자기 같은 긴 치맛자락으로 다물 일행을 폭 안아 들고 서둘러 나무 속으로 들어갔다.

아침이 되었다.

서낭 할머니는 그동안 있었던 이야기를 한참 들려주었다.

"어젯밤에 벅수 총각을 굴에서 만났단다. 지금까지 우린 서로서로 굴을 조금씩 파 나갔지. 아무에게도 눈에 띄지 않게 하려고 땅 밑으로 굴을 파 나갔던 게야."

서낭 할머니는 메마른 입술에 침을 적시며 띄엄띄엄 말을 이어 나갔다.

참으로 신기한 나무 속이었다. 마치 유리처럼 바깥 풍경이 말갛게 보인다. 밖에 있을 때는 안이 보이지 않더니, 안에 들어오니 밖이 훤히 보였다.

먼 산머리에서 햇살이 깃처럼 퍼지며 어느새 동이 텄다. 새근새근 숨소리마저 들릴 것만 같은 고요한 숲. '우우웅' 길게 끌리는 울음이 고요를 깨뜨린다. 오른쪽에서 들리는가 싶으면 왼쪽에서 들리고, 왼쪽에서 들린다 싶으면 오른쪽에서 들려온다.

"땅의 울음소리야. 불에 타서 죽어 간 숲속 목숨들을 위해 땅이 장송곡을 부르는 게지……."

다물은 골이 팬 나무 안쪽에 앉은 아후를 가끔 살폈다. 자꾸 몸을 긁어 댄다. 곤잠이 아까부터 곁에 앉아 지켜보다가 말했다.

"다물, 아무래도 아후가 이상해……."

서낭 할머니가 물끄러미 아후의 샘물 같은 눈을 바라본다. 아후의 파란 눈은 서낭 할머니와 무슨 이야기를 주고받는 듯 깜박인다.

"할머니……."

다물은 조용히 기다렸다가 서낭 할머니를 불렀다. 벅수 아저씨가 말한 비밀의 열쇠에 대해 묻고 싶었다.

"네가 물으려는 게 뭔지 안다."

"비밀의 열쇠 말인가요?"

서낭 할머니는 한참 있다가 입을 열었다.

"아주아주 가까이에 있어. 다만 우리 눈에 보이지 않을 뿐이지. 황금 잣대를 얻기 전에는……. 마고를 만날 수 없어."

다물은 눈을 동그랗게 떴다. 소년도 놀라서 이쪽을 쳐다본다.

"문이 잠겨 있다면 열쇠로 열어야 하는 것과 같은 이치지."

"그게 어디 있죠?"

다물은 마음이 급해서 저도 모르게 말이 빨라졌다.

"애야, 서두르지 마라. 그 황금 잣대는 결코 서두름으로 얻어지는 게 아니야. 네 안에 빛과 같은 깨달음을 받아들임으로써 얻을 수 있는 보물이지. 마고는 그것을 세 번째 비밀의 문 아래에 감춰 놓았어. 이제 그 문은 오직 너 스스로 열어야 할 거야……."

"할머니, 세 번째 비밀의 문은 어디에 있어요?"

"그곳은 하나이되 둘, 둘이되 하나인 그곳이야."

'하나이되 둘, 둘이되 하나인 그곳…….'

곤잠은 그곳이 하늘이라고 생각했다. 왜냐하면 하나의 하늘이 해가 뜨면 낮이 되고, 달이 뜨면 밤이 되니까 말이다.

서낭 할머니는 다물을 향해 정면으로 고쳐 앉았다.

"애야, 그곳은 오직 스스로 깨달아서 찾아갈 수 있을 뿐이란다."

"그렇지만 그곳을 못 찾으면 어떻게 해야 할지 정말 걱정이에요. 그런 곳은 너무나 많기도 하고, 너무나 가까운 것 같기도 하니까 말예요."

다물의 말에 곤잠은 눈을 반짝이며 물었다.

"다물, 너무나 가까이 있다는 건 무슨 말이야?"

"애, 우리는 하나이되 둘이고, 둘이되 하나인 데에서 태어난 거야. 봐, 나하고 엄마하고! 그리고 우리는 매일매일 하나이되 둘, 둘이되 하나를 들락거려."

"그건 또 무슨 말이야, 다물?"

"그러니까 양쪽 문을 닫으면 하나의 문이 되고, 하나의 문을 열려면 양쪽 문을 열어젖혀야 한단 말이야. 하지만! 마고 거인이 들락날락할 문이라면 어마어마한 어떤 곳이 아닐까? 아! 만일 우리가 그곳을 찾지 못하면 어떻게 하지? 마고 거인을 만날 수 없게 되고, 또다시 길을 잃어버리게 될 테니."

다물은 팔짱을 낀 채 한숨을 폭 내쉬었다.

"아! 다물, 만일 그렇게 되더라도 우린 그곳에서 또 어떤 길을 찾게 될 거야."

곤잠도 조금은 이 숲의 길을 알게 된 터여서 오히려 다물보다 더 태연하게 말하고는 이렇게 덧붙였다.

"지금까지 우리가 온 길을 돌아보더라도 말이야."

"동감이야!"

다물은 소년의 말에 맞장구쳐 주었다.

"하나이되 둘, 둘이되 하나인 그곳에 세 번째 비밀의 문이 있어……. 그리고 그 문은 오직 스스로 열어야 한다니……. 이게 무슨 말일까."

다물은 말수가 줄어들고 생각에 잠기는 시간이 많아졌다.

그날 오후쯤이었다.

"다물! 밖을 봐."

소년이 뒤로 물러나며 소리쳤다.

불길이 이곳 '가운데 숲'을 향해 서서히 밀려오고 있었다. 불길은 바람을 타고 점점 속력을 냈다.

아직 불이 붙지 않은 풀밭 위로 누군가 뛰어오고 있다.

"벅수 아저씨!"

외치며 뛰어나가려던 다물은 멈칫 섰다. 벅수 아저씨를 뒤쫓아 마을 사람들이 몰려왔다. 그들은 손에 괭이, 낫, 도끼 같은 농기구를 들고 서낭 할머니 나무를 베려고 했다.

"이 나무를 베려면 내 등을 먼저 찍어!"

벅수 아저씨는 그들 앞에 등을 내보이며 가로막고 나섰다. 요동조차 없는 벅수 아저씨 뒷모습이 사람들은 두려웠다. 그들은 뒷걸음질 치면서 하나둘 왔던 길로 되돌아갔다.

벌써 불길은 서낭나무 가까이에 들이닥쳤다.

서낭 할머니가 문 쪽을 가리켰다.

"애들아, 벅……, 벅수 총각이 문을 열 게다. 그러면…… 너희는 곧장 그 문으로 나가야 해. 조금도 지체해선 안 된다."

다물과 곤잠은 서낭 할머니 품에 안기듯이 해서 문 쪽으로 바싹 붙어 섰다. 바로 그때 문이 활짝 열렸다. 그런데 어찌 된 영문인지 문 앞에 서 있어야 할 벅수 아저씨가 보이지 않는다.

"아……, 아저씨!"

다물은 그 자리에 못 박힌 듯이 서서 벅수 아저씨를 불렀다.

"어서 서둘러라! 그렇지 않으면 우리 모두 불에 휩싸여 죽고 만다!"

"다물!"

소년이 먼저 뛰어나가 손짓하며 소리쳤다. 아후 또한 서낭 할머니 나무 주변을 빙빙 돌며 다물을 재촉했다.

"아……, 아저씨는요!"

"네 앞에 서 있단다. 다만 네 눈에 안 보일 뿐이야. 하나의 문인 듯하지만, 서로서로 다른 두 개의 문 앞에 서 있는 셈이지. 어서 서둘러야 한다."

"……."

"애야, 지금 넌 네가 할 일을 잊고 있구나……. 벅수 총각이 참말로 원하는 것이 무엇인지도 잊어버렸니? 어서!"

서낭 할머니의 엄한 목소리.

다물은 얼굴을 손에 묻고 무작정 뛰었다.

후득!

후드득!

빗방울이 떨어졌다. 이어, 하늘이 컴컴해지며 비가 억수같이 쏟아졌다. 하늘을 뒤덮던 불길이 비로소 서서히 잦아들었다. 벅수 아저씨와 서낭 할머니의 주고받는 말소리가 빗소리를 뚫고 희미하게 들려왔다.

"할머니!"

"그 아이에게 모든 것을 전해 주었네. 내가 할 일은 끝났어……. 이제 그 아이가 해낼 몫만 남았을 뿐……."

"서낭 할머니!"

"벅수 총각……, 이 시원한 빗소리를 들어 보게. 우리는 늙어 갈수록 더욱 새로워져야 해. 늙은 나무의 뿌리는 늘 새로운 잎을 틔우지. 그러니 우리는 언제까지나 살아갈 걸세. 내 뿌리는 하늘까지 닿았지. 내 비밀은 씨앗에 감추어져 이어지고 또 이어질 게야, 암……."

4장

끝없는 사막

다물 일행은 뜨거운 사막 가운데 쓰러져 있었다. 해 질 녘이 었다. 가장 먼저 눈을 뜬 건 다물이었다. 곤잠은 무서운 꿈에 시달리는지 가끔 신음하며 몸을 바들바들 떨었다. 둘은 손을 꼭 잡고 있었다. 서로 잡은 두 손이 까맣게 그을려 있다.

바람이 분다. 탄 냄새가 살 속에 배었다. 다물은 일어날 힘 조차 없었다.

이윽고 곤잠과 아후도 정신을 차렸다. 셋은 몸을 일으켜 끝 없는 사막을 걷고 또 걸었다.

어느 날이었다.

다물 일행은 사막을 가로질러 서쪽으로 가는 사람들을 만 났다. 얼마 지나자 띠를 이룬 행렬이 보였다.

사람들이 서쪽으로 서쪽으로만 향하는데, 그들은 어깨를 축 늘어뜨리고 눈에 초점을 잃은 채 걷고 있었다. 이제 그들에게는 남아 있는 비밀도, 더 캘 비밀도 없었다.

사막 저편으로 까무스름한 연기가 치솟았다. 회오리였다. 돌개바람이 주변의 것들을 모두 빨아들이면서 하늘로 솟구쳐 올랐다. 잠시 뒤 사람들의 행렬은 사라지고 보이지 않았다.

그들은 어디로 간 것일까? 다물 일행은 모래바람을 뚫고 다시 걸었다.

끝없는 사막……. 사막 위로 푸른 하늘이 얹혀 있다. 앞서간 사람의 발자취조차 바람은 가혹하게 지워 버린다.

가물가물 뭔가 보였다. 가서 보니, 사막 여행자들이었다. 하룻밤은 그들과 함께 사막에서 잤다.

"우린 서쪽나라로 갑니다."

여행자들이 말했다.

누군가 한숨 섞인 목소리로 탄식했다.

"돌아가야 해."

그 말에 옆 사람이 눈물을 흘리며 고개를 내저었다.

"돌아갈 곳이 없어……. 돌아갈 숲이 없어……. 비밀을 사고팔 때 우린 무언가를 얻는 기분이 들었어. 새로운 가치를 가졌다고 생각했지. 그러나 비밀을 사고팔 때마다 우린 오히려 무언가를 조금씩 잃어버리고 있었던 거야. 그게 무엇인지 그때는 몰랐어……."

다음 날 아침, 아이들이 잠에서 깨어났을 때 그들은 보이지 않았다.

다물 일행은 다시 길을 떠났다.

가도 가도 칼날 같은 모래 언덕과 그 칼날을 가는 바람 소리 뿐. 귀가 따갑고 윙윙거렸다. 모래바람이 심하게 불 때면 아후의 등에 얼굴을 묻고 잠시 바람을 피했다가 다시 걸었다.

해 질 무렵이었다.

휘몰아치는 모래바람 속에 검은 옷을 입은 사람들이 한 무리 지나갔다. 5분쯤 뒤에 또 한 무리가 지나가더니, 여러 무리가 잇달아 더 지나갔다. 행렬은 눈 깜짝할 사이에 불어났다. 마치 피난 행렬같이 저마다 짐 보따리를 이고 지고 있었다. 다물 일행도 휩쓸려 같이 걸었다. 긴 자루를 멘 아주머니가 혀를 차면서 지나갔다.

"쯧쯧. 너희도 부모를 잃었구나. 비밀을 팔러 나갔다가 집으로 돌아가지 못한 부모가 많다더니……."

다물은 아주머니를 뒤쫓아 갔다.

"아주머니!"

아주머니가 가다 말고 뒤돌아섰다.

"왜 그러니?"

"그 부모님들은 어디로 가셨어요?"

"벌써 서쪽나라로 가서 많은 땅을 구한 이도 있고……. 모르지. 어떤 이는 이 무리 속에 끼어 있을지."

'곤잠의 부모님도 계실까.'

멍청하게 서 있는 사이, 아주머니는 뒷사람에 떠밀리며 곧 눈에서 사라졌다. 다물은 움찔 놀라며 두리번거렸다. 줄곧 나란히 걸어왔으리라 여겼던 소년과 사슴이 보이지 않았다. 허둥지둥 사람들 사이를 헤집고 다니며 외쳤다.

"곤잠!"

"아후!"

바로 이때 곤잠 또한 소녀를 찾고 있었다.

곤잠은 지나가는 행렬을 유심히 살피며 혹시나 있을 엄마, 아빠를 찾다가 그만 소녀를 놓치고 말았다.

무리에서 외따로 떨어진 채 힘없이 걸어가는 부부가 있었다. 곤잠은 저도 모르게 외치며 그들에게 달려갔다.

"아빠! 엄마!"

얼마 뒤 곤잠은 눈꼬리에 눈물만 그렁그렁 매달고 돌아왔다. 금방이었다 싶었는데, 소녀와 사슴이 보이지 않았다.

"다물!"

"곤잠!"

이렇게 서로 외쳐 부르고 다니면서, 다물은 다물대로 곤잠은 곤잠대로 '곤잠하고 있겠지.' '다물하고 있겠지.' 하고 아후에 대해서는 걱정하지 않았다.

이때 아후는 모래 더미 속에 파묻혀 있었다.

어찌 된 일일까? 어쩌다가 한 몸처럼 다니던 셋이 이렇게 따로따로 흩어지게 된 걸까?

아후는 어깻죽지가 자꾸자꾸 가려웠다. 마침 모래 속에 반쯤 묻혀 있는 바위께로 가서 몸을 긁었다.

쌔앵-.

거대한 모래 폭풍이 일었다. 여러 사람이 지르는 비명 소리가 들리더니 순식간에 눈앞이 캄캄해졌다. 파도에 휩쓸리듯, 아후는 뜻하지 않은 순간에 모래 더미에 파묻히고 말았던 것이다.

파파 할머니가 새벽 일찍 물가로 데리고 가서 몸을 씻겨 줄 때, 아후는 놀라운 이야기를 들었다.

'네 어깨에 날개 자국이 있구나. 언젠가 네 어깨에 날개가 솟을 때가 올 게다……'

아후는 알 수 없었다. 왜 날개 자국이 있는 것일까? 어깨에 날개가 솟으면 어떻게 되는 것일까?

아후는 지금 겨우 코만 땅 위에 내놓고 숨을 쉬고 있었다.

'할머니, 날개를 얻으면 어떻게 되어요?'

'그야, 힘껏 날아 봐야지! 하지만 사슴아, 날개가 솟기 전에는 절대 이 비밀을 말해선 안 된다. 그러면 너는 날개를 얻지 못해……:'

아후는 모래 속에서 빠져나오려고 허우적거렸다. 뜻대로 되지 않는다. 발버둥을 치면 칠수록 자꾸자꾸 밑으로 꺼질 뿐이다.

'다물……:'

모래 폭풍이 한 번만 더 불었다간 다시는 소녀를 만나지 못하리라.

저녁 해거름이었다.

서로를 찾아 헤매다니던 두 아이는 사막 위로 길게 드리운 나뭇가지의 그림자를 각각 보았다. 그것이 아후의 뿔 그림자임을 두 아이는 눈치채지 못했다. 초점 잃은 눈빛을 하고 그저 발이 이끄는 대로 타박타박 걸을 뿐이었다. 지는 해그림자를 따라 걸으면 어쨌든 서쪽나라로 가게 되는 거라고 생각했다.

'아! 어디로 간 걸까? 얼마나 멀리 가 버린 걸까?'

그때 아후는 모래바람 속에서 어깨를 잔뜩 웅크린 채 저벅저벅 힘없이 걸어오는 두 아이를 보았다. 둘은 하나같이 아후의 뿔 그림자를 향해 걷고 있었기 때문에, 한곳에서 만나게 되었던 것이다.

"다물!"

"곤잠!"

서로 부둥켜안고 좋아서 폴짝폴짝 뛰는 것도 잠시, 둘 다 말은 하지 못하고, '아후는?' 하며 두려운 눈빛을 주고받았다.

그때 '푸후후―.' 하고 콧김을 날리면서 아후의 머리가 모래 속에서 쑥 올라왔다.

"아후!"

"아후!"

둘은 함께 달려가 손끝이 아리도록 모래를 파내고, 아후를 모래 구덩이에서 건져 올렸다. 아후를 사이에 두고 다물과 곤잠은 서로 좋아서 실컷 쳐다보고 웃고 떠들고 하다가, 그만 동시에 울음을 터뜨리고 말았다. 지금까지 마음을 억누르며 참아 온 울음이, 이렇게 기쁜 순간에 터져 버린 것이었다.

비밀놀이

달이 둥두렷이 떠오른다. 사막은 모시를 깔아 놓은 듯 달빛에 아롱진다.

점점이 수놓은 빛의 매듭! 별이 하나둘 눈뜨고 있다. 별은 가지가지 실뜨기를 하는 양, 펼쳤다 오므렸다……. 밤하늘의 모든 것이 검푸른 장막 뒤로 숨어 희미해져 간다.

아후는 콧김을 푸르르 내뿜고 별을 올려다보았다. 두 아이가 사슴의 등에 기대어 새록새록 숨을 쉬면서 이야기를 속살거렸다.

소년이 달을 보고 말했다.

"참 둥글다."

소녀가 말했다.

"둥근 것은 모두 빛이 나는가 봐. 해도 달도 모두 둥글단 말이야. 가 보지는 않았지만, 저 쪼그만 별들도 커다란 동그라미를 그릴 게 틀림없어."

"다물!"

"으응?"

"하나이면서 둘, 둘이면서 하나인 곳, 그곳은 서쪽나라일지도 몰라! 우리하고 사람들 가는 길이 줄곧 같잖아."

"그래서?"

"거울에 비친 양면처럼 하나의 길에서 우린 서로 다른 목표를 찾아가고 있는 셈이야."

"맞아, 곤잠! 그렇다면……. 서쪽나라에 모인 사람들도 마고 거인을 만나게 되는 걸까?"

다물과 곤잠은 이렇게 끝없는 이야기를 주고받았다.

별똥별 하나가 휙 하고 밤하늘에 선을 긋는다.

곤잠은 하늘을 보다가 땅을 보다가 한다.

하나이되 둘, 둘이되 하나인 곳!

그곳은, 하늘이고 땅일지도 모른다. 낮에 또렷이 둘이 되는 하늘과 땅은 밤이 되면 한 몸처럼 붙어 버리니까 말이다.

'에이! 어쩌면 그곳은 모든 것이 있는 곳 아닐까?'

곤잠은 어려워하며 고개를 내저었다.

다물은 자리를 털고 일어섰다. 쫑알쫑알 '하나, 둘, 셋!'을 읊조리면서 몇 걸음 걸어 나간 뒤, 홱 돌아섰다.

"얘, 우리 비밀놀이할까?"

"알았어. 우리끼리의 비밀이란 얘기지?"

소년이 말했다.

비밀놀이는 원을 그리고 그 안에 들어가, 자기 비밀을 서로 털어놓는 놀이다. 먼저, 비밀이 새어 나가지 않도록 원이 중간에서 끊어지진 않았는지 꼼꼼히 살펴 둔다. 만일 원이 한 군데라도 끊어졌다면, 밤벌레라든지 밤바람이 몰래 숨어 들어와 엿듣게 되어 비밀이 새어 나간다.

비밀놀이는 먼저 손가락에 침을 바른 뒤, '땅님, 땅님. 거짓말이 아니에요.' 하고 약속하고 나서 시작한다. 땅은 거짓이 없는데, 만일 땅 앞에서 거짓을 말하게 되면 땅은 성이 나서 흔들린다. 땅에 침을 바르는 것은, 땅처럼 마음을 굳게 먹고 절대 흔들리지 않겠다는 것을 뜻한다.

둘은 히쭉 웃고 별을 보았다. 별이 빛나는 건, 저들도 소곤소곤 비밀을 속삭이는 까닭이라고 생각했다.

곤잠이 먼저 입을 열었다.

"내가 먼저."

다물은 금세 소년의 볼이 볼록하니 솟는 걸 보았다. 울음을 억누르느라 한마디 한마디가 떨렸다.

"강 어머니를 만났을 때 일 생각나? 그때 너에게 말했잖아. 나도 마고를 만나고 싶다고 말이야."

"응."

"사실은 그때 너에게 말하지 않은 비밀이…… 하나 더 있었어. 다물……, 난 엄마 아빠를 찾아 떠나온 것이기도 했어."

다물은 눈을 동그랗게 떴다. 그 사실을 새삼 알게 되어서가 아니었다. 소년의 목소리가 뜻밖으로 침착해졌기 때문이었다.

"두 분은 쑥을 캐러 들에 나가셨다가 그만 소식이 끊어졌어. 난 두 분을 찾으려 숲을 헤매고 다니다가 집으로 돌아오곤 했지. 얼마 뒤 마을 사람들이 얘기해 줬어."

"뭐라고?"

"비밀 장사꾼의 꾐에 빠져 서쪽나라로 따라가셨다는 거야."

소년은 머리를 푹 숙였다.

"난 엄마 아빠를 찾아 더 멀리 가 보려고 언덕을 넘기도 했지만, 겁나고 용기가 나지 않았어……. 네가 구석나라를 떠날 때 난 초 할아버지를 찾아가서 졸랐어. 다물하고 함께 가게 해 달라고……."

"그랬구나."

곤잠은 소녀의 등을 툭 쳤다. 이제 네 차례라는 뜻이다.

위잉-, 바람 소리가 엉겨든다. 사막에선 바람이 벌처럼 '부우- 잉' 운다. 꽃도 없는데, 꽃을 찾아서 그렇게 운다.

곤잠은 다물 쪽으로 고개를 돌리고 웃었다. 달빛에 비친 덧니 하나가 배꽃처럼 희다.

"으응……, 내 비밀은 있잖아……."

다물은 그만 입술을 깨물며 흐느껴 울었다.

"다물."

"……."

"괜찮아. 말하지 마. 말해서 더 아픔이 된다면 털어놓지 않는 게 좋아."

"아냐, 아냐! 난……, 엄마가 돌이 되셨어……. 아빠는 이상한 연구 실험을 하시다가 15년 전에 갑자기 사라지셨대. 그러니까 곤잠, 나도 어쩌면 너와 같이 엄마 아빠를 찾으러 가는 길인 셈이야!"

곤잠은 참으로 놀랐다. 별똥별 하나가 다시 휙, 사막 위로 떨어졌다. 하늘도 그만큼 놀랐나 보다.

"곤잠, 난 네가 부러워. 넌 만날 수 있는 부모님이라도 계시니. 난 아빠 얼굴을 한 번도 본 적이 없는걸."

곤잠은 가끔 고개를 끄덕이며 소녀의 비밀을 품어 주었다.

조그랑조그랑 이야기를 주고받으며 둘은 그렇게 비밀놀이를 했다. 아픈 비밀을 털어놓았는데도 연잎에 이슬이 구르듯 마음이 조금도 다치지 않는 것이 퍽 놀라웠다.

"다물, 이거 생각해 봤어?"

"뭘?"

"마고 거인을 아는 사람이 하나둘 생겨나고 있잖아!"

"맞아!"

둘은 손을 맞잡았다.

둘의 이야기는 꼬리에 꼬리를 물고 끝없이 이어졌다.

'내게도 비밀이 있어.'

아후가 장난스럽게 두 아이를 뿔로 받아 쓰러뜨려 놓고, 원 가운데로 가 앉았다. 두 아이의 눈이 사발처럼 벌어지자 아후는 도리어 둘의 눈을 외면하며 눈을 감았다 떴다.

'난 몸에서 날개가 생겨 나오려고 해……'

"뭐?"

'다물, 기억나지? 파파 할머니와 내가 새벽에 함께 어디 갔다 온 걸 말이지……. 그때 할머닌 골짜기 샘물에 몸을 씻겨 주시면서, 내 어깨에 보이지 않는 날개 자국이 있다고 말씀해 주셨어. 서낭 할머닌 더 놀라운 이야기를 들려주셨어. 마고를 만나게 되는 그날, 내 어깨에 날개가 솟을 거라고 말이야……'

"아후! 왜 지금까지 말해 주지 않은 거야?"

다물은 섭섭한 마음이 없지는 않아서 뾰로통 볼이 부었다.

'으응. 마고를 만나기 전에는 꼭 비밀로 해야 한다고 하셨거든.'

아후는 삐쭉거리는 다물의 턱 끝을 장난스럽게 비비며 기어코 웃게 했다.

비밀놀이가 다 끝난 후 셋은 아무 말 없이 한참을 앉아 있었다. 그러다가 누가 먼저랄 것 없이 차례차례 잠이 들었다.

비밀놀이가 끝난 원. 흠도 티도 없는 원. 길고 짧음도, 멀고 가까움도 없는 원. 가득 차서 고루고루 퍼진 원. 한 치의 거짓도, 걸림도 없는 둥그런 모습.

그렇게 이 하나의 원은 사막 한가운데, 아니 밤우주 한복판에 놓여 있다. 그곳에는 모래바람도 불지 않는다. 먼 데서 보면, 파랑 고치가 사막에 놓여 있는 듯하다.

이때 어둠을 뚫고 이쪽을 향해 걸어오는 한 사나이가 있었다. 누더기 헝겊을 얼굴에서 발끝까지 휘감은 그의 모습을 구름 사이로 달빛이 비춘다.

그는 비밀놀이 원 안에서 새근새근 잠든 두 아이를 한참 내려다보더니, 파르스름한 빛이 어린 소녀의 허리께를 한 번 만져 보려고 손끝을 살짝 갖다 댔다.

"앗."

사나이는 사뭇 놀란 듯 움찔 물러섰다. 그는 슬금슬금 뒷걸음질 치며 왔던 길을 따라 다시 어둠 속으로 사라졌다.

새벽 무렵이었다.

다물은 가슴이 후끈 뜨거웠다. 커다란 햇덩이가 입으로 굴러들어 왔다. 땅끝에서부터 서서히, 대지가 눈을 뜨고 있었다.

다물은 사람들과 함께 돋는 해를 향해 앉았다. 막 눈뜨는 새벽은 온갖 아름다운 빛깔로 사막을 물들였다. 잿빛에서 보라색, 푸른색, 붉은색……. 하늘 웅덩이에 고인 빛깔들이 사막 위로 흘러 내려와 그렇게 펼쳐지는지도 모른다.

어디선가 긴 울림 소리가 들려왔다.

'다물……. 여기 있다. 내가 있다……. 여기, 아주 가까이 있다……'

작은 벌레가 잎사귀를 떠는 바람을 느끼듯이, 다물은 그 풀잎 같은 귀가 되었다. 땅에 귀를 댔다. 소리는 이쪽에서 물결치듯이 들려왔다가 저쪽에서 물결치듯이 들려왔다. 아후도 귀를 세우고 눈을 반쯤 감았다.

사막은 속이 빈 악기가 되고, 모래 능선은 소리를 울리는 굽은 현이 되었다.

모두 해를 향해 앉아 눈을 절반쯤 감고 있다. 다물은 숨이 떨려왔다.

이 빛과 소리……. 이 떨림 노래…….

까마득히 잊고 있던 이 울림 소리. 다물은 애써 기억해 냈다.

숲……. 숲의 소리였다. 비록 지금은 풀 한 포기 나지 않는 메마른 땅이 되고 말았지만, 이곳 또한 예전에는 얼마나 아름다운 숲이었을까!

"무슨 생각해?"

소년이 물었다.

"곤잠. 이 사막은……, 숲을 기억하고 있어……. 새벽이 그 기억을 되살리고 있는 것 같아."

바람이 윙윙 울었다.

"곤잠."

"응?"

"아무도 알 수 없어. 이 커다란 세상에 가득한 비밀을 말이야."

곤잠은 대답 대신 모래를 한 옴큼 쥐어 손가락 사이로 빠져나가게 했다. 소녀의 어깨가 가늘게 떨리는 걸 보았다.

"난 이런 생각을 했어, 곤잠."

"무슨 생각?"

"우린 모두 이곳에서 새로 시작할 수 있을 거야. 버려진 땅인 이곳에서……. 가만히 들어봐, 사막의 숨소리를……. 바다를 그리워하면서 새기는 저 능선을, 물결무늬를 좀 봐. 깊은 물웅덩이를 그리며 팬 저 고랑을 봐……. 곤잠, 난 줄곧 이 사막에서 벗어나려고만 했어. 이곳을 벗어나야만 숲이 있다고 생각했어. 그렇지만 난 이곳을 받아들이고 있어. 이 메마른 곳이 처음에는 숲이었다는 게 믿어지지 않아. 숲의 숨결이 살아나. 숲의 아픔이 느껴져……."

"다물……."

아후가 가물거리는 사막 능선 위로 뛰었다. 저 사막 끝에 조그만 숲이 가물가물 보였다. 오아시스일까?

"가 보자!"

다물 일행은 다시 힘을 내서 걷기 시작했다.

숲이 있다는 것은 물이 있다는 뜻이기도 하다. 다물은 사막 저 끝을 바라보았다. 사막의 능선 일부가 황금 잣대처럼 빛나 보였다.

그러나 그것은 신기루처럼 곧 사라졌다. 그들이 본 숲은 점점 멀어지기만 했고, 땡볕에 시든 풀처럼 모두 지쳐 갔다. 아무리 힘을 내어 걸어도 숲은 걸어온 만큼 더 뒤로 물러났다. 물한 모금 먹지 못한 채로 다물 일행은 며칠 동안 걸었다. 이내 숲은 사라져 보이지 않았다. 다물은 기진맥진해져서 쓰러졌다.

곤잠은 소녀를 사슴의 등에 눕힌 뒤 아후와 나란히 걸었다.

"아후, 쉬고 싶지? 조금만 더 가 보자. 저 언덕만 넘으면 뭔가 보일 거야."

반나절이나 더 걸었을 때 돌탑이 나타났다. 소녀를 돌탑 그
늘에 뉘어 놓은 뒤 곤잠은 사슴을 데리고 물을 찾으러 갔다.

돌탑에 맺혀 있던 물방울이 똑똑 떨어져 소녀의 메마른 입
술을 적셨다. 다물이 눈을 뜬 것은 다섯 시간이나 지난 뒤였
다. 곁에 아무도 없었다. 눈을 비비며 겨우 정신을 차리고 일어
나 보니, 누군가 뽀얗게 일어나는 모래바람 속에서 비틀거리다
가 고꾸라지는 것이 보였다. 그리로 갔다.

한 사나이가 누더기 헝겊으로 온몸을 둘둘 감은 채 모래 속
에 파묻혀 있었다.

"괜찮아요?"

다물은 선뜻 내밀었던 손을 도로 거뒀다. 불에 타서 뭉뚝하
게 오그려 붙은 손마디와 시커멓게 탄 그의 살갗이 너무도 흉
측해 보였다.

"날 일으켜 줘……."

이번에는 그가 손을 내밀었다.

"날 두고 가면 안 돼. 그러면 난 이것처럼 말라 죽고 말 거
야……."

그는 메말라 비틀어진 나뭇잎이 겨우 붙어 있는 나뭇가지

하나를 모래 속에서 꺼내 보여 주었다.

다물은 몸을 가눌 수 없을 만큼 두 다리가 휘청거렸다.

사나이가 고통스럽게 자기 몸을 감고 있는 헝겊을 물어뜯자 목 언저리의 하얀 뼈마디가 드러났다.

"그러지 마세요."

"미안하다……. 난 네가 필요해……."

다물은 섬뜩한 기분이 들면서도 이내 그의 손을 잡아 일으켜 주었다.

"앗."

갑자기 그의 억센 손아귀가 다물의 허리께로 왔다.

"안 돼요."

다물은 그의 손을 내치며 뒷걸음질 쳤다.

"어젯밤, 멀리 사막에서 꿈틀거리는 파랑 고치를 보았어. 와 보니, 네가 고치처럼 가만히 웅크리고 잠들어 있더구나……. 아마도 넌 굉장한 비밀을 가지고 있는 아이 같아. 그 비밀의 힘이 나를 씻은 듯이 낫게 해 줄 거야……."

"……."

"얘야, 난 곧 죽어……. 네 눈앞에서. 뭘 망설이지……. 내가 깨끗하게 나을 수 있게 한 번만 그 비밀을 만지게 해 다오. 제발……."

"……."

"제발……."

다물은 숨이 멎을 듯했다. 여린 나뭇가지 하나가 툭 부러지
듯, 자기의 마음도 그렇게 접히는 듯했다.

'딱 한 번만…….'

사나이의 애처로운 눈길이 소녀를 꼬드겼다.

"누구죠?"

"나 말이니?"

소녀의 물음에 사나이는 얼굴을 휘감고 있던 헝겊을 북북
찢어 냈다. 이마 밑으로 그의 한쪽 눈이 잿빛으로 썩어 문드러
진 게 보였다.

다물의 손은 자기도 모르는 사이에, 비밀 주머니에서 구슬
을 꺼내고 있었다.

바로 이때였다. 소년이 달려온 것은.

"다물! 그자는 비밀 장사꾼이야!"

곤잠이 모래 속에서 찾아낸 검은 외투와 그의 회갈색 가방
이 그 증거였다. 그러나 다물의 손은 이미 사나이의 억센 손아
귀에 쥐어지고 말았다.

"안 돼!"

곤잠은 소리치며 뛰어갔으나 알 수 없는 힘에 의해 오히려

뒤로 밀려날 뿐이었다. 거센 모래 폭풍이 발 앞에서 솟구쳐 올랐다. 사나이는 다물의 손을 놓지 않으려고 죽을힘을 다해 매달렸다.

그러나 어쩐 일인지, 삽시간에 사나이의 얼굴이 사납게 일그러지면서 숯검정처럼 새까매졌다. 두 눈은 깊게 꺼지고, 목과 얼굴은 누렇게 허물어져 내렸다.

그러기를 한참 뒤.

우르릉!

천지를 뒤흔드는 소리가 어둡고 깊은 사막 골짜기 위로 울려 퍼졌다.

땅이 갈라지기 시작했다.

다물의 손을 부여잡고 있던 비밀 장사꾼은 갈라진 땅의 틈으로 삽시간에 몸뚱이가 떨어지면서 다물의 손을 놓쳤다.

"아! 늦었구나. 저 굉장한 비밀이 거의 내 손아귀에 들어올 뻔했는데!"

비밀 장사꾼은 절망적인 표정으로 겨우 한두 번 탄식을 터뜨릴 뿐이었다.

그는 이제 가까스로 절벽에 매달린 채 다른 한 손으로는 다물의 발목을 붙잡으려 했다.

땅의 틈은 점점 벌어져, 이 끝에서 저 끝까지 사뭇 깊고 험준

한 협곡이 생기고 말았다. 협곡 저편에서는 아홉머리 괴물이 땅을 뚫고 머리를 쳐든 채로 올라왔다. 온몸에 비늘을 덮어쓴 흉측한 아홉 개의 머리마다 표독스러운 눈이 달려서 이쪽을 노려보고 있었다.

곤잠은 혀가 굳어 비명조차 나오지 않았다.

다물은 한 치도 움직일 수 없었다.

절벽 끄트머리였다. 마침내 비밀 장사꾼은 다물의 발목을 붙잡았다. 그리고 애원하듯 다물을 향해 마지막 소리를 피워 올렸다.

"그래, 이미 늦었구나. 너에게는 선택의 자유가 있어."

다물은 그와 눈이 마주쳤다. 이상했다. 모든 것을 다 이루었다고 말하는 듯, 지극히 고요한 사나이의 표정. 다 문드러져 흉측해진 그 얼굴로 희미하게 웃어 보이는 눈. 왜 지금은 제발 살려 달라고, 손을 잡아 달라고 하지 않는 것일까?

'어서 내 손을 잡아요.'

다물은 진심으로 그를 끌어 올려 주고 싶었다. 발아래에 있는 그를 향해 손을 내밀고자 했다. 그러나 어찌 된 일인지 몸이 굳어서 움직여지지 않았다. 다물의 몸은 자기도 모르는 사이에 서서히 차가운 돌로 변하고 있었던 것이다. 뜨겁게 울컥거리던 목젖은 딱딱하게 굳어서 이제 숨쉬기조차 어려웠다. 아직 두 눈만큼은 굳지 않아서 따뜻한 눈꺼풀로 겨우 감았다, 떴다를 반복했다.

땅이 흔들렸다. 절벽 끝이 곧 무너지려는 것이다. 만일 비밀 장사꾼이 손을 놓지 않는다면, 다물 또한 절벽 밑으로 함께 떨어지고 말리라.

이 마지막 순간에 비밀 장사꾼의 선택은 무엇일까?

갑자기 사나이는 소녀의 발목에서 손을 떼고, 절벽에 바싹 달라붙은 채 몸을 급히 옆쪽으로 옮겼다. 그는 튀어나온 돌 하나에 간신히 발끝을 지탱하면서 쉴 새 없이 흙벽을 더듬고 있었다. 다물은 그가 무엇을 찾고 있다는 생각이 들었다. 이제 그에게 남은 시간은 고작 몇 분도 채 되지 않으리라.

다물의 몸이 앞으로 쏠렸다. 사나이가 딛고 있던 돌이 그의 무게를 견디지 못하고 툭 빠지면서 절벽의 한쪽 끝이 기우는 듯했다. 그 순간 곤잠은 다물을 지키기 위해 몸을 던져 절벽 끝으로 가 엎드렸다. 비밀 장사꾼의 사뭇 떨리는 눈이, 그 얼굴이, 곤잠의 눈앞에 커다랗게 다가왔다.

그러나 또 다음 순간이었다. 비밀 장사꾼은 스스로 절벽의 흙벽을 발로 차고는 아스라한 낭떠러지 아래로 떨어졌다. 그것은 누가 보더라도 스스로 몸을 던진 격이었다.

다물은 그가 절벽을 박차고 떨어지던 순간, 그의 손이 정신없이 더듬어 대던 흙벽 속에서 '반짝' 하는 섬광을 본 것 같았다. 그러나 잠시 뒤 다물은 더는 아무것도 볼 수 없었다. 소녀의 눈마저 차가운 돌로 변해 버린 것이다.

"다물!"

곤잠은 뒤늦게 도착해, 절벽 쪽으로 기울어져 넘어지려는 소녀의 몸체를 얼른 붙잡아 세웠다. 곤잠의 얼굴은 이내 일그러졌다. 소녀가, 잃어버린 옛 땅을 찾아야 할 소녀가, 꽃처럼 예쁜 다물이…… 차갑게 식은 돌이 되었다. 숨소리조차 없다.

아후는 젖은 코끝을 돌이 된 다물의 허리께에 가만히 가져다 댔다. 소녀가 비밀 주머니에 꼭꼭 감춰 두던 동그란 구슬을 느끼고자 한 것이다.

그러나 구슬은 없었다!

다물!

아후의 뿔이 품고 있던 초록빛조차 점차 잿빛으로 변해 갔다.

세 번째 비밀의 문

얼마나 깊은 어둠인가!

다물은 소리치고 싶었다. 그러나 지금 자신은 눈도 멀고 귀도 멀고 말도 할 수 없는 돌일 뿐. 돌이 되어 한 발짝도 움직일 수 없는 이 자리는, 눈이 아찔하도록 깎아지른 절벽 끝. 한 줌의 흙덩이가 파삭 허물어지듯, 이 돌덩이조차 아스라이 벼랑 아래로 떨어져 부서지고 말 것이다.

아무것도 이루지 못한 채……. 그저 어둠 속의 또 다른 작은 어둠 하나가 될 뿐이다.

캄캄하다. 칼끝처럼 차갑고 매서운 바람. 한 점의 불씨라도 있다면 온몸을 녹이고도 남을 텐데!

'엄마!'

포근한 엄마의 무릎. 다물은 그 따스한 베개를 베고 잠들던 일을 떠올렸다. 돌이 되어 선 채로 얼마나 지났는지 모른다.

'엄마, 다시는 엄마를 만나 볼 수 없게 되었어요. 눈앞에는 절벽일 뿐인걸요. 이렇게 먼 곳까지 찾아왔는데, 여기서 길이 끝나 버렸어요.'

다물은 숨을 멈췄다. 연약한 뼈마디마다 통증이 찾아왔다.

'다물……, 길은 사라지지 않는단다…….'

저 땅 밑에서 울리는 목소리.

'길…….'

그랬다. 길은 늘 거기 있었다. 다만 아직 그곳에 미치지 못해서, 눈에 보이지 않았을 뿐이었다. 길을 잃어버리면 오히려 새로운 길을 찾을 수 있었다. 그렇지만 이렇게 발 앞에서 길이 끊어져 버릴 줄은 꿈에도 생각하지 못했다.

'돌아가야 하는 걸까…….'

이렇게 캄캄한 어둠 속에서, 길이란 타 버린 재와 무엇이 다를까. 다물은 한 가닥 빛을 떠올렸다. 빛이야말로 찾아가야 할 참된 길이 아닐까! 빛이 없다면 길조차 사라지고 말 테니. 빛이 있다면 길이 드러날 것이다.

'그래……, 나에겐 구슬이 있어…….'

스스로 빛을 내는 파란 구슬. 비록 손안에 들 만큼 작아도,

바위를 뚫을 만큼 강한 힘.

'이 구슬은 어떤 일이 있어도 네 몸에서 떼지 말거라…….'

다물은 파란 구슬을 끝까지 지켜냈다. 이 구슬에 어떤 비밀
이 있을지도 모른다. 하마터면 비밀 장사꾼에게 빼앗길 뻔했던
구슬.

'세 번째 비밀의 문은 어디에 있을까? 하나이되 둘, 둘이되
하나인 그곳……. 그곳은 어디에 있을까?'

다물은 마른 나무처럼 말라 갔다. 사흘째 잠을 이루지 못했다.

'세 번째 비밀의 문……. 구슬을 지키고 있음에도 왜 아직 아
무런 일도 일어나지 않는 것일까?'

절벽 끝에서 다물을 지키던 아후와 곤잠은 벌써 며칠째 물
한 모금 먹지 못했다.

아후는 코를 발름거리며 물 냄새를 찾았다. 곤잠은 아후를
따라나섰다. 얼마쯤 가자 마른 이끼가 뒤덮인 우물터가 나타
났다. 그러나 이미 말라 버린 우물이었다.

혹시 우물 밑에 물이라도 고여 있을까 하고 곤잠은 아후와
함께 두레박을 타고 우물 밑으로 내려갔다. 내려가는 것까지

는 좋았으나 두레박이 바닥에 닿으려는 순간 낡은 줄은 그만 끊어지고 말았다.

별로 다치지는 않았다. 무엇보다 곤잠은 아후와 함께 있다는 것이 다행스러웠다. 처음 만날 때부터 그랬지만, 곤잠은 아후와 다물이 전혀 다른 둘이라고는 생각하지 않았다. 아후와 함께라면, 이 희고도 순박한 사슴이 다물을 느끼면서 길을 인도해 줄 거라고 굳게 믿었다.

"아후."

곤잠은 어둠 속에서 아후를 쓰다듬어 주었다.

"죽지 않는 나라에서도 그랬듯이, 우린 다물을 다시 만나게 될 거야."

바로 그때, 눈앞에서 누군가 '탁' 성냥 긋는 소리가 났다.

"거기 누구죠?"

곤잠은 조심스럽게 물었다.

"난 이 우물의 주인이야."

놀랍게도 이 좁고 어두운 우물 속에, 옛날부터 이야기로만 전해 내려온, 눈이 하나뿐인 일목이가 살았다.

일목이는 촛불을 늘고 손바닥으로 우물 벽 쪽을 열심히 더듬고 있었다.

"난 이 우물 구멍 너머에 있는 내 사랑을 찾고 있어."

"……."

곤잠은 눈썹 사이에 눈이 하나뿐인 일목이를 유심히 보았다.

"아, 내 눈이 하나뿐인 게 흉측해 보이니? 내 눈은 두 개의 눈이 서로 겹쳐서 하나로 보일 뿐이란다."

"하나이되 둘, 둘이되 하나인 눈을 가졌군요!"

곤잠은 이제 모든 이상한 것들이 전혀 이상하지 않을 정도로 익숙해졌다.

일목이는 곤잠에게 자기의 사랑 이야기를 들려줬다.

*

그 마을 사람들은 눈이 하나뿐인 일목이를 망측하게 여겼다.

"눈이 하나밖에 없다니!"

일목이는 짐을 챙겨 깊은 산속으로 들어간 뒤 움집을 짓고 혼자 살았다. 누비이불 같은 것을 덮어쓴 채 숨어 살았다.

아무도 찾아오는 이 없이, 외로울 때면 우물을 들여다보았다. 거기, 파란 오목거울 같은 것이 제 얼굴을 비춰 주면 말을 걸었다.

"여보시오, 날 좀 장가가게 해 주오."

그러나 일목이를 좋아할 짝은 아무 데도 없었다. 꽃을 따러 오는 마을 처녀들은 콧등을 찡긋하며 비웃을 뿐이었다.

일목이는 우물 안에 대고 크게 소리쳤다.

"나도 장가가고 싶어!"

울렁울렁 울려 퍼지는 이 소리를 마고가 들었다. 그러잖아도 마고는 일목이가 장가갈 때가 되었는데, 하던 참이었다.

그때 마고는 파랗게 팬 보리 이삭 속에서 향기를 맡고 있었다.

마고는 생각에 잠겼다.

'일목이에게 꼭 맞는 짝을 찾아 주어야지.'

마고는 마을 사람들과는 생각이 좀 달랐다.

'일목이는 눈이 하나밖에 없는 게 아니라, 두 눈이 겹쳐 있어 하나로 보일 뿐이지.'

일목이의 겹쳐 있는 눈. 일목이는 사람들이 미처 못 보는 것을 찾아내는 눈을 가졌다.

어느 날, 일목이는 더럭 겁이 났다. 눈이 둘인 아내와 산다는 것이 얼마나 위험한 일인가를 생각했다.

'나머지 하나의 눈으로 내 아내는 한눈을 팔 거야. 나만 쳐다보면서 살 리가 없어.'

이런 생각에까지 이르자 장가가고 싶은 마음이 싹 가셨다.

혼자 사는 일목이는 하도 외로워, 우물로 가서 자기 얼굴이라도 내려다보았다. 그때 먼 남쪽나라에서 불어오는 마파람같이 마고가 다가와 말했다.

"일목아, 우물 밑으로 내려가 보아라. 네 짝을 찾아야지."

'짝'이라는 말에 일목이는 낯빛이 당근처럼 빨개졌다. 쑥스러웠지만 두레박을 타고 우물 속으로 내려가 보았다.

우물 벽에는 전에 없던 커다란 구멍이 나 있었다. 구멍 너머로는 싱싱한 들판이 펼쳐졌다. 그곳에는 눈부시도록 예쁜 아가씨가 풀밭 위에 다소곳이 앉아 있었다.

일목이는 구멍 바깥으로 걸어갔다.

"이곳엔 저 혼자뿐이랍니다."

"아! 그래요? 우린 서로서로 짝이 된 것 같아요. 아가씨 이름은?"

"우물박이······."

마고는 일목이가 염려되어 한 가지를 단단히 일러두었다.

"일목아, 네가 찾아낸 우물 구멍을 의심해선 안 된다······."

사람들은 일목이가 우물가에서 얼씬거리다가 가끔 사라지는 걸 수상하게 여겼다.

"일목이가 눈이 하나밖에 없어서 뭔가에 눈이 홀렸나 봐."

일목이는 시간이 흐르는 것도 잊고 마냥 즐거웠다.

어느 날 일목이는 퍼뜩 떠오르는 생각에 벌떡 자리에서 일어나 허둥댔다.

"아! 큰일 났어!"

우물 구멍을 막아 놓고 오지 않았다. 일목이는 가지 말라는 우물박이를 매정하게 뿌리치고 우물 안으로 도로 뛰어 들어왔다. 과연 우물물은 자기의 목까지 차올랐다. 게다가 비까지 내리퍼붓고 있었다.

일목이는 두레박으로 우물물을 퍼내기 시작했다. 이 모양을 본 마을 사람들은 하나같이 하하하 웃음을 터뜨리며 지나갔다.

정신없이 우물물을 퍼내던 일목이는 지쳐 쓰러졌다. 비가 말갛게 그친 뒤에야 일목이는 겨우 눈을 떴다.

'아! 우물박이!'

일목이는 화들짝 놀라며 우물 벽을 타고 내려갔다. 그러나 일목이가 드나들던 우물 구멍은 간 곳이 없고, 우물 벽에는 축축한 이끼만이 덮여 있을 뿐이었다.

길고 긴 일목이 이야기는 끝이 났다. 곤잠은 퍽 쓸쓸해하는 일목이를 위로했다.

"구멍은 틀림없이 나타날 거예요. 다만 이쪽에서 보이지 않을 뿐이에요."

"그게 무슨 말이야?"

곤잠은 서낭 할머니의 고목나무 이야기를 들려주었다.

"밖에선 안이 보이지 않고, 안에서만 밖이 보이는 이상야릇한 문이 있어요. 우물 속의 구멍도 그런 문일지 몰라요."

"아! 고마워. 뭔가 알 것 같아……. 그렇다면 우물 구멍 저쪽에서 우물박이가 날 보고 있을지도 모르겠어!"

"맞아요. 바로 그거예요. 그러니까 하나이되 둘, 둘이되 하나인 문을 우리는 아직 못 보고 있는 거예요. 하지만 지금이 그때인지도 몰라요!"

곤잠은 제법 어른스럽게 말해 주었다.

"고마워, 애야! 너희는 도대체 어디서 왔길래 그렇게 지혜로운 이야기를 들려주니?"

일목이 말에 곤잠을 쑥스러워하며 지금까지의 일을 간단히 이야기해 주었다.

저녁 무렵이었다.

일목이는 이마 가운데 박힌 눈을 깜박거리며 흥분한 목소리로 어느 한 곳을 가리켰다. 우물 벽 쪽이었다.

"애, 저쪽을 봐! 저기서 누군가 걸어오고 있는 것 같은데, 혹시 너희 눈에도 보이는 거야?"

일목이는 뛸 듯이 기뻐했다.

과연 우물 벽 저쪽에서 촛불 한 자루씩 들고 걸어오는 사람들이 있었다. 아후가 먼저 우물 구멍을 알아보고 훌쩍 뛰어 넘어갔다.

"우물박이!"

일목이는 달려가서 우물박이를 만났다.

곤잠은 우물박이 아가씨 뒤로 따라오는 두 사람을 보았다. 희미한 등불을 들고 오던 그 두 사람은 곤잠을 보자마자 등불도 내던져 버리고는 막 뛰어왔다.

"애야, 곤잠이 아니냐!"

"엄마! 아빠!"

곤잠의 엄마는 아들이 맞나, 안 맞나 자꾸 얼굴을 들여다보고 또 들여다보았다. 그래도 믿어지지 않아, "너를 여기서 만나다니 믿을 수가 없구나. 어쩌다 이 험한 곳까지 온 게냐?" 하고는 아들을 부둥켜안고 울었다.

곤잠은 씩씩하게 대답했다.

"엄마 아빠를 찾으러 온 거예요. 초 할아버지가 허락하셨어요."

"오냐, 오냐. 우리 곤잠이 얼마나 의젓해졌는지……. 애야, 순이 아저씨 알지? 까치바윗골에 살았지. 그 아저씨가 글쎄, 사막에서 널 꼭 빼닮은 아이를 봤다고 하지 않겠어? 우린 네가 어떻게 된 건 아닌지 얼마나 걱정했는지 모른다."

곤잠의 아빠는 딱한 목소리로 말했다.

"우린 모두 속았어. 이제야 사람들은 비밀 장사꾼에게 속았다는 걸 깨닫고, 성에서 빠져나오고 있단다."

이번에는 엄마 쪽에서 거들었다.

"모두 옛날을 그리워한단다. 한목소리로 얘기하고 있어."

"걱정 마세요, 엄마! 다물이 마고를 만날 거예요!"

"그게 무슨 말이니? 다물이란 애는 누구야?"

"아후, 이리로 와!"

곤잠은 그때까지 한쪽에 얌전히 서 있던 아후를 곁으로 데리고 나오며, 지금까지의 일을 모두 이야기했다.

마고 이야기를 들은 곤잠의 부모는 깜짝 놀랐다. 어느새 우물박이 아가씨도 다가와 놀란 눈으로 살펴보며 귀담아듣고 있었다.

"그게 정말이니? 그렇다면 마고, 그분만이 비밀 씨앗을 살려 낼 분이야. 그분만이……. 여기 있는 사람들에게도 어서 알리자꾸나."

이렇게 해서, 한 사람 두 사람 마고에 대해 알아갔다.

그러나 어떤 사람 귀에는 맹맹거리는 소리로밖에 들리지 않았다. 어떤 사람은 이미 눈이 감겨 맥이 끊어질 만큼 숨이 잦아들고 있었다. 또 어떤 사람은 콧방귀를 뀌며 들으려고도 하지 않았다.

한편, 다물은 굶주리고 배고프다는 생각마저도 잊었다.

'하나이되 둘, 둘이되 하나인 그곳……. 세 번째 비밀의 문이 있다는 그곳은 어디일까…….'

엄마의 목소리가 울려왔다.

'다물, 네 곁에 있는 마고 거인을 느껴 봐……. 찾으려고 하지 말고, 보려고 하지도 말고, 그저 느껴 보렴.'

'네, 엄마.'

이게 무슨 소리일까. 어디서 아름다운 음악 연주 소리가 들려왔다. 풀 푸르르 풀, 풀잎의 노랫소리, 통통 빗방울 튀어 오르는 소리, 퐁퐁 초록개구리 연못에 뛰어드는 소리…….

숲이 살아 움직이는 소리였다!

'그래! 나도 움직여 볼 거야!'

다물은 자기의 생각과 의식으로 숨결을 빚어낸다는 마음으로, 이제 모든 생각과 의식을 멈추고 천천히 숨쉬기에만 집중했다. 파란 구슬 또한 점점 따뜻한 온기로 자기의 몸을 함께 데우고 있음을 느낄 수 있었다.

비밀 주머니에서 꺼내 손에 꼭 쥔 채 지키고 있던 파란 구슬. 다물의 차가웠던 몸은 구슬 안에서 흘러나오는 오색 빛깔로 인해 손끝에서부터 점차 녹았다.

메아리치듯 심장 박동 소리가 울렸다. 그 소리는 다물의 가슴에서 손과 팔, 다리로 찌르르 전해져 갔다. 다물의 몸은 마침내 가벼워졌다. 두 눈이 환하게 열렸다. 눈부신 빛이 가득 스며들었다.

다물은 누를 수 없는 기쁨으로 부르르 떨었다.

가장 가까이 있었기 때문에 깨닫지 못했던 문. 밖에 있었던 것이 아니라 안에 있었기 때문에 보이지 않았던 문. 내가 아니면 누구도 열어 줄 수 없는 문.

'아! 세 번째 비밀의 문은 바로 나였어! 내가 문이 되어야 하는구나……. 세 번째 문이란 자기 스스로 문이 되어야 하는 비밀의 문이었구나!'

다물의 눈에서 환희의 눈물이 넘쳐흘렀다.

아홉머리 괴물대왕

다물은 세 번째 비밀의 문이 어떻게 열리게 될지, 또 그 문을 어떻게 지나게 될지는 알지 못했다. 다만, 눈앞으로 초록빛 숲이 희미하게 떠오르고 있음을 지켜보았다.

그러나 때를 맞추어 절벽 저쪽, 서쪽나라 사막성에서도 아홉머리 괴물대왕이 서서히 머리를 쳐들고 있었다!

성안에 불길이 치솟았다. 아홉머리 괴물대왕은 고통스러운 듯 몸부림치며 연이어 솟구쳐 올랐다가 꺼지고를 반복했다. 온몸을 뒤덮은 그 검붉은 비늘은 불에 타서 늘어진 고무처럼 마구 벗겨지고 뒤틀어졌다. 비늘 밑으로는 쇠붙이, 녹슨 철사, 유리 파편, 부서진 잔해들이 덕지덕지 달라붙어 있었다.

무시무시한 성을 빠져나온 사람들이 절벽 끄트머리까지 와서 길게 늘어섰다. 그들은 성에서는 도망쳐 나왔지만 절벽 끝에서 길이 끊어지는 바람에 앞으로 더 나아갈 수가 없어 발만 동동 구르고 있는 터였다.

그 사람들 중에는 곤잠과 일목이도 있었다.

뒤쪽에서 누군가 흥분한 소리로 외쳤다.

"조용히 해 봐요! 어디선가 물소리가 들려요!"

퐁, 퐁, 퐁!

물소리를 듣고 더욱 흥분해서 소리친 건 일목이와 우물박이 아가씨였다.

"여러분! 우물 구멍 너머로 샘물이 넘쳐 이곳으로 흐르고 있는 거예요. 이제 이 샘물이 황폐하고 메마른 땅을 적셔 주고 더러운 것들을 말끔히 씻어 줄 거예요!"

두 사람은 손을 맞잡고 기쁨에 찬 얼굴로 얼싸안았다.

일목이의 우물에서 몹시도 벅차게 물줄기가 콸콸 분수처럼 치솟아 올랐다. 물줄기는 메마른 땅을 촉촉하게 적시며 골짜기마다 크고 작은 강줄기가 되어 흘렀다.

사람들은 탄성을 터뜨리며 물소리를 찾아가서는 자기의 메마른 몸에다 물을 묻히고, 물속에서 뒹굴고, 서로 물을 튕기며 웃고 떠들었다.

여기저기서 사람들이 모여 큰 무리를 이루었다. 곤잠은 절벽 건너편에서 오색 빛깔 무지개문이 그려지는 걸 보았다. 곤잠은 바로 이곳이……, 길의 처음과 끝이 만나는 곳이 될 거라고 아까부터 짐작하고 있었다.

끊어졌던 땅덩어리가 다시 이어 붙기 시작했다.

곤잠은 사람들을 향해 소리쳤다.

"여길 봐요. 끊어졌던 길이 이어지고 있어요! 건너편 저쪽으로 가 봐요! 마고를 만날 수 있을 거예요!"

저 소년이 누구인가, 하고 어리둥절하게 쳐다보던 사람들은 이제 앞서가는 소년을 뒤따라 걸었다.

"우리 곤잠이 언제 저렇게 용감해졌을까요?" 하고, 곤잠의 아빠와 엄마는 마주 보고 웃으며 걸음을 재촉했다.

곤잠은 아후의 등에 올랐다.

'다물! 조금 있다가 만나자!'

출렁출렁!

갈라졌던 땅의 틈이 점점 좁아지며 골짜기 협곡 아래로 흐르던 시원한 강물이 차오르고 있었다. 협곡의 강물은 땅 위로 넘쳐흘렀다.

사막성의 불바다는 이내 쉽사리 꺼졌다. 성에서 뛰쳐나와 강물 속으로 뛰어든 아홉머리 괴물대왕은 협곡의 출렁거리는 격랑 속에 휩쓸려 떠내려갔다. 절벽 끝에 서 있던 사람들의 환희에 찬 함성이 울려 퍼졌다.

사막 저 끝에서부터 점차 새벽이 밝아 왔다.

마구 파헤쳐진 숲, 낱낱이 드러나는 땅의 황폐한 모습에 사람들은 부끄러워 낯을 들지 못했다. 다행히도 흐르는 샘물이 찾아가 메마른 땅을 적시고, 냄새 나는 시궁창과 썩은 구덩이를 여린 손길로 씻어 내고 있었다. 비밀 씨앗들은 비로소 막혀 있던 숨을 내쉬며 마음이 바빠졌다.

"저길 봐요!"

누군가 외쳤다.

"마고예요!"

비록 그 얼굴은 볼 수 없었으나 사람들은 모두 그렇게 알았다.

그 거인은 머리부터 흰 구름옷을 휘감고, 초록빛 우산을 쓰고 있었다. 거인은 한 번 아래를 내려다보더니, 자기의 초록빛 우산을 재미있는 놀이처럼 뱅글뱅글 돌리기 시작했다. 그 우산의 넓이가 자꾸자꾸 넓어지는가 싶더니 거인은 그것을 두 손으로 착 받아 들고는 땅 위로 살며시 내려놓았다. 초록빛 융단은 땅에 닿자마자 보풀보풀 부풀어……, 점차 숲이 되어 펼쳐졌다.

숲! 숲! 숲!

강강술래를 돌며 노래하는 사람들. 그 속에서 용감한 소년 곤잠과 그의 엄마 아빠도 함께 어울려 덩실덩실 춤을 췄다.

목을 부드럽게 어루만지는 이 따뜻함은 무엇일까?

아후!

아후는 어깻죽지에 접어 둔 은빛 날개를 남몰래 펼쳐서 마고의 어깨 위로 비잉— 날아다니고 있었다.

사람들은 갑자기 눈을 동그랗게 뜨며 그 자리에 멈춰 섰다.

방금까지 있던 마고가 보이지 않았다. 마고가 숲속 어딘가에 까뿍 숨어 버린 거였다.

마고의 코끝에서

"마고님, 어디 계세요?"

다물은 눈을 부릅뜨며 소리쳤다.

'다물……, 내가 보이지 않니? 넌 지금 길의 처음에 서 있구나……'

마고는 파란 구슬을 안고 성 위에 무지개다리를 놓은 채 앉아 있었다. 눈부시도록 흰 소매를 한껏 벌렸다.

"아! 그 파란 구슬은……"

'그렇단다. 우리는 서로 다른 모습의 하나였지……'

이제 다물은 큰 사람이 되어 있었다. 다물 또한 마고를 따라 힘껏 팔을 벌렸다. 마치 둘로 갈라서 헤어져 있던 조각이 하나가 되어 만나게 되는 것같이.

'다물······.'

"네······."

'하나이면서 둘이고, 둘이면서 하나인, 그 하나의 힘은 참으로 크고도 크구나. 둥글고도 둥근 힘이 되는구나. 그런데 네 발밑에 반짝이는 건 뭐지?'

벌써 알고 묻는 것을 다물은 눈치챘다.

"아! 이건······."

다물은 반짝거리는 긴 황금 잣대를 땅속에서 뽑아 들었다.

'그것은 황금 잣대란다.'

다물은 직감으로 알아챘다. 이게 비밀 장사꾼이 절벽을 더듬어 그렇게 찾고 찾던 것이구나!

"물론, 굉장한 비밀이 적혀 있겠지요?"

'그렇단다.'

"그런데 왜 제 눈에는 마고님이 보이지 않을까요?"

'너는 나와 아주 가까이 왔어. 눈에 넣을 수도 있을 만큼. 다물······, 준비되었니? 이제 한 걸음만 더 뒤로 물러나면 된단다.'

"······."

'사, 천천히, 조심스럽게······.'

다물은 마고가 시키는 대로 천천히 조심스럽게 한 걸음 물러났다.

다물은 보았다.

땅과 땅이 하나로 이어지며 강은 산을 따르고, 산은 강에 매달리며, 육지는 바다를 껴안고, 바다는 육지 속으로 스미며……. 거대한 땅덩어리가 사람의 모습으로 누워 있었다!

"아! 여기가 어디죠?"

'그곳은 바로 내 코끝이란다. 땅에서 가장 높은 곳이지…….'

다물은 감격해서 잠시 말을 잃었다.

'다물……. 너 또한 나와 같은 거인이 되었어.'

마고는 땅속에서 '흐음.' 하고 콧소리를 울렸다.

"아! 전 오히려 작아져 버린 것 같아요. 누가 꼭대기에 혼자 서 있는 저를 봐 주기나 할까요?"

'까앙, 아앙…….'

마고는 땅이 뒤흔들릴 만큼 크게 웃었다.

'다물……, 참된 거인은 아픔까지도 다 품어 버리는 거인이란다. 그러니 눈에 띄지 않지. 참된 거인은 세상이 알아주지 않아도, 그 세상을 사랑하지 않을 수 없는 거인이야. 하늘보다 높고, 땅보다 넓고, 사람의 마음처럼 헤아릴 수 없는 그 사랑을 베풀지 않을 수 없어.'

"이렇게 높은 곳에 서 있으니까 모든 게 시시해지기도 하지만, 또 너무나 할 일이 많이 떠올라 한잠도 못 잘 것 같아요."

'자! 황금 잣대에 적힌 말씀을 읽어 보렴. 다물……, 참된 거인은 그 세 가지를 꼭 지킨단다.'

"네! 저도 참된 거인이 되고 싶어요."

다물은 황금 잣대를 들어 올리고 천천히 읽어 나갔다.

참된 거인은 이 세 가지를 꼭 지킨다.

네 희망은 높게 가지되 네 행동은 낮게 하라…….

네가 먹는 그 음식이 한때는 얼마나 귀한 목숨이었는지를 알아라…….

네 마음이 다칠까 봐 두려워하지 말고 상대의 마음이 얼마나 아팠을지를 걱정하라…….

"어머……. 이렇게 쉬운 일이 굉장한 비밀이었어요?"

다물은 웃었다.

'가장 쉬운 일이 가장 어렵단다. 그 일은 한 번 하면 끝나 버리는 것이 아니고, 매일매일 노력해야 하는 일이기 때문이지.'

마고는 이어 말했다.

'이 세 가지 말씀은 각각 하늘, 땅, 사람의 말씀이란다. 잘 새겨서 지켜 주렴. 마고의 숲은 바로 하늘, 땅, 사람이 한곳에서 만나는 곳이란다.'

"하늘, 땅, 사람……."

'그래……. 하늘보다 높고, 땅보다 넓고, 사람의 마음처럼 헤아릴 수 없이 큰 사랑이지.'

그리고 마고는 아무 말이 없었다. 다물은 기다렸다. 아직도 아무런 말이 없다. 다물은 또 기다렸다. 마고는 더 말이 없었다.

"마고님……."

다물은 조심스럽게 마고를 불렀다.

'……'

"울어요?"

'……'

"슬퍼요?"

'다물……, 잠깐만.'

마고는 또 말이 없었다. 다물은 기다렸다. 아직도 아무런 말이 없다.

"마고님……."

다물은 조마조마해서 가슴이 무너지는 것 같았다.

'다물, 이제 다 되었어.'

"뭐가요?"

'잠시 얼굴 단장을 좀 했단다.'

다물은 나오려던 눈물이 쏙 들어가 버렸다.

'다물……, 여태까지 날 만나러 달려와 놓고선 지금은 내 얼굴을 봐 주지도 않는구나.'

"어머! 당장 마고님 얼굴을 보고 싶어요."

'자, 다물……. 천천히 몸을 돌려라. 눈도 천천히 떠야 한다.'

"알았어요."

다물은 마고 거인이 시키는 대로, 살짝 뜬 실눈으로 천천히 돌아섰다.

'아!'

그것은 거대한 빛 강물이었다. 다물은 빛 강물에 파묻혀서 아무것도 볼 수 없었다. 오직 빛 강물만이 넘쳐흐르고 있었다.

'다물……, 이제야 넌 나하고 마주 보게 되었구나.'

"마고님은 굉장히 눈부신 빛 덩어리 같아요!"

'그래, 빛 덩어리가 무얼 품고 있는지 보이니?'

"아! 낯익은 숲……."

'잘 들여다보렴.'

다물은 입가에 한껏 웃음을 머금고 기뻐서 소리쳤다.

"마고의 숲이에요!"

'그래! 다물, 이제 어서 그곳으로 뛰어가렴. 네가 그토록 돌아가고 싶어 하는 집으로 가는 길도 있을 게다.'

"……."

'다물……, 아직도 내 얼굴을 뚫어질 듯이 보고 있구나.'

"바라볼수록 좋은걸요. 커다란 빛 덩어리와 그 속에 있는 마고의 숲……."

'나 또한 똑같은 것을 보고 있단다.'

"와! 신기해요. 이렇게 큰 거인과 이렇게 작은 소녀가 똑같은 것을 볼 수 있다니요!"

'아니……, 넌 또 하나의 마고가 되었어. 다물……, 참 거인은 잘 보이지 않지. 세상 속에 자기의 모습을 감춰 버려서 잘 볼 수 없어. 다물……, 이제 넌 나를 느끼게 될 거야.'

"어머! 당장 마고님을 느끼고 싶어요."

다물은 수줍게 웃으며 말했다.

'다물……, 넌 언제나 당장 하고 싶어 하는구나. 마고의 숲을 마음속에 꼭꼭 다져 넣으며 바라보렴. 그리고는 숲을 향해 뛰어가야 해…….'

"네……."

그러나 다물은 겨우 한 걸음 내딛고는 멈춰 섰다.

'울고 있니?'

"돌아갈 수가 없어요. 돌의 마술에 걸린 엄마를 구하기는커녕……."

'이런……, 미처 못 본 게로구나.'

"네?"

'마음속에 꼭꼭 다져 넣으며 바라볼 때는 침착하게 천천히…….. 자, 다시 해 보렴…….'

다물은 침착하게 천천히……, 마고의 얼굴을……, 거대한 빛을……, 그 속에 담겨 있는 낯익은 숲을 바라보았다.

나뭇잎처럼 떨고 있는 다물의 작은 어깨 위로 빛이 스몄다.

'아……, 따뜻해…….'

햇빛에 반짝이는 나뭇잎의 파란 이슬, 그 이슬에 맴도는 곤충의 윙윙거리는 소리, 솔잎의 춤, 삼나무 꼭대기의 동그란 새 알 둥지, 새파란 하늘 아래, 강물 냄새를 맡고 날아온 흰 두루미 떼, 개울가에 코를 적시는 노루, 생기가 넘쳐흐르는 풀밭, 젖은 흙의 부드러운 감촉…….

논둑, 밭둑을 총총 뛰어서 집들이 오목조목 모인 작은 마을, 마을 길을 지나 뒷산……, 어?

"우리 집이 없어졌어요."

도시 변두리의 작은 숲 가까이, 30년도 더 된 그 낡은 집이 안 보였다.

'이런……. 아직 못 본 게로구나.'

낡은 집은 없어지고 그 자리에 새파란 지붕의 집이 세워져 있었다. 누군가 항아리를 안고 뒷마당을 돌아 나왔다. 엄마!

마당 한편에서 장작을 패는 사람이 있었다. 엄마는 천천히 걸어가서 그 사람에게 항아리의 물을 떠 주었다. 아빠! 아빠가 돌아오셨구나! 두 사람은 정답게 앉아 이야기를 주고받더니 손을 잡고 일어섰다.

'다물……, 이제 돌아갈 때가 되었어.'

"네……."

다물은 울음을 꾹 참았다.

'아직도 마음속에 망설이는 게 있구나. 다물……, 넌 어디에도 가 볼 수 있을 거야. 그렇지만 가끔은 네 곁에 누가 있는지도 보아야지.'

"네?"

다물은 깜짝 놀라며 옆을 보았다.

"아후!"

큰 날개를 접은 아후가, 조금 떨어진 곳에서 아까부터 따라오고 있었다. 그런 것을 다물은 까맣게 몰랐다.

다물은 아후의 등에 올랐다.

아후는 큰 날개를 펼치며 힘껏 뛰어올랐다.

《마고의 숲》을 쓰게 된 이야기

1.

1996년 어느 여름날이었습니다. 나는 잡지에 연재하고 있던 글을 쓰기 위해 강화도 고인돌을 취재하러 갔다가 '들판 가운데 우뚝하니 서 있는 거인의 환상'을 만나게 되는 기이한 경험을 하게 됩니다.

그 고인돌은 우리나라 교과서에서도 나온 북방식 최대 고인돌이었습니다. 거대한 고인돌 앞에 자그만 사람으로 서 있던 나는 이 돌에 얽힌 전설을 알고 싶어서 들판을 가로질러 작은 솔밭 너머 마을로 갔습니다. 그곳에서 고추밭을 가꾸고 있는 한 노부부를 만났습니다. 노부부에게 저 고인돌에 얽혀 있는 전설이 있을 것 같냐고 하였더니, 과연 그렇다고 하면서 들려주던 것이 마고 거인 이야기였습니다.

마고가 성을 쌓으려고 성돌을 겨드랑이에 끼고 치마폭에도 싸

가지고 걸어가다가 그만 떨어뜨리고 만 것이 그대로 고인돌이 되었다고 했습니다. 그 커다란 돌을 들고 갈 수 있는 거인이란 얼마나 큰 거인일까? 왜 성을 쌓으려고 한 것일까? 이렇게 호기심이 꼬리에 꼬리를 물고 일어나는데, 그런 생각에 잠시 빠져 있다가 문득 고개를 든 순간, 나는 들판 한가운데 하늘을 머리에 이고 흐릿한 형체로 서 있는 거인의 환상을 보게 되었습니다.

마고 거인과 나의 만남은 그렇게 시작되었습니다. 그때 나는 생각했습니다.

'아! 나는 언젠가 저렇게 큰 거인이 주인공이 되는 작품을 써 볼 거야!'

어찌 된 일인지, 그 뒤부터는 어딜 가도 그 마고 거인의 환상이 내 머릿속에서 떠나질 않는 것입니다.

2.

2000년 5월의 어느 날, 나는 책으로 가득한 짐을 꾸려서 강원도 정선 구미정이라는 골짜기로 들어갔습니다. 그곳에서 오랫동안 써 보고 싶었던 '마고의 숲' 이야기를 풀어내기 시작했습니다. 마고가 잠들어 있을 것 같은 그 골짜기에서 나는 환상처럼 떠오르는 대로 쓰고 지우고, 허물고 다시 세우면서 이야기를 완성했습니다. 그때 기록을 찾아서 보니, 원고를 다 쓴 날짜가 '2000년 7월 5일'이었습니다.

집필을 끝낸 원고를 여러 출판사에 보내 보았습니다. '누가 이렇게 길고 긴 원고를 끝까지 봐 주기나 할까?' 하는 걱정도 없지 않았습니다. 그러나 정말 뜻밖에도 지금의 나녹 형난옥 대표가 그 당시 주간으로 있던 현암사에서 출간하고 싶다는 뜻을 전해 왔습니다. 나는 설레고 기쁜 마음으로 계약을 했습니다.

그런데 이렇게 계약한 작품을 곧바로 출간하지 못하고 3년을 묵히고 맙니다. 조금 더 다듬어서 내려던 것이 오히려 부족한 점만 자꾸 보이는 바람에 늦어졌기 때문입니다. 이런 상황을 알고 지켜보던 계간 《자유문학》 신세훈 대표가 이 이야기를 '인류의 신화·역사를 엮은 한민족 서사 대작'이라고 평가하시며, 우선 잡지에 연재하면서 다듬어 보라고 하셨습니다. 이렇게 해서 2004년부터 2년 동안 우선 '한 세상 이야기'부터 《자유문학》에 집중 연재했고, 2005년 연말에 끝마칠 수 있었습니다.

3.

그런데 연재를 마치고 3년이 지나도록 나는 또 출간 약속을 지키지 못하고 있었습니다. 이야기가 아직 마음에 흡족하지 않았던 것입니다.

하루는 어머니께서 전화를 걸어와 이렇게 말씀하셨습니다.

"완전한 작품을 쓰려고 하면 다음 작품은 어떻게 쓰라고 하노? 완전하지 않응께 그다음 작품을 또 쓰는 기 아이가?"

딴은 그랬습니다. 그 말씀을 듣고 나니 정신이 번쩍 들었습니다.

'완전한 작품이 되기 전에 어서 책을 내야겠다.'

문학이 자기완성의 길이 될 수 있다면, 문학 세계를 통해 일치를 이루려는 내 안의 투쟁은 멈추지 않을 것입니다. 문학이란 불완전한 세계를 드러내 보임으로써 완전한 세계로 들어가려는 좁은 문이기 때문입니다.

이렇게 해서 《마고의 숲》 1·2권 첫 출간이 이루어졌습니다. 초판 발행일은 2008년 4월 5일, 식목일입니다. 어려운 관문을 거쳐 태어난 《마고의 숲》은 그해 2008년 5월 '제18회 방정환문학상' 수상작으로 선정되었습니다.

4.

책의 운명이란 무엇으로, 어떻게 말할 수 있을까요?

어렵게 태어난 《마고의 숲》 1·2권이 안타깝게도 2쇄까지 찍고 그만 절판이 되고 말았습니다. 너무 두꺼워서 그랬던 것일까요?

아니면 내용이 너무 어렵고 복잡해서? 마음과 혼을 다해 쓴 책이, 평론가들의 평도 좋았는데, 그렇게 쉽게 운명을 다한다는 사실에 퍽 절망감을 느꼈지만 가난한 작가로서는 어쩔 도리가 없었습니다.

그런데 참 이상한 일이 시작되었습니다. 책이 절판된 뒤부터 비로소 《마고의 숲》을 찾는 독자들이 하나둘 나타나기 시작한 것입니다. 그들이 어떻게 이 두꺼운 책에 흥미를 느꼈는지는 모르지만, "아! 《마고의 숲》 작가였군요!" 하고 알아보는 독자들이 가끔가끔 나타났던 것은 퍽 흥미로운 일이었습니다. 어떤 이는 사 볼 수가 없어 중고책방에서 어렵게 구했다면서 사진을 찍어 보내 주기도 했습니다.

그럼에도 이렇게 두꺼운 책을 선뜻 출간해 주려는 출판사는 다시 나타나지 않았습니다. 이래저래 이제는 안 되려나 보다, 하고 마음을 접어 버리고 있던 어느 날이었습니다.

2019년 10월 9일.

'장성유 작가님께'라는 제목으로 도착한 한 중학교 소녀의 이메일 편지는 내 마음을 흔들어 깨웠습니다.

《마고의 숲》은 어딜 가면 구입할 수 있는 건가요? ㅜㅜ

도서관에만 있고 온 사방을 뒤져 봐도 판매처가 없습니다.

2008년도에 나온 책이라서 그럴까요?

편지 끝에 덧붙인 이 짧은 말이 《마고의 숲》 작가로서 자신의 책임을 깊이 돌아보게 하였습니다.

'그래! 어딘가에 있을 한 소녀를 위해서라도 책의 목숨을 살려 내야지!'

나는 이제 어느 자리에 가도 《마고의 숲》을 다시 살려 낼 이야기를 꺼내 놓고 출간해 줄 출판사를 찾기 시작했습니다.

5.

소녀의 편지를 받고 다시 4년이라는 시간이 지나갔습니다.

2023년 6월 16일.

이날은 '새로운' 《마고의 숲》을 현북스에서 출간하기로 계약하고 돌아온 날입니다. 2008년 첫 출간 후 15년 만입니다. 퍽 오래간만의 새로운 출간이라 너무 눈이 부실 것 같기도 합니다.

그런데 왜 '새로운' 출간이냐고요? 그것은 이번 《마고의 숲》만큼은 퍽 흡족한 마음으로 출간하여 세상에 내보내기 때문입니다. 그 이유를 몇 가지 살짝 공개합니다.

우선 두 권의 책을 한 권으로 낸 것입니다. 1천6백 매 분량의 원고에서 6백 매가량을 덜어 내고, 가뿐하게 작품 속으로 달려 볼 수 있도록 한 것입니다. 이번 '새로운 버전'의《마고의 숲》에서는 이전 책보다 독자들이 훨씬 재미있고 속도감 있게 마고 거인을 만날 수 있을 것입니다.

두 번째는 이야기 초반에 숲에서 길을 잃고 울던 소녀 다물의 이야기와 다락방 사건을 뺀 것입니다. 그사이에 나는 두 딸을 둔 쌍둥이 엄마가 되었습니다. 쌍둥이 딸을 키우면서 엄마의 눈으로 다시 보니 '숲속에 혼자 남은 다물이 얼마나 무섭고 공포스러웠을까?' 하고 걱정되었습니다. 그래서 이번 '새로운'《마고의 숲》에서는 다물이 어서 빨리 작품 속 나무 할머니를 만나 마음 놓고 '즐겁고, 정답고, 하나씩 깨달아 가는 기쁨'의 길을 찾아갈 수 있도록 했습니다.

세 번째로 마지막 장면에서 메마른 땅에 넘쳐흐르는 '물의 잔치' 장면을 넉넉히 더 쓴 것입니다. 첫 출간 때에는 급히 마무리하느라 가장 아쉽게 남았던 대목이었지요. 메마른 사막 속에서 물줄기가 솟구쳐 흐르며 그 땅이 점차 숲으로 변화해 가는 모습을 그리고, 그 속에서 사람들이 자연스럽고 실감 나게 마고 거인을 만날 수 있도록 했습니다.

이 밖에도 세세하게 달라진 점이 많습니다. 특히, 다물 중심이던 초판에 비해 이번 '새로운' 버전에서는 곤잠과 아후의 역할을 비중 있게 그렸습니다. 세 주인공이 함께 펼쳐 나가는 모험 이야기는 퍽 기대해 볼 만합니다. 그 외에도 달라진 점들이 있으니, 두 버전의 책을 모두 가진 분이라면 부분 부분 비교해 보면서 하나씩 수수께끼 풀듯이 찾아보아도 재미있을 것 같습니다.

6.

《마고의 숲》 이야기를 처음 쓰기 시작할 무렵, 놀라웠던 일이 한 가지 있습니다.

그 당시는 조앤 롤링 작가의 '해리 포터 시리즈'가 출간이 되어 세계 독자들을 책 속으로 빠져들게 하던 때였습니다. 그때 누군가 나에게 꼭 그 책을 읽어 볼 것을 권유했습니다. 읽어 보고 싶은 마음의 충동이 없지 않았습니다. 그러나 나는 이 이야기를 다 쓰고 읽어 보기로 했습니다. 혹시라도 그 강력한 이야기 자장에 《마고의 숲》이 휩쓸려 들어갈까 봐 조금 염려가 되었기 때문이지요!

과연 이야기를 다 쓰고 나서 해리 포터 시리즈를 읽어 보니, 서로가 그려 낸 숲이 참 다른 방향에 있다는 생각이 들면서 신기하기까지 했습니다. 해리 포터 시리즈에서 숲은 끔찍한 일이 일어나는 '금지된 숲'으로 되어 있지만, 《마고의 숲》에서 숲은 온갖 생명 씨앗들이 생겨나는 '비밀의 숲'으로 그려지기 때문입니다.

그랬습니다. 나는 그 차이가 바로 숲을 바라보는 동양과 서양의 차이가 아닐까 생각해 보았습니다.

동양에서는 전통적으로 자연과 인간의 존재를 대립이 아닌 상호 의존적인 관계로 바라보고 이해합니다. 자연에 순응하고 자연을 본받고 닮아 가려는 삶을 지향하는 것이지요. 상선약수(上善若水), '물과 같은 사람이 되어라.'고 하는 말씀에서도 우리는 이러한 지향성 일부를 엿볼 수 있습니다.

반면에 서양에서는 다분히 인간 중심의 사고가 발달하면서 자연을 인간의 지배와 정복 대상으로 여겨 왔습니다. 인간의 이익을 위해 자연의 힘을 분석하고 이용한 결과 우리 인류는 실로 최단기간 동안 고도의 문명을 이룩하게 되었습니다. 그러나 자연은 언제까지고 이용만 당하고 착취만 당하고 있지는 않을 것입니다. 어딘가에서 소리 없는 자연의 반격이 시작되는 것이지요.

이러한 자연과 인간에 대한 철학적 이해에 도달하기 진, 나에게는 지금도 선명하게 떠오르는 잊히지 않는 어린 시절의 일이 한 가지 있습니다.

지리산 산청 골짜기 초가집에서 할머니와 둘이 살던 나는 초등학교 입학 무렵이 되자 부모님이 계신 부산으로 내려가게 되었습니다. 빨갛게 익은 높다란 감나무 가지를 똑똑 꺾어 감을 자루에 가득 담아 오던 때였으니 아마도 늦은 가을이었던가 봅니다. (그때 내가 타고 온 파란색 트럭에는 할머니가 실어 놓으신, 내 몸의 몇 배나 되는 큰 장독도 여러 개 덜컹거리며 따라왔습니다!)

드디어 부산에 도착했습니다.

이른바 도시라고 하는 곳에, 지리산 산청 시골 아이는 차에서 내려 땅바닥에 첫발을 내디뎠습니다.

그 순간 느꼈던 낯선 감정은 지금도 잊히질 않습니다.

내가 지리산 자락에서 뛰어놀던 그 붉은 흙은 어디에도 보이질 않았고, 땅 위에는 이상하게 횅하고 딱딱한 회색 껍데기가 잔뜩 덮여 있는 게 아니겠어요?

'어? 왜 이런 걸 쓸데없이 땅에다 덮어 놓았을까?'

한 어린 소녀가 가졌던 생각치고는 좀 엉뚱한 면도 있었던 것 같습니다.

그 낯섦, 알지 못할 딱딱함, 그 이상스러움! 그것이 시멘트로 만든 것임은 나중에야 알게 되었지요.

솔직히, 태어나서 지금까지 생활 환경과 교육, 문화, 문학 등 모든 분야에서 서구식 문명 세례를 받아 온 내가, 그 작가가, 훌쩍 자라 어른이 된 뒤에 쓴 《마고의 숲》에 수천수만 년 동안 이어져 온 동양적 자연관이 이미지로 살아남아 표현되었다는 것은 정말 놀라운 기적이라고 생각합니다.

이렇게 '살아남은' 이미지는 자연과 우리가 둘이 아님을 인식하고 살아가자는 진실을 전해 줍니다. 그리하여 나는, 이 세계를 선악의 이분법 구도로 나누고 서로 마법을 이용해 상대를 파멸시키려는 남자 영웅들의 전쟁 이야기보다는, 거대한 모성 어머니를 지구 위에 살려 냄으로써 이원화된 두 세계가 궁극으로 소통하고 상생해 나가는 아름다운 숲 이야기를 만들어 보려고 했던 것입니다.

안과 밖, 시작도 끝도 없는 길. 그러나 극단을 이어 주고 서로 만나게 하는 길. 나와 자연에 대한 내면 성찰을 통해 '작은 나'에서 '큰 나', 소우주인 '나'가 또 다른 소우주인 '너'를 품어 내며 대우주로 합일해 가는 자아 성장의 길!

길 없는 길인 듯, 또 다른 새로운 길!

이와 같은 이상야릇한 길에 대한 이야기가 《마고의 숲》이라고 한다면 좀 엉뚱한 답변일까요?

설사 이러한 길의 세계가 이 세상에서 가능한지 어떤지 알 수는 없지만, 그러한 세계의 존재를 상상하고 또 그러한 길이 우리 안으로까지 이어질 수 있다면 다행이겠습니다!

ㄱ.

언뜻 《마고의 숲》 이야기는 환상 속에서 그려지는 비현실적인 이야기 같기도 합니다. 그러나 이야기 속에 등장하는 산기슭이나 자연물은 내가 어린 시절에 자란 지리산 작은 골짜기 마을의 정경을 떠올리며 쓴 것이 많습니다.

억손이 형이 살던 물레방앗간 마을, 눈이 하나뿐인 일목이가 살았던 우물……, 이러한 곳은 어린 시절 혼자 도랑물을 따라가 보았던 물레방앗간, 동그란 우물이 있던 고향 마을에서 이미지를 얻었지요.

비밀시장을 지나 다물과 곤잠이 서 있던 절벽 끝이라든가, 모래가 얼비치는 강물에서 만난 강 어머니, 모래거인이 앉아 있던 높은 바위……, 이런 장면은 강원도 정선 구미정의 웅장한 절벽과 아름다운 강물, 햇살에 눈부시게 마르던 흰 바위를 떠올리며 쓴 것이랍니다.

그리고 파파 할머니의 안개숲은 섬진강이 흐르는 지리산 능선과 그 골이 진 차밭골을 떠올리며 그린 것이었지요! 곤잠과 아후가 다물을 찾아 떠나는 험준한 바위 계곡, 굽이굽이 돌아가는 산 모퉁이에서는 정선 구미정 아홉 개의 풍경이 병풍같이 펼쳐지던 모습을 연상했습니다.

나는 어른이 된 뒤에도 길에서 만나는 꽃이나 식물을 허투루 지나치지 않고 유심히 보는 습관을 길렀고, 가끔 깊은 산이나 숲이 있는 곳으로 훌쩍 떠나 자연을 사색하기도 했습니다. 그런 까닭인지는 몰라도, 《마고의 숲》을 이루는 환상 이야기 사이사이로 자연물 묘사만큼은 퍽 세밀하게 그려 보려고 했습니다. 그래서 독자들이 마고 거인과의 만남과 더불어 실제의 대자연 정경을 느낄 수 있도록 해 보고 싶었습니다.

자연의 거대함과 신비함을 안고 평생을 살아가는 것만큼 벅차고 경이로운 일은 없을 것 같습니다. 독자들이 그러한 경이로운 경험을 조금이나마 《마고의 숲》과 함께 할 수 있다면 이 작품은 충분히 제 몫을 다한 것입니다. 진심으로!

8.

《마고의 숲》 이야기를 처음 쓸 때는 모두 아홉 세상, 33장으로 구성했습니다. 이번에 출간하는 '새로운' 《마고의 숲》은 아홉 세상 중 첫 번째 세상의 이야기입니다.

한 세상, 두 세상, 세 세상……, 아홉 세상 이야기까지 다 쓸 수 있을까요? 가끔은 천천히, 또 때로는 빠르게 써 나가다 보면 언젠 가는 마침표를 찍을 수 있겠지요!

이제는 《마고의 숲》이 절판되지 않도록, 어느 누구보다 작가 스 스로가 이 고운 목숨이 잘 꽃피어 나갈 수 있도록 열심히 노력해 보려고 합니다.

한 세상 이후 이야기를 계속 기다려 주실 독자들을 생각하며 다른 세상 이야기를 간략히 소개해 둡니다.

지금까지 우리가 읽은 한 세상 이야기 《마고의 숲》은 사막이 생 긴 이야기이면서 숲이 처음 생겨난 이야기였지요.

이제, 두 번째 세상은 바다 밑 잃어버린 제5국에서 겪는 모험 이야기입니다. 이곳에서는 붉은 수염 사나이를 만나게 됩니다.

세 번째 세상은 해와 달 계곡에서 겪는 모험 이야기입니다. 다 물과 아후는 이곳에서 전쟁 포로가 되고 맙니다.

네 번째 세상은 미로가 있는 정원에서 겪는 모험 이야기입니다. 미로를 빠져나가기 위한 열두 사람의 논쟁이 시작됩니다.

다섯 번째 세상은 우리 지구의 배꼽 속에서 겪는 모험 이야기입 니다. '돌고돌병'이라는 시공계가 만들어집니다.

여섯 번째 세상은 바닥이 없는 땅 밑 골짜기에서 겪는 무시무시한 죽음에 대한 이야기입니다. 빛을 가로막는 돌문을 어떻게 넘을 수 있을지 벌써부터 걱정이 앞섭니다.

일곱 번째 세상은 천산의 돌이 된 흰 사슴 아후의 사랑 이야기입니다.

여덟 번째 세상은 우리 지구를 받쳐 주는 지붕에 대한 이야기입니다. 그 지붕 위에서 우리는 다시 백결 할아버지를 만나게 됩니다.

아홉 번째 세상에서는 다시 한번 마고 거인을 만나게 됩니다. 새로운 하늘, 땅, 사람의 말씀을 전해 받게 됩니다.

이렇게 적어 놓고 보니, 첫 출간을 하기도 전에 벌써 두 번째 세상 이야기를 쓰고 싶은 충동이 일어납니다.

٩.

무엇보다 이번에 '새로운'《마고의 숲》이 출간될 수 있도록 이끌어 주신 현북스 김남호 대표님, 작품을 끝까지 읽고 조언해 주신 어린이문화연대 이주영 대표님께 감사를 드립니다. 두 분은《마고의 숲》이야기에 날개를 날아 주신 분들이십니다.

그리고 새로운 버전《마고의 숲》이야기에 커다란 변화를 만들어 준 쌍둥이 두 딸 지우와 지호, 언제나 마고 거인과 같은 큰 사

랑으로 길러 주고 가르침을 주신 하나뿐인 어머니께 이 책을 바칩
니다.

　부디,
　《마고의 숲》이,
　많은 독자의 사랑을 받을 수 있기를 소망해 봅니다.

장성유

도서관에 꽂혀 있던 한 책이 유독 눈에 들어와서 읽게 되었는데 그게 이 《마고의 숲》이었다. 시를 읽는 것 같기도 하고, 노래 가사를 읽는 것 같기도 한 몽환적인 느낌이 너무 좋았다. 다 읽고 나서도 여운을 크게 남겼던 책이다. 같은 장르의 다른 책을 더 읽어 보고자 했는데 아무래도 이 이야기만 한 게 없었다. 그래서 다 읽고 나면 다른 책 한 권 읽고, 또다시 이 책을 펼치곤 했다.

－허도경(중학교 2학년), 2019

해리 포터에서는 숲이 금지가 된 것으로 나오는데, 《마고의 숲》에는 숲이 신비하고 비밀스러운 것으로 나온다.

－윤준(청계초등학교 4학년), 2006

나는 이 책을 읽고 '내 마음이 하얘지는구나.'라고 생각했다.

－안양미(청계초등학교 4학년), 2006

이 책은 문장이 부드러우면서도, 한국적인 느낌이 풍긴다. '황새목' 같은 장소에서부터 '억손이'라는 이름이나 '물레방앗간'이나 '호락호락', '알랑알랑' 등 실감 나는 표현에다 검정등할미새, 호도애, 직박구리, 종달새 같은 새들도 나오기 때문이다. 이 책을 읽으면서 나는 숲과 물과 나무들이 내게 한 걸음 더 다가온 것 같다. 그리고 나도 다물처럼 '나만의 비밀 숲'을 가져 보고 싶다.

-김수민(문원초등학교 5학년), 2006

이 책은 블랙홀? 읽으면 읽을수록 빨려 들어간다. 이 책을 읽다가 화장실이 가고 싶거나 물을 먹고 싶을 때 여기까지 읽어야지, 여기까지 읽어야지, 하다가 나도 모르게 벌써 다섯 장을 읽었다. 이 책을 읽으면 꼭 내가 다물이 되어 마고를 찾아다니는 것만 같다. 어려운 일이 있어도 꿋꿋하게, 밝게, 주눅 들지 않고 해결해 나가는 다물의 용기가 좋다. 다물 같은 친구가 있었으면 좋겠다. 그러면 속마음도 주저 없이 털어놓을 수 있을 것 같다.

-신혜원(문원초등학교 5학년), 2006

지도 활용법

1. 다물의 이동 경로를 예측하면서 읽어 보세요.

2. 다물이 모험한 나라를 상상해서 그림으로 그리거나 만들어 보세요.

3. 다물 일행이 다녀간 여러 나라의 또 다른 일도 상상해 보세요.

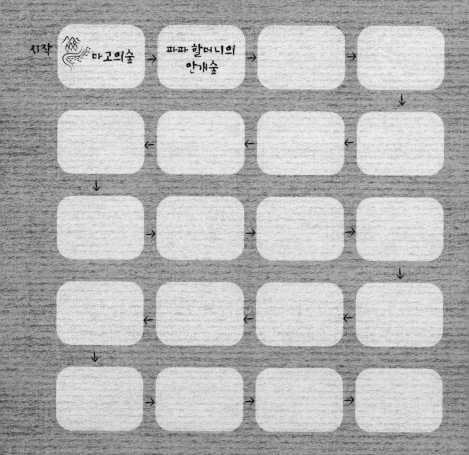

장성유

아홉 살 때 장롱 서랍 속 어머니의 시 공책을 보고 작가가 되기로 결심했습니다. 부산대학교 국어국문학과를 거쳐 고려대학교 대학원에 들어가 문학을 공부하였고, '방정환 문학 연구'로 박사학위를 받았습니다. 대학교에 다닐 때는 소설 동인 '우듬지'를 결성하여 소설 창작 공부를 하였습니다. 1998년 '아동문학평론'에 단편동화 〈열한 그루의 자작나무〉가 당선되어 어린이·청소년 문학을 쓰기 시작했습니다. 쓴 책으로는 장편 판타지 《마고의 숲》, 동시집 《고양이 입학식날》, 학술연구서 《한국 근대 아동문학의 형상》 등이 있고, '방정환문학상' '율목문학상' '눈솔어린이문화대상' 등을 수상하였습니다. 현재 서울대학교 인문학연구원 책임연구원으로 있으며, 사단 법인 방정환연구소 이사장으로 방정환 학술 연구와 세계화를 위한 일도 해 나가고 있습니다.

www.bjhri.org
email: magowood@hanmail.net